FONDAZIONE
ARCHIVIO
DIARISTICO
NAZIONALE

ARCHIVIO
MEMORIE
MIGRANTI

DIMMI di Storie Migranti

Con il contributo di

Regione Toscana

UNIVERSITÀ
DEGLI STUDI
DELLA REPUBBLICA
DI SAN MARINO

ITHACA
Interconnecting Histories and Archives for Migrant Agency

Terre di mezzo Editore
via Calatafimi 10
20122 Milano
Tel. 02-83.24.24.26
e-mail editore@terre.it
terre.it

Direzione editoriale: Miriam Giovanzana
Coordinamento editoriale: Sara Ragusa

Comitato editoriale DiMMi:
Elona Aliko
Natalia Cangi
Gaia Colombo
Sara Gatteschi
Alba Marina Ospina
Ivette Nadine Samnick Ntigui
Alessandro Triulzi
Jasemina Zeqiraj
Paule Roberta Yao

Illustrazioni di:
Giovanni Cocco
Lorenzo Marcolin
Maria Virginia Moratti
Mihaela Suman
Fausto Tormen

Prima edizione: settembre 2024
Rubbettino Print, Soveria Mannelli (CZ)

Questo libro è stampato su carte dotate
di certificazione FSC®, che garantisce
la provenienza della materia prima
da fonti gestite in maniera responsabile.

FSC
www.fsc.org
MISTO
Carta | A sostegno della
gestione forestale responsabile
FSC® C103486

Nella stessa acqua

Storie migranti

TERRE DI MEZZO EDITORE

Con gli occhi aperti

di Maria Chiara Rioli e Federica Manzoli

"Un giorno, in occasione di una formazione, ci hanno chiesto di descrivere il corpo in cui ci sentiamo rappresentati attraverso un disegno [...] Ho iniziato quindi a disegnare un serpente. [...] Il serpente quando striscia lascia sempre la scia del suo corpo e io come lui cerco di lasciare sempre traccia della mia vita, del mio vissuto per testimoniare chi sono. La mia scia sono le mie memorie", scrive Khady Sene in *Storia della mia rinascita*. "La donna che sono oggi, di cui sono orgogliosa, lavora alla Caritas Diocesana Foggia-Bovino e si occupa dello sportello Immigrazione."

Nella stessa acqua arricchisce il già rilevante fondo archivistico DiMMi contenuto nell'Archivio Diaristico Nazionale di Pieve Santo Stefano. Gli scritti qui raccolti sono fonti inestimabili per comprendere la storia contemporanea delle migrazioni attraverso le narrazioni di donne e uomini che volontariamente costruiscono memorie personali, divenute ora collettive.

DiMMi crea dunque un archivio di fonti e documenti anche per coloro i quali vivono la condizione di apolide, come nel caso di Laura Soldati in *Migrante nella mia terra*, storia di una donna nata in Italia da madre slovena e cresciuta in Cile: "Mi hanno chiesto la carta d'identità, l'ho messa nelle mani del funzionario e ho indicato il luogo dove c'era scritto: nazionalità italiana. Mi ha guardato e mi ha detto di aspettare. È tornato e mi ha detto: non sei italiana, non sei negli archivi. [...] Mi ha guardato con un certo disprezzo e ha detto: 'Tu, non sei né mosto né limonata' in Italia regola lo *ius sanguini*".

Nella stessa acqua Khady e Laura hanno navigato con altre donne e uomini, donandoci la loro esperienza di ricerca di uno o plurimi futuri.

Scrittura e cura

Le autrici e gli autori di DiMMi attraversano mari veri o simbolici in cerca di se stessi, ritrovano un'identità che facilmente si perde durante percorsi tanto dolorosi, incontrano persone rimaste umane sul loro cammino, sopravvivono per salvare le proprie famiglie. La scrittura attraversa e cura questi viaggi: "Ringrazio Dio e la mia maestra di Inglese per avermi dato la forza e il coraggio per scrivere questa storia: ho pianto tanto in questi giorni: scrivere mi ha fatto rivivere momenti belli e brutti che mi porterò sempre nel cuore", annota Elizabeth Terry nel suo racconto *L'Italia mi ha reso libera*.

La scrittura diventa uno strumento per elaborare le solitudini del deserto prima di arrivare sulle coste del Mediterraneo, quelle di affollatissime imbarcazioni provvisorie dirette in Italia, di centri di accoglienza dove le giornate passano tutte uguali, di una burocrazia opprimente. La scrittura aiuta ad affrontare la solitudine provata di fronte a una donna che si considerava amica e che non si vergogna di difendere il suo voto offerto a partiti apertamente razzisti.

Così è anche nella narrazione di Sonia Lima Morais, nata in Italia da genitori originari di Capo Verde, che in *Sguardo nero* racconta come, per farsi accettare alle scuole elementari, si sia impegnata a imparare sistematicamente le parole più difficili nel dizionario di italiano: "Sulla prima pagella di quell'anno, che tuttora resiste ai diversi traslochi della mia vita, le maestre scrissero: la bambina talvolta si esprime con termini che risultano difficili anche per noi".

Pracsid Manel Warnakulasuriya Thamel, in *La mia vita*, racconta di decenni di lotte contro la povertà e lo sfruttamento dei datori di lavoro, dallo Sri Lanka all'Arabia Saudita, dall'Oman al Kuwait, fino all'Italia, dove accudisce Liliana, Rina, Vanna, Laura, avendo sempre cura degli altri e mai di sé.

Lorna Duldulao, in *La mia vita lontano dalla mia famiglia*, tiene in sospeso chi legge e spera con lei, pagina dopo pagina, anno dopo anno, che finalmente giunga il momento del ricongiungimento con la figlia nata a Manila in circostanze difficili. Dalla "grande isola di Luzon", dove comincia il racconto e in cui Lorna ha trovato amore e povertà, la donna si sposta verso Manila, poi Singapore e infine Firenze: "... Era così bella... ho sorriso perché al centro di Firenze avevo visto tanti giovani. Gli edifici erano davvero impressionanti. Soprattutto quando abbiamo raggiunto il Duomo. La mia sensazione era di essere nel passato. E pensavo di Singapore che quando ero lì, sembrava di essere nel futuro".

Solo un libro

"Nei corridoi della vita ci passano accanto cose belle, persone che ci hanno reso felici con il loro sorriso, poi se ne sono andate per diventare la ragione del nostro dolore e per assicurarci che niente dura e anche la vita è solo un libro, ma siamo costretti a viverne le pagine con ordine. Non possiamo scegliere la pagina che vogliamo, quindi accontentiamoci di tutto, così forse la prossima pagina sarà più bella", scrive Sahar Ben Khiria in *La mia vita*.

Non è una dichiarazione di arrendevolezza, ma un'attestazione di riflessione profonda per continuare un percorso insieme a chi leggerà. Come questa, tutte le narrazioni giunte attraverso l'esperienza consolidata e sempre nuova di raccolta, selezione e pubblicazione di DiMMi invitano alla ricerca, all'approfondimento, all'analisi individuale, sociale, politica.

Oltre i luoghi comuni sulle migrazioni è la storia narrata da Daniela Cociorva, che racconta di chi, nata in Italia da genitori migranti che cercavano un "futuro migliore" per le proprie figlie e figli, non vive infine un progetto così lineare. Un futuro "migliore" rispetto a cosa? Daniela scopre che l'ordine delle pagine del suo libro è talvolta da accettare: "A sedici anni ho compreso che le memorie non vanno negate al fine di essere dimenticate", scrive in *Girasole*.

Con lei Samanta Amet, che in *Crisi di nazionalità* racconta la fatica di crescere fra due mondi, abitandone solo uno: "Crescendo, nonostante istituzioni, burocrazie e persone esterne potessero non far lo stesso, ho dovuto capire la mia identità e le mie origini, rendermi conto che nascere, studiare, e formarmi in questo Paese è stato sufficiente a rendermi italiana".

La notte scura

Nella stessa acqua propone sguardi fuori da sé, durante o al termine di processi segnati da partenze fisiche, nuovi inizi personali e intimi, spesso contraddistinti dalla volontà di prestare soccorso e sostegno ad altre donne e altri uomini che vivono la stessa esperienza di mobilità volontaria e migrazione forzata. Lo racconta in *Tutto accade per una ragione* Basheer Aldabbagh, nato durante la guerra in Iraq del 2004 e rimasto solo e malato in Italia, oggi mediatore culturale, capace di moltiplicare l'umanità che lo ha salvato.

Sono storie che superano gli individui, che collegano popoli e generazioni, come per Omar Jarju, che trasforma il suo racconto in salmodia:

"NON IMPORTA QUANTO SIA SCURA LA NOTTE, SICURAMENTE IRROMPERÀ IL GIORNO

Ora le quattro barche erano pronte per partire, i capitani ai loro posti.

Oh, miei cari capitani
Le nostre vite sono nelle vostre mani
Per favore, per l'amor Dio
Non lasciate che i pesci ci mangino
Portateci attraverso il Mediterraneo
E fateci sbarcare al sicuro nella terra dell'uomo bianco
Lasciate che i nostri antenati sappiano
Che i loro nipoti bisognosi stanno arrivando
Alla terra dei bianchi
Non come schiavi ma come coloni
Perché andremo tra i palazzi
Che hanno costruito i nostri avi
Che non hanno potuto gustare i frutti del loro lavoro".

Anche il testo di Salif Thioune, *Bismillah*, "in nome di Dio", alterna narrazione e preghiera: "Mi ricordo una parola che mia madre ripeteva spesso quando lavorava: "Bismillah". Per curiosità, un giorno le ho chiesto di spiegarmi cosa volesse dire quella parola. E lei mi ha risposto che Dio raccomanda a tutti i fedeli di rivolgerGli quella parola sacra, prima di iniziare qualsiasi attività... Prima di bere, di cucinare, di mangiare e di compiere qualsiasi cosa, si deve sempre pronunciare la parola BISMILLAH".

La forma lirica ritorna nel canto di Adjibo Balde, che in *Tre anni di viaggio. Una vita dura* esprime in poche righe cadenzate un lungo viaggio dalla Guinea attraverso la Grecia e la rotta balcanica, per arrivare a Milano, dove finalmente può sperimentare la "libertà di imparare".

Voci e corpi

Le storie di DiMMi si intrecciano con la storia italiana e transnazionale, ne costituiscono fonti, memoria, rielaborazione ed eco.

Quando Adnan Abdinuur Mohamed nasce, negli anni Novanta, il suo Paese, la Somalia, è dilaniato dalla guerra civile. Undicenne, assiste a un attacco terroristico che coinvolge la sua famiglia. A vent'anni si ribella contro i miliziani di al-Shabaab, che irrompono nella sua casa, picchiano la madre e violentano una delle sorelle davanti ai suoi occhi; il suo tentativo di difendere la famiglia e se stesso termina in un carcere. Appena riesce, Adnan scappa, dal carcere e dalla Somalia.

Negli stessi anni Novanta, davanti a una vetrina nel centro di Bologna, Manijeh Moshtagh Khorasani si specchia e sperimenta il sorriso che nel suo Paese di origine, l'Iran, le era stato insegnato a non mostrare, così da potersi assicurare un marito "adeguato".

La violenza attraversa queste pagine, come nel testo di Jallow Kissima, in cui vengono descritte alcune delle torture patite dall'autore nei campi libici: "Negando sempre di avere la possibilità di pagare i miei aguzzini, questi continuarono imperterriti a torturarmi. Pugni in faccia, tanto da farmi cadere tre denti. Con una lampadina rotta, collegata con un lungo filo a una presa elettrica, mi davano scosse persino nei genitali, appeso a testa in giù, nudo e bagnato con acqua. Frustate sulla schiena e bastonate sulle gambe e sul cranio. Anche le

povere donne prigioniere non erano risparmiate. Furono violentate tutte, pure quelle incinte, separate dai loro uomini e da tutti noi, ma sempre ben visibili da tutti i presenti nello stesso maledetto capannone, aumentando così la loro vergogna e ferendole nell'orgoglio oltre che nel corpo". In forme diverse, Jallow incontra la violenza anche in Italia, a Rosarno, dove lavorò nel 2018: "nelle vicinanze trovai un ghetto di africani con miei connazionali. Mi comprai un materassino per dormire e riguardo il mangiare, come al solito, facevamo la spesa in comune. Oltre ai pomodori raccoglievamo anche le arance, ma eravamo pagati sempre in nero".

Nelle due postfazioni si legge tutta la complessità e ricchezza biografica, storica e politica del percorso di DiMMi. Jasemina Zeqiraj decostruisce gli "anni del silenzio linguistico", quando "l'ascolto del prossimo e soprattutto di me stessa" le hanno dato la "possibilità di resistere a tutti i sacrifici umanamente immaginabili in cambio di una vita serena" e di come quel silenzio e quella presa di parola facciano di DiMMi uno spazio di rispecchiamento, in cui riconoscersi senza perdere se stessi, nella stessa acqua. Yvette Nadine Samnick Ntigui in *"Minga", sogni di donne* ripercorre la propria esperienza di attivismo: "ciò in cui crediamo riguarda tutti e per questo abbiamo bisogno che sia affrontato in modo collettivo attraverso reti che integrino tutte le componenti della società". La scrittura non si sostituisce alla politica, ma contribuisce a creare "uno spazio che ci consente non solo di parlarci ma anche di ascoltarci, e di costruire".

È in questo spazio politico, sociale, umano che affiorano le storie di persone come Satnam Singh, bracciante di origine indiana, abbandonato lo scorso 17 giugno 2024 senza alcun soccorso dal suo datore di lavoro davanti a casa, in provincia di Latina, dopo che un macchinario dell'azienda agricola dove lavorava senza tutele gli aveva tagliato un braccio e ferito le gambe. Accanto a lui, in una cassetta della frutta, il suo braccio mozzato. Satnam Singh è morto in un ospedale di Roma due giorni dopo l'inizio dell'agonia.

Questo contributo ha ricevuto il finanziamento del programma dell'Unione Europea Horizon 2020 per la ricerca e l'innovazione (grant agreement No 101004539).

Disegnami

di Giovanni Cocco

L'edizione 2024 dell'antologia del concorso DiMMi è illustrata da Maria Virginia Moratti, Lorenzo Marcolin, Fausto Tormen, da me e da una nuova autrice: Mihaela Šuman.

Mihaela, nata in Bosnia, ha scritto e illustrato *Il suono della nostalgia*, pubblicato in *Il diritto di salvarsi* (2023) e i suoi disegni fanno parte della raccolta *Disegnami 2023*.

Illustrare DiMMi è per noi un'avventura molto impegnativa, coinvolgente e stimolante che ci permette di condividere con il disegno vicende umane particolari, che sono uniche e irripetibili, ma anche comuni e universali, perché appartengono al dramma della storia umana.

Talvolta le "storie" presenti in DiMMi sono molto brevi, ma intensissime e sconvolgenti, altre sono più lunghe e complesse, e queste ci prendono per mano e ci accompagnano nella vita di chi le ha scritte.

Siamo grati all'Archivio Diaristico Nazionale di Pieve Santo Stefano e alla casa editrice Terre di mezzo, per l'opportunità che ci dà di avvicinare questi vissuti.

Nota al testo

Come per ogni scrittura diaristica conservata a Pieve Santo Stefano, i testi qui pubblicati sono sostanzialmente mantenuti nella forma espressa dai loro autori e dalle loro autrici con limitati interventi redazionali. Così ortografia e sintassi vengono conservate nella versione originale come anche la scrittura "creolizzata" di parole italiane e straniere che contribuiscono, e anzi rafforzano, la vivezza e l'espressività/originalità dei racconti.

Tutti i testi presentati nell'ambito del concorso DiMMi vengono conservati dall'Archivio Diaristico Nazionale sia in lingua italiana che nelle lingue di origine dei loro autori e autrici. Le storie migranti di DiMMi vengono selezionate da apposite commissioni di lettura sparse sul territorio nazionale e da una giuria composta dai membri del comitato scientifico che valuta i testi considerati meritevoli di pubblicazione per la singolarità dei temi presentati e per la loro immediatezza espressiva.

Nella stessa acqua

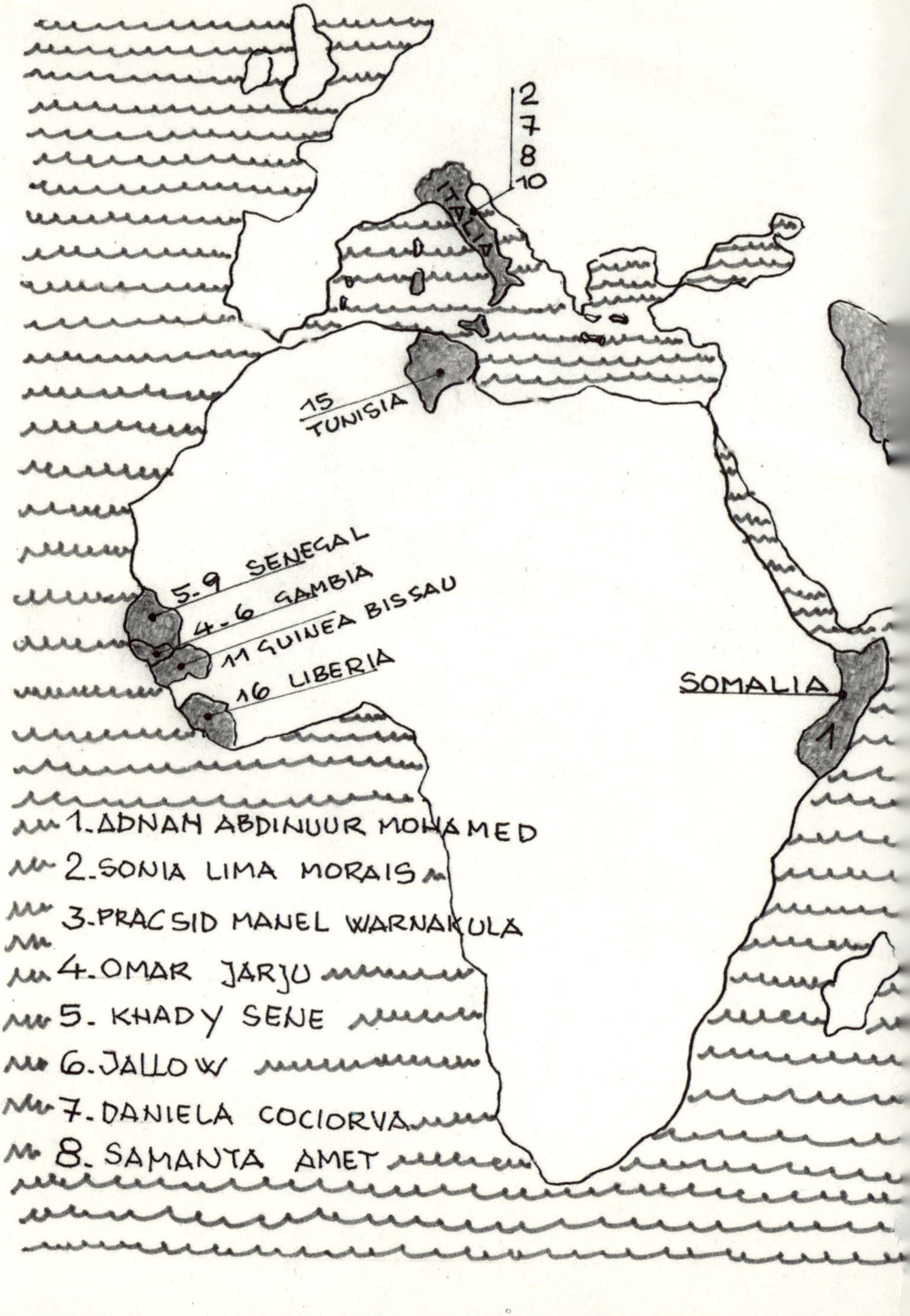
2
7
8
10
ITALIA
15
TUNISIA
5.9 SENEGAL
4-6 GAMBIA
11 GUINEA BISSAU
16 LIBERIA
SOMALIA
1
1. ADNAN ABDINUUR MOHAMED
2. SONIA LIMA MORAIS
3. PRACSID MANEL WARNAKULA
4. OMAR JARJU
5. KHADY SENE
6. JALLOW
7. DANIELA COCIORVA
8. SAMANTA AMET

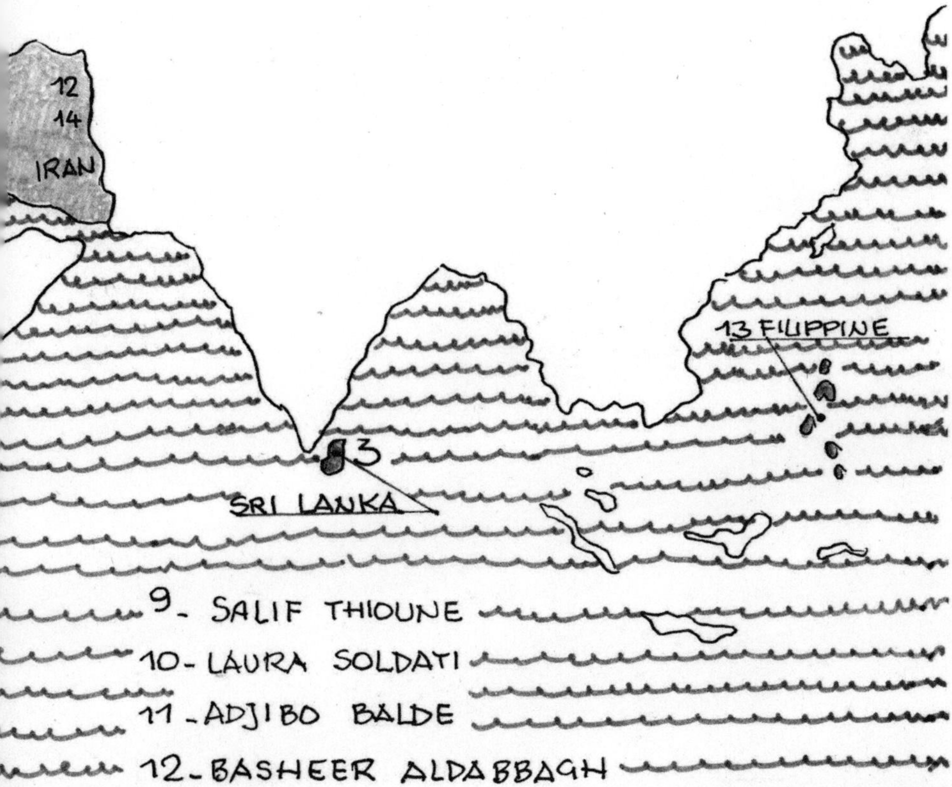

9_ SALIF THIOUNE

10- LAURA SOLDATI

11_ADJIBO BALDE

12_BASHEER ALDABBAGH

13_LORNA DULDULAD

14-MANIJEH MOSHTAGH KHORASANI

15_SAHAR BEN KHIRIA

16_ELISABETH TERRY

Un ragazzo normale

Adnan Abdinuur Mohamed

Adnan Abdinuur Mohamed è nato in Somalia nel 1993.
È solo un ragazzo quando, insieme alla sua famiglia, è vittima dei terroristi di al-Shabaab. Questi, quando lui raggiunge l'età per combattere, vogliono obbligarlo ad arruolarsi tra le loro fila e a tal fine lo sequestrano. Riuscito a fuggire, Adnan lascia la Somalia per non ricadere nelle loro mani e, dopo un viaggio durissimo, approda in Italia. La sua vita è salva e inizia per lui una fase nuova, ma i ricordi dolorosi delle violenze subite dai familiari, i sensi di colpa e la difficoltà ad abituarsi a una cultura diversa rendono complicato l'inizio della sua permanenza in Italia. Col tempo, però, le cose migliorano, anche grazie a un colloquio con la sorella che lo rassicura di non incolparlo per ciò che è successo a lei e alla loro famiglia. Il giovane inizia così ad aprirsi, a fare amicizie e a lavorare come mediatore interculturale. Incontra anche l'amore e attende con grande emozione la nascita del suo primo figlio, arrivato pochi mesi dopo la chiusura del suo racconto.

Somalia

Sono nato durante la guerra civile in Somalia, in una famiglia composta di mia Madre e quattro sorelle e un fratello, ero il terzo in questo branco di fratelli e sorelle, avevamo un rapporto molto speciale, ci proteggevamo a vicenda e facevamo di tutto per rendere le cose più facili e sopportabili, c'era nostra Madre che ha fatto l'impossibile nel crescerci nel bel mezzo di una guerra civile, insegnandoci tra il bene e il male, il rispetto per la vita umana, rispetto per le donne e soprattutto a tenere la bocca chiusa e lo sguardo abbassato davanti alle aggressioni delle altre tribù.

Ho sempre pensato alla mia infanzia e mi rendo conto di non averla mai vissuta, l'unica cosa bella che mi rimane di quei anni è il tempo passato in famiglia, d'altronde la famiglia era l'unica cosa che avevo, non ho mai giocato con altri bambini che non erano le mie sorelle, mai avuto amici, e non sapevo cosa voleva dire giocare con gli altri, ogni volta che ci provavo ad avvicinarmi venivo respinto, a volte con calci, sputi in faccia oppure insultato e mandato via.

All'età di undici anni il mio mondo inizia a crollare, inizia l'era delle corti musulmane in Somalia, inizia la fine del sufismo, e così inizia anche l'era del terrorismo da parte degli al-Shabaab, l'era della sottomissione totale delle donne, dei controlli, l'era dell'arruolamento forzato, il gruppo terroristico ha preso in mano un Paese già distrutto, e le cose non potevano andare peggio di così, o almeno credevo. Poco dopo veniva ucciso brutalmente mio fratello per aver rifiutato di arruolarsi, tutto ciò accadeva davanti a noi e la maniera in cui è stato ucciso ci ha segnato per tutta la vita, mi tormenta ancora oggi doverci pensare, ma da quel giorno dentro di me qualcosa è cambiato, non ero più il bambino di prima, ero arrabbiato, e pieno di odio, all'epoca dei fatti non prendevano i ragazzini a combattere e così mi salvò, ma per quanto tempo non lo sapeva nessuno.

Pochi mesi dopo durante un controllo che era diventato la normalità, qualcosa andò male e non abbiamo mai saputo cosa fosse successo ma qualcuno aprì fuoco e noi eravamo nella nostra capanna quando iniziavano a entrare i proiettili, mi ricordo bene come se fosse accaduto qualche secondo fa, abbiamo sentito l'urlo di mia sorella che era ancora fuori, ma c'era ancora il suono di ak47 in aria e nessuno si è mosso, appena si è calmata la situazione sono uscito fuori di corsa solo per trovarla a terra a fin di vita, e mi ricordo che nonostante era stata colpita più volte, aveva le lacrime negli occhi e un piccolo sorriso che ancora oggi mi ricordo; mia Mamma uscì lentamente come se avesse qualcosa ma non mi disse nulla si mise a fare una preghiera e la abbracciò, nel tentativo di far alzare mia mamma mi resi conto che aveva tutta la schiena bagnata, era stata colpita pure lei, e ancora oggi si porta quella pallottola nella schiena. Nel giro di pochi mesi avevo perso due delle persone più importanti nella mia vita, e ora ero io il più grande nella famiglia.

Nei mesi a seguire mia mamma non faceva altro che ripetermi che dovevo fare tutto il possibile a non mettermi in pericolo, mi consigliava di iniziare a frequentare la moschea, la scuola coranica e di non praticare più il sufismo, il sufismo che era l'unica versione dell'islam che conoscevamo, la versione quella pacifica, dove si faceva la meditazione per avvicinarsi a Dio, dove si cantava, si ballava, dove si pregava ai santi, tutto questo per far vedere che ero religioso che non mancavo mai alle preghiere, così iniziai a frequentare con serietà la moschea, la scuola coranica e più ci andavo più credevo che era tutto sbagliato.

Gli anni dopo l'arrivo del al-Shabaab erano bruttissimi, devastanti, c'erano le lapidazioni pubbliche, punizioni per qualsiasi piccola infrazione della loro versione della religione, insomma c'era in vigore la legge *sharia*, le donne che già durante la guerra civile erano in difficoltà ora si trovavano peggio, a non valere nulla, a essere degli oggetti che potevano essere usati e gettati in qualsiasi momento; aumentarono i casi di violenza sessuale anche perché alle donne violentate era più pericoloso per loro denunciare la violenza subita, dovevano avere dei testimoni e nel caso in cui denunciavano senza avere testimoni bastava che l'uomo dichiarava il contrario e la donna veniva punita, nel caso in cui venivano trovati da altre persone durante l'atto della violenza, venivano puniti entrambi, la severità della punizione era in base all'essere coniugata o no, una donna sposata che è stata trovata a essere violentata veniva lapidata, se non sposata bastavano cento fruste, e tutto ciò avveniva in pubblico, di venerdì dopo la preghiera delle tredici. Quindi era rarissimo che una donna dichiarava di essere violentata, e se come non bastasse i *mujahideen* di al-Shabaab potevano sposarsi con qualsiasi ragazza/donna che volevano e potevano divorziare anche giorni dopo, perché secondo la loro versione della religione, questi tipi di matrimonio sono concessi durante una guerra e per loro gli al-Shabaab erano in guerra contro gli infedeli.

In quei anni mi ritrovai a essere sempre più protettivo delle mie sorelle, cercando di tenerle a casa sempre, e se dovevano uscire di coprirsi completamente, gli al-Shabaab facevano controlli sulle donne per vedere come erano vestite, addirittura avevano iniziato a controllare se le ragazze e le donne si mettevano i reggiseni, poiché il reggiseno era una invenzione del mondo occidentale non veniva accettato.

Non avevamo niente ma queste bestie ci hanno tolto tutto quello che pensavamo di avere, la libertà di stare tranquilli a cenare insieme come una famiglia, la tran-

ADNAN ABDINUUR MOHAMED
NATO DURANTE LA GUERRA CIVILE IN SOMALIA...
NOSTRA MADRE CHE HA FATTO L'IMPOSSIBILE... INSEGNANDOCI... IL RISPETTO PER LA VITA UMANA, RISPETTO PER LE DONNE...
SOMALIA

quillità di prendersi il sole, c'era solo paura nell'aria, la paura di essere trovato nel posto sbagliato nel momento sbagliato, il problema era che tutta la città era diventata un posto sbagliato.

Il 14 settembre 2009 veniva ucciso da un attacco con droni ed elicotteri dagli americani Saleh Ali Saleh Nabhan, uno molto importante sia per al-Qaeda che per al-Shabaab, quel giorno si è scatenato l'inferno e le cose si sono messe ancora peggio per noi, i terroristi erano convinti che qualcuno in città abbia facilitato il ritrovo del loro "fratello", quindi di conseguenza dovevano trovare le spie, quel giorno prendevano chiunque e lo picchiavano a sangue, entravano nelle case e aprivano il fuoco, c'è chi gli è stata tagliata la lingua, chi è stato accoltellato e chi semplicemente fortunato di prendersi un colpo letale e basta. Mi ricordo a pensare agli americani che avevano deciso di uccidere questa bestia e non sapevo se ero contento oppure arrabbiato, alla fine una città intera ha sofferto per la sua uccisione, e mi chiedevo se ne è valsa la pena per loro oppure non gli interessava affatto delle conseguenze delle loro azioni.

Le cose diventavano sempre più difficili e io ero cresciuto in fretta, ora pensavo solo a portare da mangiare a casa e tenere al sicuro in qualsiasi modo possibile le mie sorelle, Mamma stava quasi sempre male, problemi di salute che non sapevamo come gestire, la donna forte ed energetica stava diventando sempre più sedentaria, si stancava subito, non riusciva a fare nemmeno venti passi, e nonostante le difficoltà che aveva ogni minuto che eravamo seduti insieme non faceva altro che parlarci di cose belle, ci faceva sorridere anche quando tutto intorno a noi crollava, se qualche giorno non riuscivo a portare da mangiare, lei era sempre lì a raccontarci delle storie divertenti per farci ridere, insomma con un po' di risate la fame passava e si aspettava il giorno dopo. Tutta questa responsabilità a volte mi pesava, per quanto Mamma e le mie sorelle mi facevano stare bene, dicendomi tutte le cose più belle e rassicuranti possibili, non mi sentivo all'altezza di portare avanti la famiglia ma lo feci lo stesso e lo rifarei altri miliardi di volte.

Una volta abituato a tutti i morti piuttosto orribili un po' di normalità stava tornando nella mia vita, non perché le cose andavano meglio, anzi andavano peggio ma era diventata la normalità per me come per tante altre persone, ero arrivato al punto che potevo vedere qualsiasi scena e nemmeno toglievo lo sguardo, al punto dove iniziavamo a fare confronto tra le diverse scene e a dire "dai però era peggio quella di ieri", "per fortuna che è stata veloce", ero diventato totalmente diverso da quello che ero da bambino, ho perso la mia sensibilità.

Nel 2013 con al-Shabaab in difficoltà contro l'esercito keniota e l'unione Africana hanno ripreso ad arruolare di nuovo forzando chiunque trovavano davanti, ho cercato di stargli lontano per tanto tempo ma il mio tempo stava per scadere, la paura più grande di mia madre, la mia paura più grande stava per accadere.

Eravamo a casa, pronti a pranzare quando all'improvviso entrarono in quattro e mi chiedevano di alzarmi e di seguirli, e lì ho rivisto tutte le cose che hanno fatto negli ultimi anni, tutte le donne lapidate, le decapitazioni, tutti i morti per strada e ora io, io dovevo andare a unirmi con loro? A fare tutte queste cose? Nella mia testa stavo vivendo tutti gli scenari possibili ma nessuno andava a finire bene se non seguirli e magari cercare di scappare dopo, ma mia madre che non ho mai visto piangere si mise a piangere e a urlare, le mie sorelle idem, e mia sorella qualche anno più piccola di me mi abbracciò forte e non mi voleva lasciare e per spostarla uno dei quattro terroristi le ha dato un colpo alla schiena con un bastone, lì per lì non ci ho capito più niente e gli sono saltato addosso, quello che è successo dopo è stato uno dei motivi per cui a oggi ancora soffro di incubi e attacchi di panico. Dopo il mio assalto, i terroristi hanno deciso di farmela pagare picchiandoci tutti quanti e uno di loro decise di concentrarsi su mia sorella e di violentarla davanti a me, mia mamma e le altre due sorelle, in quel momento mi sono sentito così inutile, debole e volevo soltanto morire, non solo non ero riuscito a proteggere la mia famiglia ma avevo lasciato fare a mia sorella una delle cose più brutte che poteva succedere a una donna, tra le urla e i colpi con la base del ak47 e le bastonate non riuscivo più a capirci nulla, avevo solo sangue ovunque e una gamba con un taglio grande che a oggi serve come un ricordo di quel maledetto giorno. Dopo che avevano finito di fare ciò che volevano mi hanno portato con loro e mi hanno rinchiuso in un palazzo in pieno centro città che serviva a loro come carcere per i ragazzi che si rifiutavano di svolgere il lavoro di Dio, dovevamo rimanere lì fino a quando non cambiavamo idea oppure finché non decidevano di ucciderci.

In quel carcere ho passato quasi un mese di inferno, non solo per gli incubi, ma per le torture che abbiamo subito, sempre a petto nudo con il nostro *macawis* (una sorta di kilt somalo) la mattina presto arrivavano e ci buttavano l'acqua fredda, iniziavano a picchiarci con qualsiasi cosa che avevano in mano, ci facevano mettere in posizioni scomode per ore, occhi blindati, mani legate, e si ripeteva ogni maledetto giorno, finché qualcuno non cedeva e anche se qualcuno cedeva c'era la punizione per aver rifiutato la prima volta, io già mi sentivo morto, non sapevo cosa stava succedendo a casa, come stavano i miei? Pensavo sempre a loro e l'unica cosa che mi portava avanti era il pensiero di sapere che tutti loro sarebbero più felici se morissi lì dentro che andare a uccidere delle persone innocenti.

Il 5 ottobre [ci] fu un attacco coordinato dagli americani nella mia città per catturare uno dei capi del gruppo terroristico, la confusione che si è creata ci ha salvato la vita, i terroristi che ci controllavano sono dovuti andare a combattere e siamo rimasti lì senza nessuno che ci sorvegliava, e subito siamo usciti ognuno per la strada che riportava a casa sua, in aria si sentivano solo colpi, colpi e non si capiva da dove venivano ma in quel momento l'unico mio pensiero era arrivare a casa il più presto possibile. Arrivai a casa, non sapevo nemmeno se erano ancora lì e iniziai a urlare *Hooyo*, "Mamma", e sentii rispondere da dentro, entro ed erano tutti dentro, abbracciai mia Mamma e le mie sorelle, e subito Mamma inizia a dirmi che me ne dovevo andare, che non potevo restare lì, che sicuramente sarebbero venuti a cercarmi e non potevamo rischiare, appena c'era un po' di silenzio nell'aria, Mamma mi disse di andare dietro nei boschi ormai secchi e di rimanere nascosto mentre andava da un nostro vicino, è tornata qualche ore dopo e mi disse: "Domani partiamo" e se n'è andata.

Io sono rimasto nel boschetto tutta la notte, con la paura che veniva qualcuno a cercarmi a casa, che potevano fare del male alla mia famiglia di nuovo, all'alba venne mia sorella e mi ha portato da mangiare e mi disse: "Tra un po' ti vengo a chiamare e andiamo, aspettiamo il vicino di casa che viene con la macchina", ma nemmeno lei sapeva dove andavamo. Nemmeno un'ora dopo è tornata e mi ha chiesto di farmi trovare sulla strada poco avanti casa, arrivai lì e c'era mia mamma le mie tre sorelle e il nostro vicino di casa, mi misi nel cofano della macchina e mi hanno ricoperto con dei vestiti e una coperta e siamo partiti, mi ricordo ancora l'ansia che avevo, la paura di essere fermati, ma per fortuna tutto andò bene, non erano passate tante ore ed eravamo già a Chisimaio, qui c'era un po' di calma nell'aria, le prime cose che mi ricordo è che non c'era quell'odore a cui mi ero abituato, l'odore della morte.

Qui Mamma mi spiegò che rimanevano a Chisimaio ma che io dovevo proseguire con il nostro vicino di casa fino in Kenya e che lui mi avrebbe lasciato dei soldi e che mi avrebbe portato dalle persone che mi potevano aiutare ad andare lontano, non volevo sapere nulla di tutto ciò, non volevo andare da solo, le ho pregate di rimanere con loro o di andare tutti insieme e mi disse una cosa che mi ha spezzato il cuore: "*Dhulkeena naftaada Kaliya ayuu deeqa*" (il valore della nostra terra è abbastanza per salvare te). Mamma aveva ceduto la nostra terra al nostro vicino di casa per poter farmi uscire dal Paese e di portarmi in Europa tramite conoscenti.

La partenza

Arrivai in Kenya dopo un viaggio durato sette giorni di nascondersi nei boschi, sotto machine e tanta fame, arrivando in Kenya credevo fosse il paradiso, si c'erano attacchi terroristici da parte di al-Shabaab anche in Kenya ma non avevo sentito nemmeno un colpo di pistola dal mio arrivo, per tutta la calma che c'era non potevo comunque uscire fuori né andare in giro perché i poliziotti sono sempre a caccia di somali senza documenti. Trascorse due settimane di solitudine e di pianti è arrivato il momento per partire per andare in Sudan, e anche qui consegnato a un'altra persona che nemmeno conoscevo mi hanno caricato su un camion e siamo partiti per il Sudan attraverso l'Uganda, ho perso conto di quanti giorni avevo passato in quel camion con delle bottiglie e un secchio dove fare i bisogni, pane, latte e acqua, tanti giorni nel buio a rivivere tutte le cose più brutte che mi sono successe, niente luce e niente che mi poteva distrarre dal fatto che avevo lasciato la mia famiglia, se prima credevo di essere inutile ora ero solo un codardo che ha abbandonato la sua famiglia e salvato se stesso.

Arrivati in Sudan inizia di nuovo l'isolamento questa volta con altri ragazzi e ragazze miei connazionali che per motivi simili ai miei si trovavano ad affrontare questo viaggio.

Forse era meglio restare?

Arrivato il giorno della partenza e nessuno mi poteva mai preparare per il viaggio che mi aspettava, siamo partiti in più di venti persone in un autocarro che non ne poteva portare più di dieci persone, era iniziato il viaggio verso la Libia, non sapevo quanto era difficile, d'altronde l'unica cosa che ci avevano detto era che non si sapeva quanti giorni di viaggio ci aspettava ma non meno di sette, il che per uno che non sa che si doveva attraversare il Sahara, sembrava un viaggio tranquillo, non c'era nulla di tranquillo, solo difficoltà, lacrime, fame e morte. Il nostro viaggio è durato quasi due settimane, ci siamo fermati tantissime volte per far riposare la macchina come dicevano loro, faceva talmente caldo che sembrava che c'era il fuoco sotto i nostri piedi, ogni respiro più caldo dell'ultimo, l'acqua che era bollente, e nell'assenza dell'acqua con disperazione si cercava di stringere le maglie e far cadere qualche goccia di sudore da poter bagnare la bocca, un viaggio iniziato con venti persone, sei giorni dopo eravamo in sedici, poi dodici e poi ogni minuto che passava sembrava essere l'ultimo, e lì mi chiesi: non era meglio rimanere con la mia famiglia?, se morivo potevano almeno seppellirmi, ecco, in quel momento la mia paura era di morire e di rimanere buttato da qualche parte del Sahara e lasciare la mia famiglia a non sapere dove sono e se sono vivo o morto. Quel viaggio mi ha segnato tantissimo, davanti a me vedevo morire ragazzi e ragazze disidratati che giorni prima erano in salute e sorridenti e pieni di entusiasmo per la nuova vita che li aspettava. Per noi dodici che siamo arrivati in Libia, eravamo fortunati e felici di essere arrivati vivi in un posto dove potevamo almeno bere dell'acqua.

In Libia stranamente le cose sono andate bene, ci avevano parlato dei ribelli, di stare attenti a non essere catturati, sono stato fortunato a non essere preso in Libia e ancora più fortunato a trovare il gommone che mi avrebbe portato in Italia.

Ore cinque del mattino l'incontro sulla spiaggia di Zuara, si partiva in un gommone in poco più di quaranta persone, tra donne, bambini e uomini la maggior parte somali e qualche eritrei, una volta partiti c'era un silenzio tombale, poi sentivo pregare, tutti che pregavano, io non ho pregato, ormai avevo smesso di pregare perché sembrava che ogni mia preghiera non veniva mai accettata, pensavo alla mia famiglia, che fine hanno fatto? Dove erano? Stanno bene?, e poi arriva l'alba inizia a sorgere il sole, e tutto quello che si vedeva era il mare e il cielo, con questa vista tante persone erano visibilmente turbate, agitate, io pensavo finalmente posso vedere il mare, per me il mare ha sempre rappresentato casa, sono nato in una città di mare, quando ero in Somalia, quando andavo a pescare in alto mare, mi sentivo al sicuro, che nessuno mi poteva fare del male perché avevo lasciato la terra ferma dietro, i cattivi erano sulla terraferma non in mare, e pensavo anche al fatto che dietro di me c'era tutto il male da cui stavo scappando e davanti a me c'era una possibilità forse di vivere. Quattro giorni di preghiere, ansia, fame, sete, litigi per un po' di spazio sul gommone si vede davanti a noi una nave, e pian piano andiamo avanti la nave si avvicina, era una nave della guardia costiera e lì scatta il delirio, per la felicità di essere stati soccorsi, per la felicità che finalmente è finito questo viaggio, con la guardia costiera che cercava di farci salire uno alla volta sulla nave, un po' di persone per paura di essere lasciati indietro si sono buttati in acqua per provare a nuotare fino alla nave, un viaggio che era andato bene e tranquillo, stava diventando pericoloso, ero tra i primi a salire dopo le donne e i bambini e mi ricordo vedere in acqua dei ragazzi che non sapevano nuotare che affogavano e la guardia costiera che cercava di recuperarli, sono morte quattro persone, davanti alle porte del futuro che cercavano.

Italia

Primo giorno in Italia, in attesa di essere identificato e di sapere che fine farò, siamo seduti per terra coperti con le coperte termiche, ci arriva un piatto di pasta e una frutta ciascuno, non so nemmeno se ho masticato quel cibo dalla fame che avevo, mi ricordo solo che due-tre minuti dopo avevo già finito il mio piatto.

Dopo che sono terminate tutte le procedure, sono stato trasferito in un centro di accoglienza in Molise.

Al mio arrivo, si presenta un signore anziano che mi dice che gestisce il centro, mi parla solo in italiano e di italiano ne capivo solo qualche parola per via della colonizzazione italiana della Somalia, sentivo parlare italiano dagli anziani, non ci capisco più di tanto ma mi porta in una stanza e qui incontro il mio compagno di stanza, scopro che nel centro ci sono altri ragazzi somali e mi presento a tutti e mi dicono come funzionano le cose.

Nei primi giorni mi presentano tutta l'équipe e mi spiegano che si fa lezione di italiano due volte la settimana. Sin da subito ho provato a fare qualcosa per potermi distrarre da tutti i pensieri brutti che mi venivano in mente ma non ci riuscivo più di tanto, finché ho deciso di iniziare a frequentare le lezioni di italiano e lì un po' mi trovavo bene, il mio tempo nella struttura aveva senso ma solo per due giorni la settimana.

Sensi di colpa

Più passava il tempo più mi sentivo che avevo sbagliato a lasciare la mia famiglia, più delle volte mi ritrovavo in spiaggia a piangere, mi sentivo solo, niente aveva più senso, ero caduto in depressione, ho iniziato a prendere psicofarmaci e quando ho capito che mi stavano aiutando, ho smesso di prenderli perché io non meritavo di stare bene, nel mio momento più brutto ho pensato di farla finita, forse era meglio, così non potevo stare più male, a stare solo.

Trovavo la tranquillità nell'imparare l'italiano ma non potevo stare h 24 a studiare, e ogni volta che mi veniva da sorridere mi fermavo e dentro di me mi dicevo che non meritavo di sorridere, non meritavo di stare tranquillo e di essere felice, non dopo tutto quello che era successo, non dopo tutto quello che è successo quando me ne sono andato via, ormai erano passati degli anni prima di risentire la mia famiglia, e quando ho risentito la famiglia, da un lato ero felicissimo d'altro invece mi sentivo in colpa per tutto quello che era successo, dopo la mia partenza.

Mamma e le ragazze sono rimaste per un po' a Chisimaio ma con delle difficoltà riscontrate lì anche da parte delle forze armate keniote, sono tornate nella mia città, si sono fatti una piccola casa fuori città e stavano tranquilli finché un giorno quelli del al-Shabaab non hanno deciso di farli visita e di chiedere dove mi trovavo, come punizione uno di loro decise di obbligare mia sorella a essere sua moglie, e da quel matrimonio durato pochi mesi è nato un figlio, un figlio che porta il mio nome. Questa notizia mi spezzò il cuore, mia sorella aveva sofferto tantissimo e tutto per colpa mia, mi sentivo responsabile di tutto ciò che le è successo, sono stato io la causa del suo dolore, ora però si trovavano tutti insieme nel campo profughi più grande all'epoca di Dadaab, nel Nord del Kenya.

Mia Mamma mi ha convinto di parlare con lei, non ci riuscivo perché ogni volta che sentivo nominare il suo nome, nella mia testa io ero la causa di tutto. La nostra prima chiamata era molto diversa di quanto me la immaginavo, mi aspettavo la sua rabbia, delusione anche insulti ma nulla di tutto ciò, mia sorella, la mia migliore amica era felicissima di sentire la mia voce, di sapere che stavo bene, voleva sapere tutto quello che stavo facendo e mentre lei parlava io non facevo altro che piangere, un pianto che diventava sempre più forte più lei mi diceva, stiamo bene, per la prima volta le ho chiesto scusa per tutto ciò che le era successo e soprattutto per essere stato io la causa del suo dolore, e lei che mi diceva, tranquillo *abowe* (fratello), nulla di tutto ciò dipendeva da te, se dipendesse da te non saremmo qui oggi, avresti fatto di tutto per farci avere tutto quello che vogliamo, non pensare mai che io ti do la colpa, se qualcosa hai sempre cercato di aiutarci, e per una volta mi sentivo cadere quel peso che avevo addosso, e da quel giorno inizio ad avere un altro obiettivo, quello di fare qualcosa per la mia famiglia.

Chi sono io?

Mi sono fatto questa domanda più volte, non riuscivo a capire tante cose, ma soprattutto dovevo ancora imparare a vivere in un Paese dove c'è la pace, sì dovevo imparare a vivere senza tutto quel caos, sembra una cosa facile da fare ma non è affatto così, quando nasci durante una guerra e cresci nella guerra, purtroppo ti abitui talmente tanto che la pace ti sembra un'illusione; ero diffidente, agitato e avevo paura di tutto, al primo suono di un fuoco d'artificio mi agitavo e iniziavo a cercare dove nascondermi, avevo paura di stare in luoghi affollati, camminando per strada guardavo sempre a chi mi veniva incontro e cambiavo lato, e se quella persona per un motivo o altro cambiava lato, in me scattava qualcosa ed ero pronto a difendermi, d'altronde da piccolo mi avevano insegnato questo, cambia strada, e vedi cosa fa l'altro, se viene dal tuo lato, cambia lato di nuovo e se ti segue di nuovo, sii pronto a lottare.

Con tutte queste cose che avevo imparato da piccolo sulla sopravvivenza ora in Italia mi trovavo a dover imparare tutto un altro modo di vivere, non è stato facile, c'erano tutte queste cose nuove che dovevo ancora capire bene. Mia madre mi aveva insegnato il rispetto per le donne, che non si dovevano mai toccare né insultare, di trattare ogni donna come se fossero le mie sorelle e come mia madre, ma io sin da piccolo ho avuto solo loro nella mia vita, ora mi ritrovavo circondato da donne in quasi tutti i casi, l'assistente sociale era una donna, l'arteterapeuta era una donna, l'insegnante di Italiano era una donna, e non erano solo donne, erano donne bianche "infedeli occidentali" con i pantaloni e molto spesso provavano a salutarmi allungandomi la mano, i primi mesi nemmeno le guardavo in faccia e non le davo mai la mano, andavo al mare e mi ricordo che me ne andavo via perché tutte le donne erano quasi nude sulla spiaggia e non ero abituato a questo. E qui io ho iniziato a farmi delle domande su chi sono? E perché mi stavo comportando come se fossi ancora in Somalia, una risposta me la sono data, non c'entrava nulla il fatto di essere "musulmano", era una conseguenza di come sono cresciuto e quello che mi circondava. Immagina di nascere in un posto dove regna il terrore della guerra, dove le donne non valgono niente e poi da adulto ti trovi in un Paese dove non c'è la guerra, e le donne valgono così tanto che a volte ti stupisce che nemmeno loro se ne rendono conto, vi assicuro che non è facile.

Più volte mi è stato detto "non sei più in Somalia", "ti devi comportare come un italiano visto che ti trovi qui", "qui non c'è la guerra, puoi vivere come una persona normale". Queste frasi mi lasciavano senza parole ma con tanta rabbia, uno perché non sapevo rispondere bene a queste frasi e due perché non capivo perché non potevo vivere come una persona normale. Però piano piano ho iniziato a capire me stesso e ho capito che dovevo darmi del tempo per abituarmi all'essere qui in Italia, d'altronde non è che ho un pulsante dove posso premere e *puff* cambio modalità, sarebbe bellissimo no, premere un pulsante e passare dalla modalità "ragazzo incivile traumatizzato" alla modalità "ragazzo civile normale in Italia", sì, sarebbe bellissimo ma non funziona così, e *in primis* lo dovevo capire io, non dovevo accettare nulla, dovevo soltanto capire, e così ho iniziato a capire che non c'era nulla di male nel salutare le donne che mi circondavano nel centro, non c'era nulla di male di andare in spiaggia anche se c'erano tutte le donne in costume, che non dovevo avere paura se qualcuno mi veniva incontro per strada, che non c'era nulla di male di non essere una persona normale anche perché la normalità cui queste persone si riferivano non era la mia normalità, ognuno di noi ha un suo modo di definire la normalità e ognuno di noi vive la sua normalità nel modo in cui può.

La mia crisi di identità mi ha portato a capire tante cose, mi ha fatto rafforzare i miei valori, quelli che mi ha insegnato mia madre e la vita in Somalia, e mi ha fatto apprezzare tante cose che ho trovato in Italia, ho iniziato ad apprezzare di più la vita, la mia nuova vita.

Primo lavoro in Italia

Il 2016 è stato un anno bellissimo per me, ho iniziato a fare amicizie, a uscire di più dal contesto del centro di accoglienza e fare delle attività di volontariato. Una delle cose più belle che ho fatto è stata partecipare a un progetto fatto del Comune per fare dei laboratori d'arte con dei ragazzi diversamente abili, questo progetto mi ha dato tanta soddisfazione in quanto riuscivo a fare delle cose utili e nello stesso tempo facevamo divertire i ragazzi e ho stretto delle amicizie bellissime con loro e i familiari.

Novembre 2016, ho iniziato la mia prima esperienza lavorativa, ero stato assunto come operatore/mediatore nel centro di accoglienza dove ero ospitato, ed è stata una delle esperienze più importanti per me, avevo la possibilità di essere la voce dei tanti ragazzi e ragazze che si trovavano nel centro d'accoglienza, dando voce alle loro paure, esperienze e bisogni. Dopo qualche mese ho iniziato a fare il mediatore per la cooperativa e mi ha permesso di girare il Centro-Sud Italia nei centri d'accoglienza e perfino nelle scuole dove parlavamo dell'immigrazione, delle esperienze vissute in Somalia e in Italia.

Durante questo periodo di lavoro, ho imparato tante cose, soprattutto lavorando con le donne vittime della tratta ai fini dello sfruttamento sessuale, mi si è aperto un mondo, un mondo triste, pericoloso e davvero brutto, per un periodo di quasi un anno il mio lavoro era concentrato nei centri dove si trovavano queste ragazze, e il mio compito era quello di trovare un modo per aiutare queste ragazze a non finire in mezzo alla strada, non era facile; gli strumenti per combattere questo fenomeno

OGGI QUESTA PERSONA È LA MIA COMPAGNA...
... ASPETTIAMO UN FIGLIO... UN FIGLIO A CUI VOGLIAMO AMARE CON TUTTO IL NOSTRO CUORE...
UN FIGLIO A CUI VOGLIAMO TRASMETTERE LA NOSTRA FILOSOFIA DI VITA, DI ESSERE SE STESSO, DI AMARE SENZA AVERE PAURA...
NON VEDIAMO L'ORA DI CONOSCERTI, DI INSEGNARTI TANTE COSE E DI IMPARARE TANTE COSE DA TE.

erano quasi inesistenti, e tante delle volte, le ragazze che avevano deciso di parlare si trovavano davanti a mille domande, pregiudizi e costrette a denunciare per poter avere dei documenti. Quel periodo è stato abbastanza difficile per me perché in ognuna di queste ragazze vedevo le mie sorelle, dove non riuscivo ad aiutare mi sentivo in colpa e ci stavo male perché per me era un fallimento.

Felicità e Amore

Nel 2018 il mio lavoro mi ha portato a viaggiare nell'Europa e io nonostante fossi a Cipro e in Grecia per lavorare come mediatore per un'organizzazione europea non credevo fosse vero, io un ragazzo che fino a poco tempo prima combatteva la depressione, la solitudine, mi ritrovavo a viaggiare e a fare un lavoro che mi stava molto a cuore, ma le cose stavano per cambiare nel meglio, in un modo che non potevo mai immaginare; mi ero candidato per una posizione come mediatore culturale per una delle organizzazioni più importanti nell'ambito dell'immigrazione e nei diritti dei rifugiati e migranti, e sono stato assunto, mi sembrava davvero inverosimile ma era davvero successo a me. Una volta accettato l'incarico sono stato assegnato alla mia sede, all'ufficio immigrazione di Trapani, dove ancora oggi lavoro come mediatore culturale. La mia vita è cambiata tanto da quando ho iniziato questo nuovo lavoro, ero e lo sono ancora in prima fila durante gli sbarchi, non è facile fare domande e identificare i migranti appena sbarcati dopo tanto tempo in mezzo al mare, d'altronde ho fatto la stessa rotta per arrivare in Italia e sapevo benissimo cosa voleva dire arrivare salvo e ritrovarmi a dover rispondere a delle domande semplici ma che in quel momento sembrano le domande più difficili del mondo.

Lavorare a stretto contatto con le forze dell'ordine mi ha fatto capire e apprezzare i sacrifici che ci sono anche da parte loro per fare questo lavoro, ho visto tanti agenti di polizia emozionarsi davanti a bambini salvati in mare, quelli che giocavano con i bambini, la gentilezza e la sensibilità con cui trattavano i migranti.

Grazie a questo lavoro ho incontrato una persona meravigliosa, che nonostante tutte le mie difficoltà nell'esprimermi, mi è stata vicina, mi ha fatto vedere il mondo in un altro modo e mi ha fatto capire quanto valgo come persona, oggi questa persona è la mia compagna e al momento della scrittura di questo racconto, aspettiamo un figlio, un figlio che dovrebbe nascere a fine marzo, un figlio a cui vogliamo amare con tutto il nostro cuore, a cui vogliamo insegnare tutti i nostri valori, un figlio a cui vogliamo trasmettere la nostra filosofia di vita, di essere se stesso, di amare senza avere paura, di rispettare ogni essere umano chiunque sia, come se fossero i suoi genitori, di piangere e di ridere, di non nascondere mai le sue emozioni, di vivere la sua vita sapendo che noi saremo affianco a lui in tutti i casi, un figlio a cui vogliamo insegnare che l'essere diverso non è nulla di male ma che è una ricchezza. A nostro figlio, ancora non ci siamo incontrati ma noi ti amiamo un mondo, e non vediamo l'ora di conoscerti, di insegnarti tante cose e di imparare tante cose da te.

Sguardo nero
(I razzisti in Italia non esistono)

Sonia Lima Morais

Sonia Lima Morais è nata a Roma nel 1990.
Sonia è una giovane italiana di origine capoverdiana. Fin da bambina si trova ad affrontare il razzismo e racconta alcuni episodi di intolleranza subiti nel corso della propria vita. Mediatrice familiare e scolastica, condividendo la propria storia invita anche a riflettere sul tema del razzismo e sulla sua diffusione, sugli stereotipi e sui diversi tipi di discriminazione che subiscono i e le migranti nel nostro Paese.

Eravamo in autobus, io e mia madre, dirette verso la via Prenestina, quando due signore con addosso delle giacche di pelliccia, ci dissero a denti stretti "Negre di merda".

Non avevo mai sentito nessuno sibilare così, e nei loro occhi brillava un sentimento che da grande avrei definito di puro disprezzo.

Dalle risposte di mia madre capii che quelle parole avevano a che fare con il colore della nostra pelle. Non avevamo fatto niente di male, e tutte le volte che usavamo i mezzi pubblici i miei genitori si raccomandavano con me di tenere le mani a posto e ben in vista, lontane dalle borse delle signore, o chissà cosa avrebbero potuto pensare o dire.

Non le avevamo toccate né urtate, eppure erano lì a guardarci con quel ghigno cattivo, forti di una silenziosa solidarietà da parte degli altri passeggeri. La nostra unica colpa credo fosse quella di esistere.

Mi ero guardata allo specchio tante volte ma solo quel giorno, a sei anni, ho capito davvero cosa significasse essere una persona nera agli occhi di alcuni. Non che non sapessi di esserlo, ma prima di allora non immaginavo che questo potesse rappresentare un problema.

D'altronde, al parco o alla scuola materna nessuno aveva mai utilizzato la carta del colore per non giocare con me, e alcuni pomeriggi, quando andavo con mia mamma a fare le compere, signore profumatissime e ben vestite si chinavano per accarezzarmi i capelli folti e ricci e dirmi "Ma che bella bambina".

In quegli anni mi sono spesso sentita sbagliata per il fastidio provocato da quelle mani sconosciute su di me, ma facevo la brava – come mi era stato insegnato – sorridevo e ringraziavo.

Invece, di colpo, quello sguardo.

Diverse settimane dopo, a scuola, durante la ricreazione, un gruppo della mia classe stava giocando al gioco della bottiglia. Questa aveva appena completato il giro e puntava su Daniele. Io mi avvicinai incuriosita e mi misi seduta per terra, ma non troppo vicina a loro per non infastidirli. All'improvviso, Giulia e Nausicaa, le bambine più belle della classe, chiesero a Daniele "Obbligo o verità?". Lui scelse obbligo. Non era la prima volta che ci giocavano, ma io non ero mai stata invitata a prendervi parte, quindi generalmente mi limitavo a osservare da lontano.

Le due bambine dopo una breve consultazione con tanto di gomitate e risatine gli dissero: "Baciala, se ne hai il coraggio", facendo un cenno verso di me con il mento.

Non ebbi il tempo di realizzare cosa stava per succedere, ma Daniele si spostò di qualche centimetro dal gruppo, senza nemmeno alzarsi, e appena fu sufficientemente vicino mi sfiorò rapidamente le labbra. Lo sguardo tranquillo e il solito modo di fare le cose come se non gli importasse di nulla. Mezzo secondo dopo era già tornato al suo posto.

Intorno a noi, uno stupore generale e dei visi all'improvviso inorriditi.

Sapevo che ce l'avrebbero fatta pagare per settimane e che lui sarebbe diventato oggetto di battute cattive per aver osato fare l'impensabile. Non mi sbagliavo.

Per settimane siamo stati accolti da risatine di scherno e parole irripetibili che associavano il mio colore all'essere una bambina brutta; sono stata tormentata nei bagni della scuola per mesi, e quelle mura sono rimaste intrise delle mie lacrime e di quella frase cantata "Daniele ha baciato la negretta, pappappero".

A distanza di anni, questo è ancora oggi il ricordo più bello e più brutto della mia infanzia.

Nonostante tutto, alle elementari ho cercato quotidianamente di colmare quel desiderio di normalità con la simpatia e la dolcezza, ma non era mai abbastanza. Volevo disperatamente sentirmi come tutte le altre bambine; sognavo i loro capelli lisci, la carnagione chiara e il loro incedere aggraziato che le rendeva visibili, ma uguali a tutte le altre. Senza nessuna stranezza, insomma.

Ed era così che si sentivano e che le vedevo io quando si sedevano sui banchi all'angoletto della classe a giocare con le Polly Pocket, e a ridere tirando indietro la testa, facendo vibrare quelle capigliature così perfette, luminose e morbide.

ERAVAMO IN AUTOBUS, IO E MIA MADRE
DIRETTE VERSO LA VIA PRENESTINA
NEGRE
DI
MERDA

Io invece con i miei innumerevoli capelli ricci, la pelle scura e la camminata entusiasta, ma anche piena di interrogativi e paure, occupavo uno spazio sempre maggiore di quello sperato. Ero visibile per loro, ma non come una bambina della loro età, più come una smarginatura nelle loro linee rette.

È con questa consapevolezza che un pomeriggio, mentre facevo i compiti sul sussidiario, ho avuto l'idea che pensavo avrebbe finalmente risolto il problema della mia *non querida presencia*. Così, mi arrampicai su una sedia e, in equilibrio precario sulle punte dei piedi, tirai giù il dizionario di lingua italiana che i miei genitori avevano acquistato qualche tempo prima. Mi ero messa in testa, infatti, che se avessi memorizzato tutte le parole scritte lì, il mio colore non avrebbe più rappresentato un ostacolo alle interazioni e ai giochi, e finalmente sarei riuscita ad avere degli amici anche io.

Il primo termine estremamente difficile da pronunciare per me, è stato asseverazione: "certificazione, nei modi previsti dalla legge, della verità di un fatto, di un documento, di una dichiarazione, o della conformità al testo originale di una traduzione". Ci vollero diverse settimane di esercizio davanti allo specchio, cercando di evitare di pronunciare la zeta come se fosse una esse, prima che la dicessi con scioltezza e disinvoltura.

Sulla prima pagella di quell'anno, che tuttora resiste ai diversi traslochi della mia vita, le maestre scrissero: "La bambina talvolta si esprime con termini che risultano difficili anche per noi". In effetti, col senno di poi, il mio linguaggio così strano era riuscito nell'intento di attirare maggior attenzione su di me peggiorando, se possibile, le prese in giro a cui ero sottoposta quotidianamente.

Prima generazione nata a Roma da genitori stranieri, ho realizzato solamente in età adulta di essere cresciuta con l'idea di una presunta superiorità della razza bianca. Dopotutto, in me erano scolpite a chiare lettere le parole pronunciate dal mio trisavolo portoghese cento anni prima: "Siete una razza mescolata con la merda".

E così sia.

E se da ragazzina il problema era una quasi totale esclusione dalla socialità, dai giochi e da gran parte delle feste di compleanno, crescendo le cose non sono migliorate.

La mia vita da adolescente, e poi da adulta, è diventata sempre più complessa, così come le ferite della mia anima. Tutti quegli sguardi giudicanti su di me, pronti a esprimere pareri sul mio stato sociale e su come mi sarei dovuta sentire rispetto a determinate situazioni, hanno espanso la ferita, ormai divenuta voragine, facendomi perdere sempre di più la reale percezione di me stessa e di una riservatezza che pensavo mi spettasse di diritto.

E, invece, il mio corpo non è mai stato davvero mio per molti anni: oggetto di mani sempre pronte a toccare i miei *kabelu brabu*; oggetto di voci pronte a parlare della mia sessualità: "Dì la verità, ti piace quando ti prendo così, eh? Voi africane a letto siete degli animali"; oggetto di voci volte a parlare della mia educazione: "I tuoi genitori ti hanno educata all'italiana, bravi!".

E poi, mamma, quelle tue carezze e parole per proteggermi, che io ho odiato per tanto tempo: "Amore, mi raccomando, comportati sempre bene e studia. Fagli vedere che anche se sei nera, sei intelligente come loro".

Quanto abbiamo sofferto, io e te, quella volta che l'impiegata delle Poste ti urlò contro come aprire un conto corrente, perché convinta tu non capissi la lingua italiana. Le mie mani strette al tuo cappotto e la paura che quel mostro potesse farti del male non le ho mai dimenticate.

Le lacrime che ho furiosamente ricacciato giù, su quelle scale di piazza Bologna, mi hanno sorpresa circa quindici anni dopo, mentre lo raccontavo a un'amica. Lì ho capito che la ferita era ancora aperta.

E poi quando ho amato per la prima volta, ma un pomeriggio ho osato arrabbiarmi, alzare i toni, riesumando quella voce che mi era stato chiesto di nascondere, e che era rimasta a lungo sepolta dentro di me. Per la prima volta mi sono sentita finalmente libera di essere; ma la mia libertà è durata un attimo.

"Sei una selvaggia, civilizzati!" mi ha urlato.

Avevo ventisei anni e sono stata immediatamente ricondotta nella gabbia.

Ci è voluto tanto per riconoscere e verbalizzare ognuna di queste aggressioni, specialmente per me che appartengo a una generazione che impara da altri giovanissimi nuovi italiani le parole per descrivere quel malessere a lungo interiorizzato.

Ho parlato per la prima volta di conflitto identitario pochi anni fa. Ammettere, in un luogo che non fosse la mia stanzetta, di non riuscire a sentirmi davvero italiana né capoverdiana, e di vivere in un perenne senso di smarrimento, è stato innaturale, profondamente doloroso, ma necessario. Perché vero.

Durante i viaggi estivi a Capo Verde sono stata sottoposta a test di kriol che attestassero la mia reale capoverdianità, ma anche a domande che provassero il mio non essere troppo occidentale.

E in Italia? Be', per tanto tempo ho dovuto gridare forte dentro di me quanto mi sentissi italiana, forse nel tentativo di convincermi di questo dato di fatto, nonostante abbia dovuto rinnovare il permesso di soggiorno per diciott'anni, e su quel pezzo di carta comparisse la scritta "nata a Roma".

E allora, cosa sono io?

Io sono un fatto sociale.

Io dico nera e tu leggi stereotipo.

Il tuo saccente e laido sguardo bianco si posa su di me, mi giudica, mi soppesa e valuta sulla base del mio colore.

Quelli come me non possono commettere errori, o sarebbero tacciati di essere "le famose risorse che la Boldrini ama accogliere in casa sua". E la presunta migrazione vi sta bene solo quando siamo bravi, onesti, grandi lavoratori e docili.

Ma vi siete mai chiesti chi è "l'immigrato"? Chi sia, che volto abbia, di cosa viva, cosa gli piaccia, nessuno lo sa; l'immigrato non è una persona, né un animale, ma solo un grande cassetto degli attrezzi in cui riporre tutte quelle cose che non sappiamo dove mettere.

Io in quel cassetto ci sono stata messa più volte nella mia vita e alcune, più di altre, hanno lasciato una traccia nella mia memoria.

Al bar, una mattina, prima di andare all'università:

"Ao, bella moretta, ma lo parli l'africano?"

"No".

Alla Stazione Tiburtina, con un autista palesemente in torto marcio:

"E tu che cazzo ti guardi negra di merda?"

"Mi giro dall'altra parte, scusi".

A fine lezione, una studentessa con una brillante carriera diplomatica dinanzi a sé:

"Ma tu sei nata qui, qui?" (indicando con il dito il suolo sotto i suoi piedi).

"Sì."

"E come è possibile?"

"Ah boh, mia madre il giorno del parto, ha spinto così

tanto che da Capo Verde sono atterrata all'ospedale San Camillo di Roma".

Un ragazzo conosciuto a un concerto di musica elettronica:

"Certo che per essere africana, hai dei gusti un po' troppo europei."

"Dici, eh?".

Una signora con cui ho condiviso circa quarantacinque minuti di attesa del 163 a piazzale del Verano, solo per farmi tre fermate.

"Siete troppi in questo autobus."

"Ma chi?"

"Voi. Non lo vedi quanti musi neri ci stanno qui e quante facce bianche?"

"No, signora. Non ci ho fatto caso."

"Io comunque non parlavo di te. Tu lo parli bene l'italiano".

Una signora di mezza età, appena conosciuta a una festa di amici.

"Ma davvero sei laureata?"

"No. L'ho detto così, per darmi un tono".

Un'amica, in un locale, qualche compleanno fa:

"Ho votato Salvini alle ultime elezioni."

"Ah."

"Sì, sono stufa di tutti questi stranieri che vedo intorno a me, si sono moltiplicati."

"Ma anche tu sei straniera."

"Io dicevo gli africani. Ordiniamo?"

"No."

"Ci sei rimasta male?"

"Sì. Mia mamma è nera, o africana, come dici tu.

Quando sento i rappresentanti della destra parlare, mi assale la paura che un giorno qualcuno possa farle del male per il suo colore. Quindi sì, ci sono rimasta male e non riesco a non prenderla sul personale."

"Ma che c'entra? Tua madre vive qui da tanto, ormai è italiana. E anche tu lo sei, e poi sei amica mia."

"Non credo potremo condividere altri pasti insieme".

Non è facile spiegare cosa significhi vivere da persona razzializzata a chi minimizza e ti dice che stava scherzando.

Molte volte mi sono chiesta se il dolore, quel vuoto nella pancia, avesse il diritto di essere preso sul serio solo per un semplice scherzo. Ma quella sofferenza rimaneva lì e anziché passare, col tempo, si faceva strada nel cervello, nella carne, nelle membra "quella persona è razzista... razzista... razzista!".

Ecco, l'ho detto. Razzista. Razzista lo sguardo. Razzista il pensiero. Razzista il gesto.

Come mi sento? Meglio? Mica tanto.

Per sentirmi meglio dovrei vedere un cambiamento e avere la certezza che questo tipo di interazioni diminuiscono sempre di più con gli anni. Ma non è così. E allora ti inizi a domandare se il problema non siano davvero solo le persone, ma il tessuto di cui è fatto questo Paese. Il mio Paese.

E, ancora, ti chiedi se si troverà mai una soluzione e se io mi sentirò mai a casa. E se i miei figli, se mai li avrò, qui si potranno sentire a casa.

Ma non ho tante speranze.

Non ho tante speranze quando apro un giornale e leggo titoli che iniziano così: "Delinquente africano...", come se la violenza avesse una matrice etnica.

Non ho tante speranze quando accendo la tv, e non trovo una serie italiana in cui un personaggio nero non dica "NO BARLO IDALIANO SIGNÒ" o un'attrice nera non interpreti il personaggio di quella che la mattina fa la colf, e la sera si prostituisce per mantenere sé stessa e la sua famiglia.

In queste storie non c'è mai una persona straniera o di origine straniera che abbia una formazione universitaria o che non svolga un lavoro umile, ma è sempre presente la figura di colui o colei che salva, aiuta e pone fine a una sicura vita di stenti.

Non ho tante speranze quando sento i dati Istat che dicono che sono circa un milione e mezzo gli italiani senza cittadinanza. Di questi, circa la metà fa parte della famosa "fuga di cervelli" che nell'immaginario collettivo è composta solo da figli bianchi costretti a lasciare la terra natìa.

La maggior parte delle seconde generazioni, nonostante la laurea, è condannata a svolgere gli stessi lavori dei propri genitori e a rimanere nella classe sociale più marginale.

Il 35% delle donne nere dichiara di aver subìto molestie sessuali sul luogo di lavoro.

Gli stranieri in Italia rappresentano circa il 10% della forza lavoro. Nonostante questo, sono impiegati in lavori dove lo sfruttamento è all'ordine del giorno e il pericolo per la salute è molto alto.

Nel 2022 sono state 1.379 le aggressioni con matrice razzista. Una donna nera su cinque è sopravvissuta a uno stupro.

Le discriminazioni e la depersonalizzazione identitaria non riguardano solo chi è razzializzato, ma la società nella sua interezza.

La prossima volta fateci caso.

La mia vita

Pracsid Manel Warnakulasuriya Thamel

Pracsid Manel Warnakulasuriya Thamel è nata in Ski Lanka nel 1949. Fin da giovane, emigra con il marito in diversi Paesi per poter provvedere alle necessità della famiglia, lavorando spesso in condizioni molto difficili. In Italia da circa vent'anni, è stata impiegata nella cura di persone anziane in diverse famiglie, in alcune delle quali si è trovata molto bene, e ha incontrato persone che l'hanno aiutata e sostenuta. Vive a Firenze, dove è arrivato anche il figlio con la famiglia.

Nostra famiglia molto poveri, abitavo in un campo di altri, in una piccola casa non nostra. Mio babbo era un contadino, noi siamo sette fratelli. Fratello più grande è andato a scuola elementare, lo stesso mia sorella più grande. Anche io, terza figlia, sono andata a scuola a sei anni. Mio babbo, la mattina prima di entrare a scuola ha detto: "Vai a scuola studia bene, non litigare con nessuno, una matita o una penna non c'è non chiedere ai ragazzi". Così ho fatto come ha detto mio babbo. Sabato e domenica non c'è scuola, vicino alla mia casa c'è un campo di riso con tanti tipi di erba per mangiare, così io colgo queste erbe, ogni tipo in un sacchetto che sabato pomeriggio portavo a casa di mia zia camminando per tre chilometri. Dormivo a casa della zia e domenica aiutavo a pulire casa e giardino, cercare legna per cucinare. Nel pomeriggio dopo pranzo tornavo a casa. Mia zia mi dava qualche soldo, con questi compravo quaderni, matite, penne per la scuola. Anche se andavo tutte le settimane da zia, grandi cose non potevo comprare. Al ritorno da scuola il pomeriggio aiutavo sempre mia mamma, portare acqua, tagliare legna per cucinare, tagliare foglie di cocco, bagnare con acqua e lavorarle per fare stuoie e tappeti. Le nostre case erano di terra pavimenti e muri, solo ricchi hanno case belle. Abbiamo anche animali, capre e io portavo le capre a pascolare scalza e tornavo zoppa perché spine sotto i piedi. La sera dopo cena io devo studiare quando tutti dormono distesi sulle stuoie perché non abbiamo letti. Una sera per studiare tenevo in mano un lume a olio per leggere ma mi sono addormentata, il lume è cascato e si è incendiato, per fortuna mia mamma si è accorta e ha spento l'incendio.

Un giorno sono venuti problemi con la scuola perché non abbiamo soldi per comprare i libri. Un giorno non ho libro di inglese e la maestra ha cominciato a picchiarmi tutti i giorni. A matematica e lingua ero la più brava, mi piaceva tanto la scuola, ma non ho voluto più andare perché non posso comprare libro di inglese e non voglio essere picchiata tutti i giorni. Così al settimo anno di scuola, a tredici anni, ho lasciato la scuola e a quattordici anni sono andata a lavorare in una fabbrica di tegole per i tetti. Così davo tutti i soldi per la famiglia. Mio fratello e sorella più grandi hanno lasciato la scuola dopo cinque anni e cominciato a lavorare in questa fabbrica di tegole.

IO SONO STATA IN ITALIA
PER AIUTARE I FIGLI
E ANCHE MIE DUE SORELLE
MOLTO POVERE E LE
NIPOTINE A STUDIARE.

SE RIMANGO AL PAESE
NON POSSO AIUTARE NESSUNO
PERCHÈ NON GUADAGNO PIÙ.

Mia mamma lavorava tantissimo, anche di notte, in modo da non lasciare mai noi figli senza mangiare a tutti i pasti compresa colazione. I miei fratelli e sorelle più piccoli, con il nostro aiuto hanno studiato, due per dieci anni una per otto e uno per cinque anni. Mia mamma non vedeva mai i soldi del babbo, perché se li beveva tutti.

A ventiquattro anni ho conosciuto mio marito che aveva diciotto anni e lavorava anche lui nella stessa fabbrica. I suoi genitori non volevano perché ero molto povera. Allora di nascosto siamo andati a vivere insieme. Quando io aspettavo un bambino e non potevo più lavorare in fabbrica, mio marito per guadagnare di più è andato a pescare in mare. Qualche volta, quando tornava una volta alla settimana, riusciva a portare un po' di soldi e qualche volta tornava senza niente. Con troppo poco guadagno in mare ha imparato a salire sugli alberi di cocco per raccogliere il succo di cocco. Così prima della nascita di mia prima figlia sono stata molto male e non avevo soldi per pagare taxi per ospedale, perché da noi le ambulanze non ti portavano. Nessuno dei nostri parenti abitava vicino a casa nostra per aiutarci. Una donna che abitava davanti a noi e che non aveva bambini, è subito venuta ha cercato delle erbe, le ha bollite e me le ha date a bere. Poi mi ha aiutato a fare la doccia con l'acqua del pozzo. Appena finito ha preso due suoi orecchini e gli ha dati al mio marito per portarli in banca e così prendere i soldi per il taxi. Così la bambina è nata all'ospedale ma io ero come in coma e non mi sono accorta di niente. Due giorni dopo sono tornata a casa con la bambina. I genitori troppo poveri per aiutare noi e i suoceri non hanno mai parlato con noi né sono venuti a vedere la bambina.

Prima di sposarmi, il babbo è andato abitare lontano nella casa che gli ha regalato il nonno che, malato, è andato a casa di nonna. Anche la mamma con i miei fratelli è andata a casa della nonna, che era nella zona della scuola, per poter far continuare lo studio ai più piccoli.

Con la bambina non si poteva andare a casa della nonna anche noi, allora siamo andati a casa del babbo dove mio marito ha continuato a lavorare sugli alberi di cocco. Dopo due anni, il succo di cocco c'era solo per sei mesi l'anno, negli altri sei mesi mio marito guadagnava pochissimo. Mio babbo ci aiutava a vivere dandoci da mangiare. Dopo altri due anni sono venuti a vivere con babbo anche mamma e i fratelli. Però la casa era troppo piccola per vivere tutti insieme. Allora noi siamo tornati dove si abitava prima e per pochi soldi abbiamo comprato una capanna vicino al mare.

Quando è venuto un vento forte, il tetto di foglie di cocco è volato via e noi ci siamo bagnati. Per lavarsi noi e i panni si deve andare al fiume. Qui però il marito ha cominciato a lavorare tanto su tanti alberi di altre persone, il succo andava metà a noi e metà al padrone. Con il succo, scaldandolo io facevo il miele e lo vendevo. Quando è nata seconda figlia, è diventato difficile accompagnare a scuola la figlia più grande perché bisognava traversare il fiume ma a volte entrava l'acqua del mare e senza un ponte non si poteva traversare. La figlia grande tutti i giorni non si poteva accompagnare a scuola perché senza ponte. Mandata dai miei genitori, andava a scuola lì. Siamo stati due anni senza figlia grande.

Quando aspettavo la seconda figlia, un giorno volevo andare alla clinica per controllare la pancia, pioveva molto e c'era anche una vicina che aspettava un bambino. Per andare alla clinica si doveva traversare il fiume, lei sapeva come fare. Siamo salite su una zattera e lei la spingeva con dei pali di legno, però ha cominciato a entrare nel fiume tanta acqua del mare che ci trascinava anche noi ma quando la zattera è passata vicino alla riva lei si è attaccata al ramo di un albero e ci siamo fermate. Poi siamo scese sulla riva e siamo andate a piedi. Però al ritorno si doveva ancora attraversare il fiume e questa volta ero sola. Nel pomeriggio tutti i giorni l'acqua si abbassava e io ho pensato di poterlo traversare a piedi e ho cominciato piano piano a camminare ma a un certo punto l'acqua era salita fino sopra la mia testa e io non sapevo nuotare e ho capito che non potevo andare avanti e ho cominciato a tornare indietro, ero completamente bagnata e sono andata alla casa di mia nonna, mi sono asciugata, riposata e ho mangiato lì, poi il marito è venuto a prendere me.

Con figlia piccola dovevo andare lontano a cercare acqua da bere e ho portato bambina a casa di suocera e chiesto di lasciarla un pochino per andare a prendere acqua, ma la suocera ha detto che non può accettare in casa mia bambina. Questa era la mia colpa per i suoceri, che io ero povera. Allora io ho messo bambina sulla schiena e portato due taniche di acqua con le braccia e ho dovuto fare questo tutti i giorni, perché il marito tornava a casa dal lavoro solo a pranzo e cena. Io ho sofferto troppo e ho sempre pensato di fare tutto per non fare soffrire i miei figli come ho sofferto io.

Il vicino di casa ha chiesto di comprare la nostra capanna e il terreno per costruire un albergo. Così abbiamo venduto tutto e comprato un terreno vicino alla scuola dove ci siamo messi a costruire la nostra casa. Finita la casa, io ero incinta del terzo figlio. Siamo andati a vivere nella nuova casa quando ancora non c'erano porte né finestre.

Il marito si è stancato molto a salire e scendere tutto il giorno dagli alberi di cocco, tanto che una volta è cascato e si è fatto male a un ginocchio. Così ha deciso di andare a lavorare in Arabia Saudita.

Ha pagato un'agenzia, che lo ha portato in India e lì abbandonato senza mangiare, senza visto e senza soldi. La polizia lo ha messo in prigione per un mese. È rimasto in India cinque mesi.

Io sono rimasta con tre bambini senza soldi, senza mangiare. La sera io non mangiavo e il mio cibo lo scaldavo la mattina per la colazione dei bambini prima di andare a scuola. In questa condizione tante volte volevo morire. Una volta è venuta febbre alta per tre giorni. Non posso pagare un dottore, all'ospedale una coda lunghissima e non posso aspettare in piedi e non tornare a casa quando i bambini tornano da scuola. Allora ho fatto una doccia con acqua fredda, ho pensato: o vivere o morire, e sono andata dormire sotto le coperte. Il giorno dopo era passato tutto.

Nessuno è venuto a vedere come stiamo, finché uno zio falegname, ha cominciato, dopo finito il lavoro, a venire a casa nostra per vedere cosa manca, poi andava a fare la spesa e portava tutto per mangiare.

Abbiamo ricevuto una lettera del marito che non poteva tornare se non mandiamo il biglietto aereo. Lo zio ha pensato anche a inviare il biglietto.

Al ritorno il marito era ridotto pelle e ossa per tanto tempo senza mangiare.

Ha dovuto ricominciare a lavorare sugli alberi di cocco. Dopo un po' un cugino è andato a lavorare in Arabia Saudita e da là ha mandato un biglietto a mio marito per raggiungerlo.

Dopo due mesi ho deciso di andare anch'io, con un'agenzia ho pagato per trovarmi lavoro e per un biglietto per l'Oman, tutto pagato da mio zio. Lo zio ha preso con sé tutti e tre i bambini (la più grande quattordici anni e il piccolo sette anni), io ho chiuso casa e sono partita.

Quando sono arrivata in Oman non sapevo una parola di arabo, all'aeroporto è venuto il padrone a prendere me.

Era un uomo alto, grosso grosso, tutto nero con i capelli ricci attaccati alla testa, si vedeva solo il bianco dei denti quando rideva, ho avuto molta paura. Mi ha accompagnato a casa, la moglie era anche lei grassa e alta, incinta di nove mesi e avevano sette bambini. Piano piano ho imparato a lavorare e parlare. Tutte le mattine dovevo pulire e lavare i cinque bambini più piccoli, preparare colazione per tutti, pranzo e cena, lavare, pulire e stirare, dopo cena dovevo anche lavare i bambini prima di andare a letto. Qualche volta finivo di stirare anche a mezzanotte e mi alzavo alle cinque ogni mattina. Ero molto stanca e molto magra perché non avevo mai tempo per mangiare. Poi è nata un'altra bambina e così erano otto.

Quando cominciava un mese di Ramadam, preparavo solo la cena, ma tanti piatti cucinati in tanti modi. Loro mangiavano tutta la notte e io dovevo per tutta la notte lavare piatti e tegami. Non avevo nemmeno tempo per me per lavarmi e andare in bagno. Tutti i giorni piangevo perché io da una parte, i figli da un'altra e il marito da un'altra. Dopo due anni, il mio visto finiva e ho pensato di tornare al Paese, anche il marito era tornato. Tornata al Paese, sono stata per due o tre mesi, e ho potuto pagare i debiti accumulati. Anche il marito non voleva tornare in Arabia, ma tutti e due a casa senza guadagnare era un problema. La figlia maggiore ha detto, quando voi eravate via noi siamo stati bene, mangiato vestiti e studiato, ora non abbiamo più niente.

Allora ho deciso di soffrire io e tornare in Oman, perché volevo i figli vivere bene e studiare bene.

Ho telefonato alla stessa famiglia che ha mandato il biglietto e sono partita. Quando sono arrivata la padrona era di nuovo incinta del nono figlio. Di nuovo ho ricominciato a lavorare senza avere tempo per mangiare e dormire a sufficienza. Qualche volta se andavo a fare la doccia prima di andare a letto, aprivo l'acqua e mi addormentavo a sedere sotto l'acqua per la stanchezza.

Questa donna non aveva studiato, allora ha cominciato ad andare a scuola lasciando tutti i bambini a me. Un bambino era malato, scappava continuamente, non riusciva a stare fermo. Io dovevo guardare lui e gli altri più piccoli mentre dovevo fare tutti i lavori di casa e cucinare. Ero molto triste perché la casa era circondata da mura con porta chiusa a chiave come una prigione e non potevo mai uscire. A volte mi disperavo perché a me era capitata questa vita cosi difficile da sopportare. Una mattina, ero sola con i bambini piccoli e il bambino malato è salito sul tetto. Non aveva paura di niente, solo dell'acqua ghiaccia. Allora, ho lasciato giù i piccoli e sono salita con l'acqua fredda e piano piano, minacciando di bagnarlo, l'ho convinto a scendere. Se cascava dal tetto e moriva io sarei andata in prigione.

Dopo due anni sono tornata a casa, il marito lavorava con i turisti accompagnando a visitare e guadagnava qualcosa. Però i turisti erano solo nei sei mesi d'estate, gli altri sei mesi non guadagnava. Ho cercato di inventare tutti i modi possibile per coltivare verdure e frutta e preparare dolci che poi portavo al negozio per vendere. Ma non era abbastanza per i tre figli che studiavano e avevano bisogno di soldi per autobus, libri e vestiti oltre al cibo. Allora ho pensato di non tornare in Oman ma di andare ad Abu Dabi in Arabia. Sono andata a un'agenzia per cercare un posto di lavoro, quando è arrivato il permesso con il visto per due anni sono partita, sempre con l'aiuto economico di mio zio.

All'arrivo è venuta a prendermi all'aeroporto una poliziotta che mi ha accompagnato alla casa della sua mamma. Dopo pranzo con loro la poliziotta mi ha portato a casa sua. Erano una famiglia di tre bambini e i genitori. I primi giorni abbastanza gentile ma dopo era sempre arrabbiata perché nella sua casa andavano via tutti, non rimaneva nessuno a lavorare. Questa donna aveva la bambina piccola di otto mesi, siccome lei non aveva latte, pretendeva che io davo da mangiare la frutta, ma non aveva denti e non la voleva e piangeva sempre. Un giorno a tavola mentre mangiavano quello che io avevo cucinato, lei si lamentava di me, allora il marito ha chiesto perché io non andavo bene, a lui sembrava che ero brava a fare tutto e curare i bambini e lei gli ha tirato due schiaffi.

Mangiavano solo a pranzo, io cucinavo, poi lasciavo un piatto per me in cucina e portavo tutto in tavola per loro. Non facevo in tempo a toccare il mio piatto che subito mi chiamavano per guardare i bambini. La sera lei andava a giro con un altro uomo e quando tornava portava la cena per loro da fuori ma niente per me. Così, di giorno non avevo tempo di mangiare e la sera non avevo niente da mangiare. Quando scrivevo lettere per la mia famiglia le davo a lei per impostarle, ma lei non le spediva. Un giorno sono arrivate la mamma e la sorella, io ho cucinato per tutti, loro hanno cominciato a mangiare come sempre seduti in terra. La bambina piccola ha cominciato a gattonare e la sorella di sei anni le ha fatto battere la faccia in terra e la mamma ha picchiato me, nonostante la sua mamma dicesse che io non c'entravo niente, la colpa era della bambina che l'aveva fatta cadere. Ho capito che in questa casa non potevo continuare a lavorare, ma non potevo mandare lettere al Paese perché lei non le spediva. Un giorno ho visto dalla finestra due uomini indiani che pulivano la strada, allora ho scritto una lettera e senza avere il francobollo l'ho buttata dalla finestra chiedendo loro di spedirla. Loro hanno impostato senza francobollo. La lettera è arrivata lo stesso pagando il francobollo all'arrivo e così hanno mandato il biglietto all'ambasciata. Io non sono stata informata, ma la poliziotta l'ha saputo e mi ha detto che non mi permetteva di tornare al Paese e che mi avrebbe ammazzato piano piano. Il nostro era un palazzo alto e sotto c'era un negozio di indiani. Questi indiani hanno saputo da quelli che pulivano la strada dei miei problemi. Loro hanno avvertito una donna indiana che viveva nel palazzo e lei ha bussato alla porta quando i padroni erano fuori, io ho aperto e lei mi ha dato dei soldi e mi ha detto di scappare la mattina presto, prendere un taxi e farmi portare direttamente all'ambasciata. Avevo già lavorato per due mesi e dieci giorni senza essere mai stata pagata. Così una mattina presto sono scappata dalla casa e sono andata con un taxi all'ambasciata. Però all'ambasciata il biglietto non era più valido perché mio marito l'aveva annullato vedendo che non riuscivo a venire. Loro mi hanno consigliato di non tornare a casa senza soldi ma di trovare un posto migliore per lavorare lì.

Dopo una settimana all'ambasciata, è venuta una donna egiziana che mi ha portato a casa sua, una famiglia con solo due bambini. I bambini andavano a scuola, marito e moglie a lavorare. Io ho lavorato benissimo, senza nessun problema e guadagnando bene. Dopo circa un anno e mezzo loro sono andati in Egitto per un mese e mi hanno lasciato da una amica egiziana con due bambini piccoli, anche loro molto gentili e molto bravi. Quando sono ritornati dall' Egitto sono tornata da loro e ci sono rimasta fino alla fine dei due anni, quando, scaduto il permesso di soggiorno, dovevo tornare a casa. Però i miei documenti erano rimasti a casa della poliziotta, da dove io ero scappata. All'ambasciata mi hanno fatto il passaporto solo per andare al Paese e ho pagato il biglietto. Sono rimasta per una notte a dormire all'ambasciata e mi hanno detto che la mattina dopo devo prendere un taxi per andare a consegnarmi per fare una settimana di prigione, perché due anni prima ero scappata dalla casa della poliziotta. I cancelli dell'ambasciata si sono aperti tardi e quando io sono arrivata, l'ufficio era chiuso. Sono tornata con il taxi all'ambasciata e mi hanno detto che per arrivare la mattina presto a quell'ufficio dovevo andare a dormire dalla famiglia da cui avevo lavorato. Ho telefonato, ma la famiglia non mi ha risposto. Però mi ha risposto l'altra famiglia dove ero stata per un mese e loro sono venuti a prendere me e la mattina hanno chiamato un taxi e mi hanno anche dato dei soldi. Così ho fatto sette giorni di prigione in compagnia di tante altre donne come me. Da lì mi hanno portato direttamente in aeroporto su un camion pieno di altri scappati e di vari altri Paesi.

Arrivata all'aeroporto del mio Paese, ho preso un autobus che mi ha fermato a due chilometri da casa che ho fatto a piedi. Nessuno a casa sapeva del mio arrivo. Di nuovo situazione difficile, con i figli che dovevano studiare, la suocera e il marito che guadagnava poco. Preparavo dolci per venderli al negozio. Però il 50% del guadagno lo prendeva il negozio, allora mi sono inventata altri modi, messo le galline, piantato banane e verdure per mangiarle noi. I figli andavano lontano a scuola e ci volevano biglietti per l'autobus, era difficile vivere. Il marito voleva che i figli smettano di studiare, lui non capiva il valore dello studio, cosa che io sapevo perché avevo patito per dover smettere di studiare. A questo punto, anche se nel mio cuore non voleva più andare via, mi sono vista costretta a ripartire, questa volta ho pensato di andare in Kuwait, che pensavo meglio di altri Paesi. Di nuovo sono andata a un'agenzia che mi ha detto c'era un bel posto.

Ho pensato che non volevo che i miei figli soffrissero quanto soffrivo io, così lo zio ha di nuovo pagato l'agenzia e sono partita per il Kuwait. Purtroppo, appena entrata nella nuova casa, ho capito di aver sbagliato un'altra volta. I genitori morti in un incidente e cinque figli rimasti soli, due femmine di trentadue e diciotto anni e i tre maschi di ventotto, ventiquattro e venti anni. Il più grande dei maschi non aveva mai studiato, il secondo era un poliziotto mentre gli altri studiavano. Stavano in una casa per poliziotti.

Quando alla fine del mese il poliziotto prendeva lo stipendio comprava una pecora viva, l'ammazzavano, levavano le interiora, tagliavano via le gambe e la mettevano a cuocere in un enorme pentolone. Tolta la pecora appena cotta e messa in un vassoio, mettevano a cuocere nel pentolone dieci chili di riso. Con le interiora, senza lavarle, e cuore e polmoni, tagliandole a pezzetti facevano un riso al curry. Invitavano tutti i loro parenti. Il pavimento era tutto coperto di tappeti, un enorme piatto con il riso al curry e sopra appoggiata la pecora stracotta veniva messo in terra e sedevano tutti intorno, prima gli uomini, e prendevano tutto con le mani. Gli uomini appena finito andavano fuori e venivano a mangiare tutte le donne. Tutto il cibo avanzato veniva messo in sacchetti e buttato via. Io non mi fidavo di quel cibo per come era sporco e allora mangiavo solo frutta. Loro erano beduini delle montagne dell'Arabia Saudita arrivati in Kuwait.

Un giorno come altre volte loro hanno fatto una festa la sera a cena. Appena finito ho cominciato a pulire e lavare queste pentole fuori casa, perché erano troppo grandi per lavarle dentro casa. Lavoro mentre tutti sono andati fuori casa senza dire niente a me e lasciato tutte le porte aperte. È entrato un ladro che ha aperto e frugato da tutte le parti ma non ha trovato niente, arrivato dove stavo io l'ho visto scappare nella casa accanto. Quando i padroni sono tornati a casa il ladro non c'era più. Loro hanno telefonato al padrone della casa accanto che è arrivato subito. Ho avuto molta paura in questo giorno.

Le pentole erano troppo grandi e non potevano essere lavate in casa, dovevo farlo fuori, ma se facevo rumore la ragazza più anziana veniva a picchiarmi. Dentro casa dovevo usare l'aspirapolvere, ma lei che stava sempre in casa non voleva sentire rumore e mi picchiava. Inoltre lei chiedeva alcune volte a me di cucinare, ma se il fratello poliziotto si accorgeva che avevo cucinato io buttava via tutto. Il fratello di ventiquattro anni che studiava, quando tornava, suonava al cancello e se io non aprivo subito mi sputava addosso. Io ero molto molto triste, piangevo e pregavo, ma non sapevo cosa fare. Poi il poliziotto è morto in un incidente e io ho lavorato tre mesi senza stipendio. Allora ho scritto a mio marito che ha mandato un telegramma, diceva che devo tornare subito perché la mamma era molto malata. Il postino ha consegnato il telegramma a me. Ho fatto vedere il telegramma al figlio di vent'anni che era il più gentile. Lui ha chiesto se voglio proprio andare via e poi è andato all'altra casa a prendere il mio passaporto, ha comprato il biglietto e accompagnato all'aeroporto.

Arrivata a casa ho visto che arrivavano i corpi di tanti nostri paesani che erano andati a lavorare in Arabia ed erano stati ammazzati. Io dicevo sempre ai nostri paesani di non andare in Arabia perché loro sono cattivi e si comportano come animali.

Sono rimasta a casa un anno, pensando di non voler più andare via. Poi un giorno mia cognata è arrivata alla nostra casa e ha detto che era possibile andare in Italia e che c'era un'agenzia e che in Italia si stava bene senza paura. Io non ho detto niente, il marito ha detto se tu vai anche io vengo. Io avevo sempre paura come prima perché non conosco il Paese, ho pensato meglio non mangiare e morire al Paese, perché avevo già sofferto abbastanza. Il marito ha detto non avere paura ci sono tanti nostri paesani che stanno bene, non è come l'Arabia, si guadagna bene, se tu vai vengo anch'io. Ho pensato tanto a perché sono nata in questo mondo con una vita di tanto soffrire.

Sono andata alla chiesa e ho pregato tanto, poi sono andata all'agenzia e ho parlato con loro. Però bisognava pagare tanti soldi non come per Arabia. Noi non abbiamo soldi per pagare, allora li abbiamo presi alla banca garantiti dalla casa con restituzione a rate mensili. Avevo sempre paura che se non andava bene di perdere anche la casa.

Dopo tre mesi sono arrivata in Italia a Napoli, un nostro paesano mi ha accompagnato a una casa dove sono stata per una settimana. Poi accompagnata da una signora anziana, una maestra di inglese in pensione. Io non sapevo neanche una parola di italiano, allora la signora ha cominciato a parlare con me in inglese, ma io ho detto di non parlare con me in inglese perché io voglio imparare italiano. Io avevo comprato al paese un vocabolario italiano-cingalese. La mattina prendevo latte e caffè con biscotti, a pranzo carne o pasta con verdure, io cucinavo come in Arabia. Noi non si mangiava insieme. Preparavo la tavola poi andavo nella mia camera e aspettavo e quando la signora aveva finito io andavo in cucina, ma per tre giorni non mi ha lasciato niente per pranzo, ha mangiato tutto lei. Io non potevo dire niente perché non sapevo parlare. A cena si cuoceva insalata scarola e si mangiava con pane e formaggio, ma la scarola era troppo amara per me e il formaggio non mi piaceva non ero abituata. Poi ho pensato che dovevo mangiare allora mangiavo la scarola intera col pane senza masticarla.

Non sapevo come spiegare il mio problema alla signora. Un giovedì pomeriggio libero sono andata a casa del nostro paesano dove ero stata la prima settimana e ho detto con loro che la signora non lasciava il mangiare per me. Loro hanno telefonato alla signora e detto che doveva darmi da mangiare. Allora la signora mi ha dato da mangiare bene ed è stata con me molto gentile. Un giorno di estate caldo, la signora ha detto di andare a prendere in soffitta un ventilatore, io non sapevo cos'era un ventilatore, quindi sono salita ho guardato in giro e sono scesa dicendo che non c'è. Lei mi ha detto che c'è e di tornare su. Di nuovo sono riscesa e detto che non c'è. Allora la signora ha telefonato al nostro paesano, così è venuto lui a prenderlo. La signora era sempre gentile non mi ha mai brontolato anche quando non capivo.

Ho lavorato bene con lei per un anno e mezzo, quando il marito è venuto a Firenze anche lui pagando una agenzia per venire in Italia. Così ora si aveva tutti e due tanti debiti. Il marito a Firenze ha trovato lavoro subito e mi ha detto di andare anch'io a Firenze. Ho detto questo alla signora, ma lei non voleva che io vado a Firenze. Poi, la figlia e il marito hanno detto alla mamma che io dovevo andare. La signora ha detto che se io vado via lei non vuole più nessuno. Io ho trovato una nostra paesana che ho lasciato con la signora e sono arrivata a Firenze. La signora mi ha pagato tutto bene. A Firenze sono stata quasi un mese senza lavoro, poi ho trovato con una signora su sedia a rotelle. Però mi pagavano poco e al nero e non volevano a casa loro anche il marito. Ho lavorato per nove mesi poi sono andata via e ho trovato una famiglia, nonni, genitori, una ragazza disabile e un ragazzo normale. Alla signora anziana non funzionava bene la testa, io dovevo lavarla vestirla e dar da mangiare, ma lei non mi voleva, mi picchiava e mi diceva "Diavola vai via". Lei mi veniva sempre dietro per vedere cosa facevo. A pranzo si era in quattro, io cucinavo e dovevo fare 75 g di pasta divisi in quattro. Io ho deciso di andare via. Però stavo in pensiero per i debiti da pagare. Sono stata due mesi senza lavoro, andavo tutte le mattine alla Caritas a cercare lavoro, poi ho trovato un lavoro a Campo di Marte. Questa signora di settant'anni mi ha detto che tanti anni fa era stata Miss Italia, si chiamava Carla. La casa era grande, la mattina colazione con caffè latte e pane e marmellata, pranzo insalata con pane e a cena come a colazione. Lei fuori dai pasti mangiava cioccolata, biscotti e frutta, ma io facevo la dieta. Io avevo sempre fame e una sera non potevo dormire dalla fame e ho mangiato di nascosto una banana e la mattina dopo mi ha chiesto chi ha mangiato la banana, ho detto io perché avevo fame. Non potevo fare la doccia perché teneva l'acqua calda chiusa. Un giorno sono andata alla farmacia e mi hanno chiesto come andava con questa signora, ho detto bene, ma loro mi hanno detto di vedere e se non stavo bene di andare via. Un dottore veniva tutte le mattine a controllarla. Dopo un mese e dieci giorni, avevo perso sei chili, sono andata via. Ho trovato subito la signora Liliana, per la prima volta una famiglia così gentile, anche mio marito poteva venire con me. Ero molto contenta, la signora Liliana era molto gentile e brava, per me era come essere con mia mamma a casa mia. Lei mi insegnava l'italiano, tutti i pomeriggi si giocava a carte, anche la figlia, signora Laura, è stata molto gentile con me, mi ha aiutato a far venire a Firenze mio figlio. Per la prima volta ho imparato a usare un telefonino regalato dalla figlia, anche per comunicare con i miei parenti in Sri Lanka e vedere le notizie del mio Paese. Sono entrata a lavorare in questa casa nel 2003. Qualche volta sono stata malata e la figlia mi ha sempre accompagnato dal dottore. Il mio babbo era morto quando io, nel 1991 ero in Arabia e non sono potuta andare al funerale. Poi, nel 2004 è morto un mio fratello per un incidente e la mia mamma nel 2007, ma io non sono potuta mai tornare al Paese. Anche quando si era sposata la nostra figlia grande, io e mio marito non siamo andati per i troppi debiti.

In questi anni di lavoro in Italia io e mio marito abbiamo pagato tutti i debiti e anche finiti i lavori alla casa che era rimasta a mezzo. Otto anni dopo io e mio marito siamo andati al Paese dove abbiamo potuto rivedere la seconda figlia e essere lì per il matrimonio di nostro figlio. Ritornata a casa della signora Liliana ho continuato a lavorare. Sua figlia ha aiutato oltre a far venire il figlio a lavorare a Firenze anche la prima figlia con la famiglia in Italia. Poi nel dicembre 2011 è morta la signora Liliana, io non posso ancora capire come, perché camminava bene in casa, ha cenato bene e dopo cena ha guardato la televisione. Poi si è addormentata nella poltrona e non mi rispondeva quando l'ho chiamata per andare a letto. Allora ho chiamato la figlia che è venuta con la guardia medica. La guardia medica l'ha svegliata, ha controllato pressione ecc. e ha detto che tutto andava bene. Allora l'ho accompagnata a letto, parlava bene. Nella notte a differenza delle altre notti non mi ha mai chiamato e la mattina quando sono andata a vedere, l'ho chiamata ma non rispondeva, mi sono accorta che era morta. Ho chiamato la figlia. Per me è stato come se era morta la mia mamma perché sono stata tanti anni bene con lei e lei è stata molto bene con me. Nei giorni dopo, tutte le notti mi svegliavo perché sentivo la signora che mi chiamava. L'ho raccontato a una vicina e lei mi ha detto di pagare un prete per far dire una messa a suo nome, così ho fatto e poi non ho sentito più niente. Dopo la morte della signora Liliana sono andata a casa della figlia per lavorare con sua suocera, signora Maria. Anche qui sono stata molto bene. Però mio marito ha cominciato a avere problemi al ginocchio e ha detto di voler tornare per sempre al Paese, io ho detto tante volte di non andare, ma lui diceva di non poter lavorare a salire e scendere le scale con il male al ginocchio ed è partito. Per quasi un anno è stato bene, poi si è ammalato e sono dovuta andare anch'io per assisterlo. È stato per tre settimane in ospedale poi ci hanno detto di portarlo a casa. Nel nostro Paese povero le medicine dobbiamo tutte comprare noi. Non è guarito bene, allora cominciato ad andare dal medico delle erbe. Queste cure erano molto faticose per me perché devo andare a cercare le erbe nei campi poi bollirle e preparare infusi da bere, mentre altre dopo raccolte devo bollire al vapore e poi dentro una stoffa strofinarle sulla parte paralizzata. Piano piano ha cominciato a stare meglio, cominciando a fare qualche passo. Il genero intanto lavorava in Italia e nel 2014 è tornato al Paese per aprire un ristorante, però non aveva soldi. La figlia non ha detto niente perché loro dopo sposati sono stati insieme solo quattro anni e poi lontani per quattordici anni. Ha cercato un posto da affittare, hanno ipotecato la casa per prendere soldi alla banca, che però non erano sufficienti per comprare l'attrezzatura. Hanno preso altri soldi con interessi da conoscenti. Ha cominciato il lavoro al ristorante, andavo anche io ad aiutare, anche il marito veniva messo a sedere alla cassa per prendere i soldi. Noi si andava dalla mattina alle otto fino alla sera alle nove. Dopo un poco il marito ha detto che era troppa fatica per lui passare tutti i giorni in questo modo, qualche volta brontolava me, ma io ero in cucina e chi non lavorava bene erano i camerieri. Avanzavano tante cose da mangiare che portavano ad altri per darli ai maiali. Il genero ha pensato di dare gli avanzi a dei maiali nostri che così crescono bene. Ha costruito una gabbia, prima ha messo cinque maialini cuccioli, ma avanzava sempre tanto mangiare, allora ha continuato fino ad avere sessanta maiali. In questo periodo la carne di maiale era troppo cara. Piano piano crescevano ma si dovevano curare, lavare la gabbia ecc. ma nessuno se ne occupava, allora ho cominciato io a fare anche questo lavoro. Cominciavo alle otto il lavoro dei maiali, tornavo quasi a mezzogiorno, facevo doccia mangiavo e nel pomeriggio al ristorante. Io aiutavo volentieri, non chiedevo soldi, non guadagnavo niente. Un giorno sono andata alle due al ristorante, c'erano centoventi polli in due bacinelle da tagliare, ma il genero dormiva, si era alzato il diabete a quattrocento e non poteva stare in piedi. Io in due ore ho tagliato e sistemato i centoventi polli. Il guadagno del ristorante non bastava per pagare l'affitto e i debiti. I maiali cresciuti non si potevano vendere perché ora la carne di maiale costava poco, poi ora erano tutti grandi, non bastava più il mangiare avanzato del ristorante, allora si doveva comprare la buccia di riso in polvere e cuocerla in un grande pentolone e veniva come una crema. Si cuoceva alla casa della figlia e poi bisognava portarla alla gabbia che era più lontano. Un giorno sono andata nella cantina per cercare un secchio per trasportarlo, ma c'era un nido di calabroni che mi hanno punto sulla testa. È cominciato subito un mal di testa terribile, mi hanno accompagnato dal dottore. Con le medicine il mal di testa è durato ancora per una settimana, poi è cominciata la febbre, tornata dal dottore ha controllato il sangue e ha detto che c'era ancora il veleno, ho preso ancora medicine e poi sono guarita. Con il problema di questi maiali, il genero ha detto di ammazzarli e usare la carne per il ristorante. Ma chi ammazza questi maiali? Allora ho chiesto a un vicino che è venuto ad ammazzarli e io ho dovuto imparare dal marito come fare a pulire e tagliare a pezzi il maiale che poi il genero congelava per il ristorante. Molto faticoso questo lavoro, senza guadagnare niente, solo per aiutare nostra figlia. Il genero, piano piano è cambiato, non tornava più a casa, ha cominciato a bere con amici, dormire al ristorante, non controllare il lavoro degli altri. I dipendenti mangiavano bene, rubavano bene, portavano a casa polli arrosto finché alla fine non c'era più soldi per andare avanti e tanti debiti.

Io ho pensato che non era giusto vivere così, ho faticato e aiutato mentre lui non faceva niente, anche noi abbiamo finito tutti i soldi. Ho detto che dovevo andare un'altra volta in Italia.

Sono tornata a Firenze e ho trovato lavoro subito dalla signora Rina, mamma della signora Vanna. Prima ho cominciato andare solo a dormire, mentre la mattina andavo tre ore dalla signora Ghiselda. Questo per un anno. Poi sono tornata un'altra volta al Paese, ma solo per due mesi e sono ritornata. Due mesi dopo il ritorno in Italia ho cominciato a lavorare fisso dalla signora Rina. Una signora molto gentile con me come pure la figlia. Ho lavorato molto bene, tutti i pomeriggi si giocava a carte. Sono stata molto bene per quattro anni. Anche il genero è tornato in Italia, trovato subito lavoro in un ristorante. Sono passati quasi cinque anni e la sua famiglia stanno bene. Signora Rina a 95 anni ha cominciato a essere debole, mangiare poco, così io da sola non potevo assisterla e la signora Vanna è venuta tutte le mattine ad aiutarmi, lasciandola sulla sedia a rotelle. Dopo tre giorni così debole, la mattina portata in cucina sulla sedia a rotelle ho lavato il viso e data la colazione come gli altri giorni. Ha detto che non poteva mangiare, allora ho cominciato a imboccarla, lei, come una piccina, ha aperto la bocca e mangiato tutto. Con signora Vanna l'abbiamo accompagnata al bagno è andata di intestino normale, lavata e asciugata mentre stava in piedi, messo il pannolone e a un tratto ha girato il collo da una parte, l'abbiamo rimessa sulla sedia a rotelle, portata in cucina e in cinque minuti è morta. Signora Vanna è stata una figlia molto brava che ha curato molto bene la mamma. Signora Vanna mi ha pagato per altri due mesi per stare nella casa. Poi mi ha pagato tutto bene anche molto più di quello che mi spettava. Poi mi ha trovato un altro lavoro. Questo non è stato molto facile per me perché continuamente litigi. Questa signora anziana mi diceva tua pelle è nera a me fa schifo. Io ho avuto sempre molta pazienza senza dire niente. Però ho la testa pesante per i litigi. Ho tanti pensieri per il marito malato, pagare le medicine. Il nostro Paese è molto povero ancora molto depresso. Tanti malati di tumori, anche bambini, muoiono senza medicine. Io non voglio tornare al Paese dove è troppo difficile vivere. Mi piace vivere per sempre in Italia. L'Italia è come il mio secondo Paese dove mi sento più libera. Ora di nuovo problemi con il marito malato, così devo andare al Paese perché la figlia non può stare dietro al babbo e io non posso abbandonare il marito. Ho deciso di andare e stare con lui, e tornare quando sarà guarito.

Io sono stata in Italia per aiutare i figli e anche mie due sorelle molto povere e le nipotine a studiare. Mio zio che è stato come mio babbo e mi ha sempre aiutato tanto, ora è malato. Se rimango al Paese non posso aiutare nessuno perché non guadagno più.

Signora Laura mi ha sempre aiutato per tutti i miei problemi. Io dico sempre lei per me c'è sempre.

Io non ho parole su cosa dire di lei, è la mia custode, il mio cuore rimane sempre con lei.

Grazie mille volte!!!

M.J.T.E. My Journey to Europe
Il mio viaggio in Europa

Omar Jarju

Omar Jarju è nato in Gambia nel 1998.
Omar lascia il suo Paese insieme a due amici in cerca di migliori condizioni economiche e si trasferisce in Guinea-Bissau. Tempo dopo i ragazzi decidono di raggiungere l'Italia e si spostano in Libia per poter compiere la traversata. Nei mesi trascorsi in Libia molti sono i pericoli da affrontare prima di riuscire ad approdare sulle coste siciliane. In Italia da alcuni anni, lavora come portiere di notte.

Non importa quanto sia buia la notte, sicuramente arriverà il giorno

Io, Sulayman e Alagie siamo amici stretti. Adesso viviamo nella stessa città. Veniamo dallo stesso Paese, il Gambia, ma siamo cresciuti in posti diversi, ognuno con la sua storia e le sue ambizioni.

Io sono Omar, il "ragazzo diligente". Ero uno studente ma per ragioni economiche non ho potuto concludere la mia educazione. Quando ho lasciato la scuola ho iniziato a lavorare come saldatore, ma non ho resistito a lungo e ho finito per abbandonare anche quello.

Vivevo con i miei genitori e i miei fratelli. Mio papà è musulmano ed è sposato con due donne, che per la nostra religione è accettabile. I musulmani, infatti, possono avere fino a quattro mogli. Tuttavia, le mogli di mio papà non andavano d'accordo e spesso discutevano. È per questo che io non mi sposerò mai con più di una donna per grazia di Dio.

Oh, mia futura moglie
Costruiamo una famiglia meravigliosa
Una famiglia di pace, di amore e di unità
Non voglio una famiglia folle
Che sia come la mia famiglia biologica
Perché è segnata da così tanta desolazione
Che ha avuto un enorme impatto negativo sulla mia vita
Sono solo come una nuvola
Ho trovato nello scrivere una cura
Nella musica una fonte di gioia
In Dio un supporto
Non voglio essere come mio padre
Un padre con figli diversi
Da madri diverse
Voglio che tu sia la mia unica sposa
Non voglio che i miei figli siano come me e i miei fratelli
Che vivano una vita che spesso mi ha fatto sentire stanco
Nel tempo delle nostre infinite tribolazioni
Per loro sarò sempre saldo
Sarò come acqua fresca
Che spegnerà qualsiasi fuoco sulla loro strada
E vi difenderò da qualsiasi cosa che possa distruggere la nostra casa
Oh, mia futura moglie
Non voglio che tu assomigli a mia madre
Che spesso si arrabbia con suo figlio senza ragioni
Voglio che tu sia la migliore delle madri

Una mamma meravigliosa che ama i suoi figli incondizionatamente
Ed è al loro fianco in ogni circostanza
Non voglio che assomigli
Alla mia matrigna
Che è sempre rancorosa e amareggiata
Voglio che tu sia la madre migliore sulla Terra
Voglio che questa famiglia
Diventi realtà
Che sia più unita
Più serena
Più fertile
Che sia più amabile
Più contenta
Più felice
Della mia famiglia biologica
Per il bene dei nostri futuri bambini.

Sulayman era un bravo studente, ma per qualche ragione non è riuscito a proseguire i suoi studi. Il suo gioco preferito è la PlayStation. Viveva solo con sua mamma perché i suoi genitori avevano divorziato anni prima. Spesso aveva dei problemi con sua madre. Alagie faceva il meccanico, ma per alcune circostanze ha lasciato il lavoro. Gli piaceva andare in bicicletta. Viveva da solo con suo papà perché i suoi genitori avevano divorziato. Anche lui spesso aveva problemi con suo padre.

La nostra amicizia è iniziata quando la mia famiglia si è trasferita a Gidda. Gidda è un distretto di Brikama, una delle città più grandi del Gambia. A Gidda ho avuto l'opportunità di incontrare Sulayman e Alagie. Con il passare del tempo abbiamo iniziato a conoscerci meglio. Stavamo sempre insieme, facevamo quello che tutti gli adolescenti fanno. Gidda è completamente diversa da Daru Hairu, il distretto da cui venivamo, nonostante siano entrambi nella stessa città. All'inizio, facevo fatica a interagire con i ragazzi a causa delle abitudini diverse, ma lentamente ho trovato nuovi modi per socializzare. In un paio di mesi, andavamo già molto d'accordo e tra noi c'era un legame molto forte.

Avevamo un meraviglioso gruppo di amici e a volte organizzavamo partite di calcio contro i nostri vicini: i vincitori portavano a casa un premio. Quando vincevamo organizzavamo feste con amici e parenti. Nel nostro gruppo c'erano una decina di persone. Io, Sulayman e Alagie eravamo i più piccoli e ci consideravamo i più intelligenti del gruppo. Prima o dopo gli incontri del gruppo noi tre ci vedevamo per formulare dei piani.

Cercavamo sempre di risolverei problemi, ma la maggior parte delle volte gli altri membri del gruppo scartavano le nostre opinioni. Lo facevano non perché le nostre proposte fossero terribili, ma semplicemente perché eravamo i più piccoli e dovevamo restare in silenzio e accettare le loro opinioni... Ahah!

Nel corso del tempo, due dei membri del gruppo, Gully e Bailo, sono partiti. Gully è andato in Libia, sperando di raggiungere l'Europa in cerca di pascoli verdi, e Bailo è andato in Guinea Bissau in cerca di un lavoro. La loro assenza ha avuto un grande impatto sulle nostre vite. Ci mancavano molto. Spesso ci sedevamo insieme nel ghetto e preparavamo tè verde, ridendo e scherzando. All'improvviso, io, Alagie e Sulayman eravamo soffocati dalla solitudine. La speranza di arricchirci iniziava a infiltrarsi nelle nostre vite e abbiamo deciso di andare anche noi in Guinea Bissau. Abbiamo fatto di tutto per raccogliere i soldi per partire: era difficile, ma abbiamo sudato e sudato e, alla fine, ce l'abbiamo fatta.

MA NON IMPORTA
QUANTO SIA SCURA LA NOTTE
SICURAMENTE IRROMPERA' IL GIORNO

OMAR JARJU

IO SONO OMAR
IL RAGAZZO
"DILIGENTE"

Ogni giorno mi svegliavo presto e andavo a lavorare: mescolavo il cemento, facevo blocchi, pavimenti e pilastri di cemento. Era un lavoro terribile per me, ma lo facevo per raccogliere soldi.

Dopo aver scelto il giorno della partenza, ho informato i miei genitori che sarei partito per la Guinea Bissau, dove era andato Bailo.

È stato un po' difficile convincerli, ma dopo aver realizzato che c'era Bailo hanno accettato la mia decisione.

Anche Alagie aveva avuto il permesso dei genitori. Solo Sulayman non aveva chiesto a sua madre perché eravamo sicuri che non lo avrebbe lasciato partire a causa delle sue condizioni di salute precarie. Sua madre amava averlo vicino a lei.

Sulayman aveva dei problemi di salute e aveva bisogno di cure mediche ma, nonostante ciò, è riuscito a partire con noi per la Guinea Bissau. Non lo abbiamo spinto a partire, né gli abbiamo chiesto di restare a casa. Era il più grande tra noi, seguito da Alagie e poi da me, e perciò sapeva cosa era giusto o sbagliato per lui. Il giorno prima della partenza abbiamo cambiato i nostri soldi in Franchi CFA.

Abbiamo lasciato il Gambia il 15 maggio 2015. Era la prima volta che uscivo dal mio Paese. Ero emozionato ma, allo stesso tempo, ero preoccupato per le turbolenze dell'avventura.

Pensieri disturbanti mi occupavano la mente. Non sapevo cosa sarebbe successo durante il viaggio, che persone avrei incontrato. Questi pensieri mi offuscavano la mente. Non sapevo in che ambiente mi sarei trovato o se sarei mai tornato a casa vivo.

"Morirò?", "Rivedrò mai i miei genitori, fratelli, amici?", erano le domande che continuavo a pormi, ma senza trovare nessuna risposta. Nonostante tutto, Dio mi bastava. Alla fine, sono partito.

Ma non importa quanto sia buia la notte, sicuramente arriverà il giorno

Il giorno della partenza è iniziato un nuovo capitolo delle nostre vite. Ci siamo lasciati alle spalle il nostro amato Paese e ci siamo ritrovati in terra straniera. Da Brikama siamo partiti per Ziguinchor, in Senegal, e poi verso Canchungo, sulla strada per la Guinea Bissau.

Era un lungo viaggio ma non è stato così duro, nonostante qualche difficoltà ai posti di blocco. Caserma dopo caserma, gli uomini in uniforme chiedevano i documenti a tutti i passeggeri. Ognuno doveva avere un documento, una carta d'identità o qualcosa del genere. Purtroppo, nessuno di noi aveva la carta d'identità, ma avevamo i certificati di nascita.

Io e Sulayman avevamo le carte d'identità della scuola, che ci hanno salvato dal pagare soldi in più alla polizia. Per Alagie, invece, è stato più difficile, perché non aveva nessun tipo di carta d'identità e per questo era costretto a pagare un bel po' di soldi a ogni posto di blocco a cui ci fermavamo.

Appena arrivati a Ziguinchor, sul fiume Casamance, è successo un miracolo. Abbiamo incontrato tre ragazzi che conoscevamo nella nostra città, anche loro diretti verso la Guinea Bissau. Con loro anche altri due ragazzi che non conoscevamo prima e che stavano iniziando il nostro stesso viaggio.

Questo incontro ha sollevato i nostri animi e ha reso il viaggio più affascinante. Venivamo tutti dalla stessa città e avevamo lo stesso obiettivo: arrivare in Guinea Bissau e trovare un lavoro.

Adesso che eravamo otto, non eravamo più preoccupati per le tempeste che avremmo potuto incontrare lungo la strada. Dopo la tanto attesa partenza, siamo finalmente saliti su un autobus e siamo arrivati verso le sette di sera a Canchungu, in Guinea Bissau.

Canchungo è una città fantastica, l'atmosfera è meravigliosa e le strade sono brulicanti di persone che attraversano la città da un lato all'altro. Qui non conoscevamo nessuno che ci potesse ospitare e così abbiamo deciso di dormire fuori dalla stazione. Era la prima volta che dormivo senza un tetto sulla mia testa. Non mi è mai piaciuto dormire all'aperto, soprattutto in posti strani, ma quella volta, in mezzo a tutti i miei amici, non mi ha dato fastidio.

Siccome non conoscevamo nessuno a Canchungo e non avevamo posti per dormire, il nostro obiettivo era trovare un lavoro decente che ci avrebbe permesso di guadagnare qualcosa da mettere da parte. Era giunto il momento di andare in cerca di lavoro, prima che il sole fosse alto nel cielo e che soffiasse un vento caldo.

Ed eccoci qui, ci seguivamo come il gregge segue il pastore, correndo da un palazzo all'altro cercando un lavoro. Comunicare con le persone del posto era un grande problema, a causa della barriera linguistica. Dopo aver camminato per più di cinque chilometri, finalmente, siamo arrivati in un altro villaggio. Lì abbiamo deciso di riposarci in un edificio. Erano generosi e ci hanno trattato come re. Ci hanno anche offerto un pasto. Nonostante non credessero in Dio ci hanno permesso di eseguire l'abluzione per fare una delle cinque preghiere giornaliere.

Purtroppo, neanche lì riuscimmo a trovare lavoro. Quanto eravamo sfortunati! Stanchezza e disperazione si insinuavano. Cercavamo ovunque ma niente sembrava andare per il verso giusto. Le nostre speranze e aspirazioni iniziavano a scivolare via, non sapevamo cosa fare dopo. E così abbiamo iniziato a cercare aiuto per fare delle telefonate. Abbiamo provato a chiamare Bailo ma il suo telefono era spento.

Quando il sole stava per tramontare, gli uccelli volavano verso i loro nidi. Le persone tornavano a casa, tranne noi che non avevamo un posto da chiamare casa. Dove saremmo andati, in hotel? Ma come potevamo prenotare un hotel se non avevamo abbastanza soldi per comprare il cibo per sopravvivere? Abbiamo deciso di tornare a Canchungo. Magari avremmo dormito nello stesso posto del giorno prima.

Grazie a Dio c'era un camion che andava verso Canchungo, e abbiamo pregato l'autista di darci un passaggio. Erano nel business degli anacardi e avevano comprato grandi quantità di anacardi dai contadini.

Finalmente siamo arrivati a Canchungo, giravamo senza meta per la città. Siccome non avevamo un cellulare era impossibile raggiungere i nostri amici. Non sapevamo dove si trovassero. Ci siamo chiesti cosa fare per far tornare i conti. Abbiamo deciso di andare al Western Union più vicino e cercare qualcuno che ci prestasse un telefono per chiamare i nostri genitori e chiedergli di mandarci dei soldi per tornare in Gambia.

Quando siamo arrivati il buio copriva la città, tutto era silenzioso come un cimitero. L'entrata principale era chiusa e le luci erano spente. Purtroppo, l'ufficio era chiuso. Non avevamo altro da fare che sederci davanti al cancello e continuare a cercare una soluzione alla nostra infinita sofferenza. Ci siamo riuniti lì fuori come se fossimo stati i portinai.

Ma non importa quanto sia buia la notte, sicuramente arriverà il giorno

Il giorno dopo ci siamo svegliati chiedendoci disperatamente cosa avesse in serbo per noi la vita. Le nostre speranze e aspirazioni erano affogate in un profondo oceano di disperazione.

C'era un negozio. Mi sono girato e ho visto che Alagie stava allegramente conversando con il negoziante in fula.

Nel mezzo della conversazione, Alagie gli ha spiegato i problemi che stavamo affrontando: non riuscivamo a trovare un lavoro né un posto per dormire. Abbiamo scoperto che questo negoziante aveva la soluzione al problema che ci tormentava. Che buon uomo che era! Ha sentito qualche contatto e in un battito di ciglia tutto era sistemato. Finalmente, la nostra ricerca era terminata. Avevamo un lavoro.

Il negoziante era una persona speciale. Ci ha offerto una colazione meravigliosa e ci ha anche comprato quattro cestini che avremmo usato per raccogliere gli anacardi nella fattoria. Su un pezzo di carta ha scritto l'indirizzo, il nome del destinatario e il suo numero di telefono. Ci ha dato tutte le informazioni di cui avevamo bisogno per arrivare alla nostra destinazione. Non voleva che incontrassimo problemi.

Ci ha accompagnati alla stazione dei taxi, ha pagato e ha chiesto al tassista di accompagnarci alla stazione degli autobus e di indicarci quello che avremmo dovuto prendere.

Il negoziante era una leggenda e il nostro salvatore. Se tutti seguissero le sue orme e aiutassero gli altri nei tempi difficili credo veramente che il mondo diventerebbe un posto migliore.

"Ragazzi, andiamo! Un viaggio di mille miglia inizia con un solo passo", ho detto ai miei amici.

Alla fine, arrivammo a Joppa, la nostra destinazione, alle 18. Al nostro arrivo cercammo Marten che doveva essere la persona che ci avrebbe ospitato e per cui pensavamo di dover lavorare.

Ci accompagnarono da lui. Era un uomo giovane e pieno di energia e guardandolo vedevi l'umiltà nel suo viso oltre a sembrare una persona molto alla mano. Avemmo una conversazione con lui riguardante il lavoro. Ci spiegò tutto con chiarezza. Disse: "Ecco queste sono le regole: voi ragazzi lavorerete per noi per due giorni buoni e poi il terzo giorno sarà vostro. Due giorni per noi e un giorno per voi. Ad esempio, nel vostro primo giorno, dovrete raccogliere trenta chili di anacardi e trenta chili nel secondo, allora nel terzo giorno, che sarà il vostro, avrete trenta chili di anacardi, niente altro. E se nel vostro giorno accadrà che avrete più di trenta chili, noi vi daremo trenta chili e prenderemo quello che avanza. Avete capito?"

"Oh yeah! Bro ci stiamo!"

Questa era la legge che noi fossimo d'accordo o no, dovevamo rispettarla. Bene, eravamo esausti, e desideravamo dormire prima possibile visto che domani sarebbe stato un nuovo e intenso giorno, il giorno che aspettavamo.

Ma non importa quanto sia buia la notte, sicuramente arriverà il giorno

Il sole era sorto, le persone erano pronte a muoversi verso la fattoria. Ieri notte era stata terribile per noi. Avevamo dormito pochissime ore per le zanzare. Oggi era un giorno importante che avevamo aspettato. Non vedevamo l'ora di mettere piede nella terra della loro fattoria e di cominciare a lavorare perché i nostri sogni diventassero realtà. Avevamo affrontato tante prove e tribolazioni prima di riuscire a trovare questo lavoro e non volevamo incasinare tutto. Camminavamo felicemente nella fattoria con i nostri cestini e cominciammo a raccogliere gli anacardi dalla terra. Non c'era bisogno di staccare l'anacardo dal proprio gambo perché cadeva da solo. Ero sbalordito dal vedere il terreno che traboccava di anacardi! Non dovevi far altro che prendere l'anacardo, togliere il nocciolo e metterlo nel tuo cestino, questo è tutto!

Ma non importa quanto sia buia la notte, sicuramente arriverà il giorno

Ora che le nostre tasche erano state riempite di soldi, Molamin ci convinse ad andare per la "porta posteriore" in Europa, ovvero attraversando la Libia. "I soldi che abbiamo fatto qui ci possono portare a Agadez, in Nigeria, poi da lì possiamo andare in Libia e poi in Italia", disse Molamin.

Cominciò a canticchiarlo in continuazione e non smise mai di parlare di questo argomento. Un giorno sì e un giorno no ce lo sussurrava melodiosamente nelle orecchie cercando di farci danzare ma sapeva che questa canzone portava più peso di quanto avrebbe potuto immaginare a causa delle prove e delle tribolazioni che ci avrebbero accompagnati ovunque fossimo andati. Non avevo mai pensato nella vita di andare in Libia perché per farlo devi essere economicamente forte, devi avere molto coraggio. Tutti noi sapevamo che in Libia c'è un focolaio di guerra: le proprietà sono state smantellate, centinaia di persone vengono massacrate un giorno sì e uno no. Nonostante questo, se avrò l'opportunità di farlo non vorrò perdermela. Nessuno può garantirti che tu riuscirai a raggiungere l'Europa, potresti perdere la vita in qualsiasi circostanza, essere torturato senza pietà senza aver commesso alcun crimine e peggio ancora potresti essere chiuso in prigione senza motivo. Queste sono i tre principali eventi a cui potresti andare incontro: perdere la vita o essere torturato o andare in prigione.

E spererai di riuscire ad arrivare in Italia senza dover affrontare queste tre cose. Se poi sei una donna tu potresti subire violenze sessuali nel peggior modo possibile. O subirai tutto questo o se sarai fortunato abbastanza probabilmente proverai solo una di queste esperienze. Questi sono i fatti sull'impresa di questo viaggio in Europa. Con tutti questi brutali, incredibili e inumani eventi che succedevano in Libia, Molamin voleva comunque che noi andassimo con le buone o con le cattive. Lui alla fine è riuscito a convincerci. Noi fummo tutti d'accordo a partire per la Libia e poi arrivare in Italia alla ricerca di "pascoli verdi". Il mio obiettivo era avere una vita migliore, per ridare ogni forma di aiuto alla mia famiglia e se possibile aiutare i miei amici, i miei parenti, i vicini, la mia comunità, la mia città, il mio Paese, il mio continente e il mondo intero...

Io ho creduto che la vita in Europa fosse molto meglio di quella in Africa. Potevo percepirlo attraverso i social media, potevo vedere le sue bellezze: gli splendidi palazzi, le bellissime macchine, lo stile di vita promettente e ovunque, anche le piccole città, sembravano belle come paradiso. Tuttavia, chi sa se forse tutto questo non possa essere un'illusione, forse la vita sociale degli europei è diversa da quella che io immagino o vedo sui social media, ma se Dio mi risparmia la vita lo scoprirò quando arriverò in Europa.

Arriverò in Europa non come uno schiavo, non come un immigrante ma come un giovane uomo in cerca di verdi pascoli, come un piccolo Cristoforo Colombo che cerca di scoprire l'Europa!

Perché scoprirò tutto ciò che vedo su internet, vero o falso, e informerò i miei concittadini africani se dovremo immigrare tutti in Europa o dovremo smettere di dipendere dagli europei, e anche impedire loro di rubare le nostre risorse in modo che possiamo iniziare a costruire un futuro promettente per noi stessi.

I semi

Hai portato via con la forza i nostri antenati dalla loro patria di estati e beatitudine. Hai rubato tutti i loro preziosi materiali senza il loro consenso. Li hai ingabbiati in un ambiente ostile e li hai torturati senza pietà, uccidendoli come mosche. Nonostante tutti i maltrattamenti che hai inflitto loro, li hai comunque costretti a lavorare per quattrocento anni.

Molti secoli sono volati e quel seme che i nostri progenitori hanno seminato, ha finalmente germogliato, ma è tremendamente difficile raccogliere quei germogli. Difficilmente piove a causa della siccità. I numerosissimi pozzi che erano stati eretti dai nostri progenitori per irrigare sono quasi tutti a secco.

Mama con tutti i suoi sforzi e il suo stigma non poteva ricostruire i pozzi né poteva trovare uomini valorosi che la aiutassero a ricostruirli perché tutti i suoi figli forti e coraggiosi furono scambiati per l'oro, e furono portati via da qualche altra parte lontano da casa come schiavi.

Da allora, Mama ha cercato disperatamente aiuto, ma inutilmente. Poiché quei semi sono la sua unica speranza, ha quindi dedicato tutta la sua vita a lavorare sia di giorno che di notte senza nulla che la scoraggiasse per garantire che i semi ricevessero acqua adeguata.

Finalmente i semi stanno crescendo, ma la mamma sta invecchiando di giorno in giorno e non può più fare alcun lavoro duro. E ora quei semi stanno crescendo senza un'adeguata istruzione, senza più soddisfare le loro richieste come lei faceva una volta.

Col passare dei giorni, la vita diventa più difficile e insopportabile perché sembra che non ci sia futuro per loro. E ora, poiché l'Europa e l'America sono le loro uniche speranze, decidono di andare in questi luoghi con le buone o con le cattive per trovare una vita migliore per sé stessi e sostenere i loro familiari.

Eccoci qui con tutta l'aspettativa di essere uguali nelle nazioni che sono state costruite dall'inizio alla fine dai nostri progenitori industriosi, ma l'uomo bianco odia vedere i semi che appartengono ai suoi ex schiavi che hanno costruito dove chiamano orgogliosamente la loro patria.

Di chi è la colpa?

L'uomo bianco, che ha disumanizzato i nostri progenitori? O i nostri progenitori, per aver costruito palazzi per i loro padroni ma non per sé stessi?

Ecco perché i loro semi sono alla ricerca di una vita migliore, ma nessuno vuole davvero condividere le loro terre con loro.

Quando finiranno tutti questi guai?

Ma non importa quanto sia buia la notte, sicuramente arriverà il giorno

Abbiamo fatto ulteriori ricerche sul viaggio in Libia. Da Kaolack in Senegal ad Agadez in Niger sono 30.000 Cefa equivalenti a 460 euro ma per quanto riguarda Agadez alla Libia non ne avevamo idea. Per guadagnare 30.000 Cefa, dovevamo risparmiare più soldi e dovevamo lavorare sodo come un troiano.

Abbiamo trascorso solo due settimane a Joppa, avendo raccolto tutte le informazioni riguardanti il nostro viaggio in Libia. A tal proposito, abbiamo messo da parte un po' di soldi, ora l'unico denaro di cui abbiamo bisogno è la nostra fiera a Kaolack in Senegal, perché abbiamo già soldi che ci porteranno ad Agadez in Niger, che è di 30.000 Cefa. Siamo rimasti contenti per la determinazione, con cui siamo stati capitani della nostra barca prendendo una decisione solida da soli senza consultare o avere l'approvazione di nessuno dei nostri genitori.

Siamo arrivati ad Agadez in Niger a tarda sera; ovunque era buio come la notte stessa e caldo come l'inferno.

Benvenuti ad Agadez, il luogo che aspettavamo, la nostra prima destinazione. Ecco il posto in cui Molamin voleva davvero che fossimo, ci ha convinto a venire ad

Agadez. Ha gridato ad alta voce giorno dopo giorno: “Andiamo ad Agadez, Agadez e Agadez”.

Come se Agadez fosse un paradiso da abitare. Sono rimasto stupito al nostro arrivo lì, Agadez ci ha accolto con brezza calda, ci ha sorriso con il suo clima difficile, ci ha offerto acqua calda per dissetarci: un’acqua che se dovessimo metterci dentro un sacchetto di tè nel giro di un po’ di tempo si dissolverebbe da sola.

Spesso mi chiedevo come le persone riuscissero a vivere in un posto come quello. Quando si confronta la vita nella mia città con Agadez, è totalmente diversa e credo che abbiamo una vita decente rispetto alla gente di Agadez.

Siamo stati ad Agadez sotto il caldo intenso per quasi tre settimane. Più tardi siamo riusciti a pagare la nostra fiera in Libia in un piccolo villaggio chiamato Bahai vicino a Gatron, a poche ore di auto da Sabar.

Il giorno prima della nostra partenza da Agadez, abbiamo acquistato molti cibi che ci sarebbero serviti durante il viaggio come Gari, biscotti, latte, zucchero, pane, bottiglie per contenere acqua, maschere per il viso ecc. Tutti hanno comprato una mascherina per proteggere i nostri volti dall’essere colpiti dai piccoli frammenti di sabbia, dal clima rigido e dal vento. Sotto le maschere, sembravamo tutti dei ninja.

Ma non importa quanto sia buia la notte, sicuramente arriverà il giorno

Questo viaggio sarà il viaggio più difficile mai fatto durante tutto il nostro cammino dalla Guinea ad Agadez perché bisogna passare attraverso il deserto del Sahara che è considerato il più grande deserto caldo del mondo ed è il terzo deserto più grande in assoluto.

Il pick-up (auto) ci ha portato in Libia. È triste vedere come le persone siedono dietro quei pick-up. Hanno cari-

COSÌ TANTE VITE SONO STATE PERSE
NEL DESERTO DEL SAHARA, OSSA
SECCHE SPUNTANO DA OGNI PARTE.
HO VISTO CIMITERI DOPO CIMITERI

cato in modo disumano le persone sul pick-up come una merce. Alcuni pickup contenevano da ventisette a trenta persone e alcuni trasportavano anche più di trenta persone, come se fossimo merci da vendere sul mercato.

Tutti i conducenti erano arabi. Non hanno avuto alcuna pietà verso di noi, hanno usato su di noi ogni forma di maltrattamento: ti insultano intenzionalmente, o ti picchiano senza pietà senza che tu abbia fatto nulla di male.

Alla fine, se ti capita di avere un buon pilota con un grande cuore, non incontrerai molte prove e tribolazioni durante tutto il tuo viaggio perché eviterà la maggior parte delle stazioni di polizia e ti porterà su strade diverse.

Ma difficilmente incontrerete un pilota così bravo, dopotutto ognuno di loro ci ha chiesto un'enorme quantità di denaro per prendere parte al viaggio.

Bene, il momento tanto atteso era arrivato mentre il gioco iniziava. Nel deserto, le auto si muovevano ad alta velocità in direzioni diverse.

Dopo alcuni chilometri, nella periferia di Agadez, la nostra auto ha avuto un incidente. Fortunatamente, nessuno è rimasto ferito. Nel giro di poco tempo, sono riusciti a risolvere il problema. E abbiamo continuato ancora una volta ad alta velocità.

Nel deserto del Sahara c'erano molti posti di blocco della polizia e, per passare, dovevi pagarli. Dall'inizio alla fine tutti quei poliziotti ai posti di blocco erano dei veri e propri vampiri, le sanguisughe dei poveri.

Così tante vite sono state perse nel deserto del Sahara, ossa secche spuntano da ogni parte. Ho visto cimiteri dopo cimiteri. Le persone sono morte in questo deserto solitario per così tante ragioni:

qualcuno si è perso
qualcuno ha fatto un incidente
mancava il cibo per sopravvivere.

Alcune macchine erano rotte e gli autisti non riuscivano a ripararle, rimanendo per giorni nel deserto. Nel frattempo, le loro scorte di acqua e cibo sono finite e sono morti di sete e di fame. Che le loro anime riposino in pace.

Dopo aver trascorso qualche giorno nel deserto, siamo entrati in territorio libico. All'inizio del nostro viaggio abbiamo incontrato un gruppo di banditi nascosti nella vallata, armati con pistole e AK-47. Il nostro autista era scioccato, ha immediatamente girato la macchina per scappare, ma era troppo tardi, ci avevano già visti.

Quando l'autista ha iniziato ad allontanarsi, i banditi hanno urlato con voci infuriate. Hanno subito preparato le loro armi, pronti a far piovere su di noi una cascata di proiettili se fossimo scappati.

I banditi si sono avvicinati, parlavano una strana lingua a strane persone in una strana situazione. Hanno chiesto a tutti i passeggeri di scendere dalla macchina e seguirli. Solo l'autista ha lasciato libero. Ci hanno portati dietro una montagna, da dove non vedevamo più la macchina. Tremavamo per la paura come foglie nel vento. All'improvviso ci hanno chiesto di pagare una somma enorme di denaro, altrimenti ci avrebbero uccisi. Io li guardavo arrabbiato, con una faccia spaventata e incredula.

Con le pistole puntate ci chiedevano i soldi. Per la prima volta nella mia vita avevo un AK-47 che mi premeva sul collo. Tremavo come una foglia, la vita aveva perso vivacità e colore. Mi chiedevo perché avessi intrapreso il viaggio. Intanto, qualcuno aveva deciso di pagare, mentre altri, tra cui io e Sulayman, si rifiutavano di dare un soldo. La verità è che molti di noi non avevano niente, avevamo pagato i posti di blocco tutto il giorno.

Un ragazzo gli ha dato 40 dinar. Speravo che grazie a lui avrebbero deciso di risparmiarci. Ma non avevano ottenuto ciò che volevano, e hanno deciso di picchiarci in modo orribile.

Quando avevano finito, ci hanno ordinato di andarcene. Il nostro autista, un uomo fortunato, era stato lasciato libero. Siamo risaliti in macchina e siamo scappati il più velocemente possibile. Tutto questo è parte del viaggio.

Ma non importa quanto sia buia la notte, sicuramente irromperà il giorno

Dopo qualche giorno nel deserto, siamo finalmente arrivati a Gadron [El Gatrun], in Libia. Lì c'era un trafficante, Tamba, che è venuto a prenderci e ci ha portati a Bahai, la nostra meta. Tamba è un giovane del Gambia che ha vissuto da solo con suo padre in Libia per qualche anno. Sembrava un bravo ragazzo, aveva un bel sorriso. Tuttavia, è ovvio che nessun trafficante è una brava persona: sono tutti lupi travestiti da agnelli. Con lingue ingannevoli, piene di bugie. Sanguisughe delle masse.

Distruggono i sogni dei più poveri.

Quando siamo arrivati a Bahai, abbiamo incontrato dei ragazzi che erano con noi ad Agadez. Ci hanno dato un caloroso benvenuto. Questo mi ha reso più sicuro e mi ha dato un po' di tranquillità.

Ho passato due mesi a Bahai. Ogni mattina dopo la colazione andavo al Chatpalace: è il posto dove si va in cerca di lavoro.

La Libia è un paese libero dove ognuno ha in pugno la legge. Fanno come vogliono.

Ti faranno lavorare senza pagarti. Minacceranno di toglierti la vita. Ti puniranno a loro piacimento.

Hanno ucciso persone quando volevano. È terribile stare in una terra così.

Sono dei veri demoni e non hanno pietà nemmeno tra di loro. Come potevamo aspettarci che la avessero nei nostri confronti? Mi ricordo vividamente di quando abbiamo lavorato per un uomo, scaricando grandi camion pieni di alimenti. Abbiamo lavorato dalle otto di sera alle cinque di mattina, incessantemente, e, alla fine, ci ha pagati 15 Dinar. Noi ci siamo lamentati, lui ci ha fulminati con lo sguardo, il suo volto era tutto rosso. E ci ha minacciati con una pistola. A quel punto potevamo solo andarcene. Le nostre vite sono più importanti di alcuni pezzi di carta colorati, comunemente chiamati soldi.

Qualche tempo dopo, i miei genitori sono riusciti a mandarmi i soldi per arrivare a Tripoli. A Bahai c'erano molti trafficanti che portavano le persone da un posto all'altro, tra loro alcuni sono buoni e altri cattivi. Quelli buoni si assicurano che i clienti arrivino a destinazione senza incontrare problemi, mentre quelli cattivi sono interessati solo ai loro soldi. Quando hanno messo le loro sporche mani sul denaro non gli interessa più se il viaggio si conclude o meno. Spesso vendono i clienti ai banditi, che li tengono in condizioni terribili, anche avere un pasto diventa un lusso. Li picchiano e li costringono a pagare somme immense, nonostante abbiano già pagato tutto.

Finalmente, dopo un lungo viaggio, ce l'abbiamo fatta. Siamo arrivati a Tripoli vivi. Ho chiamato un ragazzo che avrebbe dovuto venirmi a prendere, si chiamava Salifu. In poco tempo è arrivato e mi ha portato a casa sua, dove ho pranzato e mi sono riposato. Salifu è un trafficante, anche lui del Gambia. Lo conoscevo prima che arrivasse in Libia e lui conosceva tutta la mia famiglia.

Aveva un Fuwahey (una struttura dove alloggiano i migranti prima di proseguire il viaggio verso l'Europa) che si trovava a Tajura, vicino a casa sua. Non ha lasciato che mi cercassi un lavoro perché mi considerava un ragazzino e muoversi per Tripoli era pericoloso. Quindi restavo a casa e non facevo nulla: cucinavo, guardavo la televisione e dormivo.

Sono rimasto da lui per molte settimane, poi mi ha chiesto di trasferirmi a Tajura, nel Fuwahey. Lì lavoravo in una piccola impresa: preparavo da mangiare e lo vendevo. Lavoravo insieme a un altro ragazzo, era come un piccolo ristorante.

Le persone nel Fuwahey venivano soprattutto dal Gambia e dal Senegal. Eravamo in tutto una settantina.

Accanto c'era un altro Fuwahey, gestito da altre persone.

Un bel giorno sono andato a fare la spesa e, tornando al Fuwahey, ho visto degli uomini in uniforme, alcuni erano sui tetti, altri per strada con le pistole in mano. Ero perplesso, non capivo cosa stesse succedendo. Mi sono fermato e ho iniziato a osservarli attentamente. Uno dei negozianti mi ha fatto un cenno e mi ha detto di non tornare al Fuwahey. Io sono rimasto dove ero, seguendo il suo consiglio.

Ho fermato dei passanti e gli ho spiegato la situazione. Così abbiamo deciso di andare a casa di un ragazzo del Gambia che conoscevamo. Da lì abbiamo chiamato Salifu e lo abbiamo aggiornato sulla situazione nel suo Fuwahey. Salifu ha mandato il suo autista a prenderci. Più tardi abbiamo scoperto che tutti quelli che erano nel Fuwahey erano stati arrestati, a eccezione di due persone, il mio collega e un altro ragazzo, che erano riusciti a nascondersi. Gli altri erano in prigione.

Nonostante tutto, il giorno seguente sono stati liberati. Questo incidente è avvenuto perché il giorno precedente i trafficanti avevano portato delle persone verso il fiume per portarle in Italia. I soldati lo hanno scoperto e hanno deciso di attaccare e arrestare chiunque riuscissero a prendere.

La vita in Libia

Chi può aiutarmi?
Chi può aiutarci?
Dove siamo?
In mezzo alla giungla.
Siamo qui per compiere
La nostra missione
L'obiettivo è arrivare in Europa
Ma dove siamo ora?
All'inferno (in prigione)
Senza aver commesso un crimine
Abbiamo tentato il possibile
Ma senza riuscire
Siamo frustrati
Al punto del suicidio
Chi può aiutarmi?
Chi può aiutarci?
Ci trattano
Come schiavi
Migliaia di persone ogni giorno
Vengono massacrate
Proviamo di tutto
Per scappare
Ma invano
Finiremo così?
Senza raggiungere i nostri obiettivi?
Oh Dio aiutami
A raggiungere la mia meta.

Ma non importa quanto sia buia la notte, sicuramente irromperà il giorno

Era passata qualche settimana quando, mentre stavamo dormendo, è esplosa una tragedia: alcuni libici hanno assaltato il Fuwahey accanto al nostro nel cuore della notte.

All'improvviso ho sentito spari ovunque, come un temporale, le persone gridavano in agonia, come in una battaglia. Le persone nel mio Fuwahey hanno iniziato a correre confusamente verso le loro stanze, qualcuno è salito sul tetto, alcuni nel bagno e alcuni si sono nascosti sotto al letto.

Nessuno sapeva cosa stesse succedendo, sentivamo solo gli spari e le urla. Dopo un po' la tensione è scesa, gli assaltatori erano usciti, ma siamo rimasti nascosti. Nessuno aveva il coraggio di aprire il cancello.

La mattina seguente abbiamo potuto osservare le conseguenze dell'attacco: avevano causato un disastro per quelle povere persone indifese, alcuni erano feriti e tutti erano stati derubati.

Ho guardato i miei compagni in agonia, mentre continuavamo a morire in quella giungla solitaria. I pochi soldi che avrebbero potuto usare per curarsi gli erano stati rubati. Che catastrofe essere in un Paese come la Libia!

Più tardi abbiamo scoperto che Salifu era stato arrestato. Era una notizia terribile, che nessuno avrebbe voluto sentire. Non sapevamo dove fosse, il suo telefono era spento.

Tutti sono impazziti: Salifu era colui che avevamo pagato e che ci avrebbe dovuti portare verso l'Italia. Solo dopo abbiamo saputo che era stato rapito. Salifu deve aver passato un periodo terribile: lo hanno torturato violentemente e prima che lo liberassero ha dovuto pagare una somma immensa, finendo in rovina. Era povero, non aveva niente da dare e niente da offrire. È diventato un debitore ed è stato molto difficile per lui recuperare il denaro perso.

Ma non importa quanto sia buia la notte, sicuramente irromperà il giorno

Sono stato in Libia per sei mesi e ringrazio Dio che in questo tempo non sono mai stato in prigione, non ho mai assistito a omicidi brutali, ma ho visto molte volte: persone picchiate, persone scambiate come oggetti, persone trattate come schiavi, persone innocenti imprigionate, persone minacciate con colpi di pistola, persone sfruttate, donne trattate come selvagge, costrette a offrire i propri corpi come prostitute, persone derubate alla luce del sole. In Libia, molti dei miei amici sono stati vittime o testimoni di questi drammi, come mi hanno raccontato: In prigione le persone sono costrette ad avere rapporti sessuali davanti ai compagni di cella. Le persone vengono torturate fino alla morte. Tutte queste atrocità, e molte altre cose terribili, hanno luogo sul suolo libico. Che tristezza! La Libia è un folle Stato libero in cui ognuno usa la legge come vuole. Non interessa a nessuno se sia giusto, fanno quello che vogliono.

Ma non importa quanto sia buia la notte, sicuramente irromperà il giorno

Ma per fortuna, Salifu mi ha dato a un altro trafficante, che mi ha portato al fiume, pronto per attraversare il Mediterraneo e arrivare in Italia. Il giorno della partenza per l'Italia è stato un momento indimenticabile, un giorno che ho desiderato tanto. Il giorno in cui avrei completato un duro viaggio di nove mesi, il giorno che sarebbe potuto essere il mio ultimo giorno. Il giorno che sarebbe potuto diventare una grande festa per i pesci del mare se fossi morto.

Ma non importa quanto sia buia la notte, sicuramente irromperà il giorno

Ora le quattro barche erano pronte per partire, i capitani ai loro posti.
Oh, miei cari capitani
Le nostre vite sono nelle vostre mani

Per favore, per l'amor Dio
Non lasciate che i pesci ci mangino
Portateci attraverso il Mediterraneo
E fateci sbarcare al sicuro nella terra dell'uomo bianco
Lasciate che i nostri antenati sappiano
Che i loro nipoti bisognosi stanno arrivando
Alla terra dei bianchi
Non come schiavi ma come coloni
Perché andremo tra i palazzi
Che hanno costruito i nostri avi
Che non hanno potuto gustare i frutti del loro lavoro
Oh, miei cari capitani
Lasciate che le navi vadano
Siamo i semi degli antichi schiavi
Siamo gli eredi del lavoro dei nostri antenati
Siamo i nipoti auto-invitati
Degli schiavi del passato
Faremo festa
Balleremo e piangeremo
Mangeremo e berremo
Rideremo e scherzeremo
Con i nipoti degli antichi padroni.
Oh, acque tempestose
Placate le vostre onde
Lasciate che il mare diventi una tavola
Calmo come un cimitero
Non siamo migranti illegali
Siamo viaggiatori in cerca
Di qualcosa di cui fare tesoro
Lo gridiamo dalla cima delle montagne
Oh, miei cari capitani
Lasciate che le barche scivolino veloci
Acque furiose ci hanno accolto in questo viaggio
Asciugate le lacrime amare dei nostri antenati

Lasciate che siano fieri di noi
Rendete felici i nostri genitori
La nostra generazione
Siamo i nipoti auto-invitati
Degli schiavi del passato
Finalmente ce l'abbiamo fatta.
Il 24 febbraio 2016 siamo sbarcati a Pozzallo, in Sicilia.

Al nostro arrivo c'erano sulla riva molte persone, tra cui poliziotti, che ci guardavano come al cinema e parlavano una lingua straniera.

Ci hanno chiesto chi fossimo: nome, cognome, data di nascita, nazione e così via. Poi ci hanno portati al centro di emergenza di Pozzallo, in attesa di trasferirci ai campi. Mentre ero sull'autobus ho realizzato che eravamo intorno alla periferia della città. Tutto intorno vedevo solo campi coltivati. Non avrei voluto stare in un posto remoto come questo.
Umm ummm

Miei cari italiani
Vi sono grato per i vostri sforzi
Per averci salvato la vita
Ma ho bisogno di un grande favore
Portatemi in una grande città
Di quelle che vedevo sui social
Quando ero in Africa
Quelle città fantastiche
Con edifici bellissimi
Che sembra stiano baciando il cielo
Con macchine stupende
Che sfrecciano
Più veloci dei proiettili
Solide come rocce

Con autostrade favolose
Che assomigliano al paradiso
Pulite come un fischio
Con quella vita meravigliosa
A fare festa e a bere
A ballare e a gridare
Libero dalle ansie
Queste sono le cose
Che immaginavo
Quando ero in Africa

Sono arrivato in Italia con un vestito, scalzo. Nel centro di accoglienza ci hanno accolti dandoci vestiti, scarpe, saponi, borse, libri (un eserciziario e un libro di testo) e carte telefoniche per chiamare e far sapere alle nostre famiglie che eravamo arrivati sani e salvi.

Storia della mia rinascita

Khady Sene

Khady Sene è nata in Senegal nel 1993.
Arriva in Italia con la promessa di una vita migliore, ma si trova a dover affrontare una difficilissima situazione familiare. Non senza fatica, dopo un periodo molto critico riesce a liberarsi e a riprendere in mano la propria esistenza, iniziando un percorso che la porta a studiare e a lavorare nel campo dell'assistenza alle donne in difficoltà. Studentessa universitaria, è responsabile dello sportello immigrazione della Caritas Diocesana di Foggia-Bovino e opera in due case di accoglienza.

La donna che sono oggi, di cui sono orgogliosa, lavora alla Caritas Diocesana Foggia-Bovino e si occupa dello sportello Immigrazione. Sono anche responsabile della casa di accoglienza per le donne vittime di violenza o comunque coloro che sono destinate, da un vissuto segnato da precarietà, solitudine, abbandoni di nuclei familiari e separazioni, a vivere sole e spesso per strada. Per poter contrastare questo tipo di povertà, la Caritas Diocesana di Foggia offre alle donne vittime di violenza, con gli eventuali minori al seguito, un'accoglienza a lungo termine, garantendo un ambiente tranquillo in cui abitare. L'ascolto che riserva alle donne in difficoltà è attento e riservato. Affianca alle ospiti, operatrici qualificate per il disbrigo delle pratiche burocratiche. Le accompagna piano piano a una formazione professionale che le porta a una indipendenza e al reinserimento nella società. La Caritas di Foggia-Bovino è anche firmataria del protocollo V.I.O.LA., sottoscritto in collaborazione con altri enti, nel novembre 2019 presso la Prefettura di Foggia.

La mia storia non è tanto diversa dai racconti che ascolto ogni giorno con attenzione dalle tante giovani donne che si presentano al nostro sportello di ascolto. Anch'io come loro ho chiesto aiuto e, grazie al sostegno di persone che hanno creduto in me, sono tornata a vivere diventando la donna forte che sono oggi. Sono nata e cresciuta in una famiglia che da sempre vive quello che oggi chiamiamo disparità di genere. La mia era una famiglia in cui la donna doveva restare a casa per badare ai figli, alle faccende domestiche, al marito e ai suoceri. Mia madre invece, non ha mai accettato questa imposizione della "donna casalinga". Ha sempre voluto studiare, realizzare i suoi sogni, raggiungere la sua autonomia personale senza mai dipendere da nessun uomo. Questa sua scelta, per mio nonno materno, era inconcepibile. Nonostante tutte le difficoltà e gli ostacoli, nonostante il nonno l'abbia fatta sposare presto, la mia mamma ha conseguito i suoi studi laureandosi in medicina. Questo concetto di autonomia personale ci è stato trasmesso sin da piccoli e sono orgogliosa di averne fatto buon uso.

Nel 2013, dopo essere stata venduta da una mia zia affidataria a un uomo italiano con la promessa di una vita migliore, ho lasciato la mia terra, per raggiungere l'Italia. Qui, speravo di trovare una vita migliore, perché scappavo dal Senegal, luogo in cui per sei lunghi anni, dopo la morte di mia madre, sono stata sfruttata da persone che mi facevano sentire una nullità.

In Italia ci sono arrivata con un uomo che, ahimè, credevo fosse il più buono del mondo, ma mi sbagliavo. Una volta giunta in Italia, i primi tempi di convivenza con lui sono stati discreti, non mi mancava nulla, andavamo d'accordo e aspettavamo un figlio. Stavo bene in quella condizione, ma non mi sentivo del tutto realizzata e felice perché, avevo altri progetti per la mia vita. Ad esempio, volevo continuare i miei studi e diventare indipendente, sia personalmente che economicamente. Ma quando un giorno, dissi questa cosa al mio compagno, lui non la prese bene e cosi iniziarono le liti quotidiane. Non mi sono mai arresa, nonostante lui mi dicesse ripetutamente che ero "una buona a nulla" e che il "posto" di una donna era la cucina e la casa. Può sembrare banale, ma le sue parole per me diventarono un punto di forza. Mi hanno permesso di continuare a lottare per quello che volevo.

II mio primo traguardo lo raggiunsi quando ho conseguito la licenza media, ma quel momento di gioia subito si trasformò in un incubo. Era una mattina quando dissi al mio compagno che volevo iniziare a cercare un impiego, perché restare a casa senza far niente non era quello che desideravo, ma subito lui mi rispose con disprezzo dicendomi: "*Tu non vali niente e nessuno ha bisogno di te, tanto meno di darti un lavoro, ricordati che io sono l'unica persona che hai e finché staremo insieme, tu non lavorerai mai, perché i soldi a casa li porto io. Tu pensa a fare figli, badare a me e alla casa*". Quella risposta per me fu come una coltellata al cuore. Ricordo bene, eravamo sulle scale di casa nostra, quando gli replicai che non mi importava di cosa lui pensasse di me, perché avrei cercato comunque un lavoro qualsiasi, pur di non restare a casa durante la giornata. Per lui, la mia risposta fu una provocazione nei suoi confronti e mentre scendevo le scale di casa mi prese per il braccio dicendomi che "me ne sarei pentita amaramente", e mentre cercavo di liberarmi, con una sua spinta sono scivolata dalle scale facendomi molto male. Di quell'accaduto, non ho parlato mai con nessuno, perché lui mi disse che: "I litigi sono cose che succedono in una coppia e che perciò dovevano rimanere un segreto". Una settimana dopo l'accaduto, ho iniziato a provare forti dolore nel basso ventre e mentre gli chiedevo aiuto dicendogli che avevo paura per il bambino che aspettavo, lui mi rispose che non era niente e che mi lamentavo solo perché volevo uscire di casa. II dolore divenne così persistente che lo "costrinsi" a chiamare il 118. Al loro arrivo, sono stata trasportata al pronto soccorso (avendo già una emorragia in atto) e da lì poi in maternità, poiché, a causa della caduta dalle scale, avevo abortito.

All'epoca avevo solo diciannove anni, ero sola e spaventatissima. Fin da subito, forse perché sospettosi, i medici mi chiesero se era successo qualcosa, ma io risposi soltanto di "essere scivolata dalle scale di casa" perché avevo paura di raccontare tutto l'accaduto. L'evento mi lasciò sconvolta perché un attimo prima portavo un figlio nel mio grembo, un attimo dopo, a causa di un uomo violento, l'avevo perso. Da quel momento, la nostra convivenza, divenne un incubo. Iniziarono così, le violenze psicologiche susseguite da quelle fisiche, e le restrizioni economiche. La cosa incredibile per me, fu il fatto che davanti agli occhi degli altri noi risultavamo una coppia "perfetta", in cui, a detta sua, andava tutto bene. Ricordo che, provai ribrezzo e rifiuto nell'avere rapporti sessuali con il mio compagno e quindi smisi di averne per un lungo periodo. Così lui, non accettando questa mia posi-

KHADY SENE

LA DONNA CHE SONO OGGI,
DI CUI SONO ORGOGLIOSA,
LAVORA ALLA CARITAS
DIOCESANA FOGGIA - BOVINO
E SI OCCUPA DELLO SPORTELLO
IMMIGRAZIONE

zione, ogni sera prese la terribile abitudine di masturbarsi sul mio sedere fino a raggiungere l'orgasmo da solo per poi dirmi, in maniera feroce: "Ecco perché ti dico sempre che sei una donna inutile, devo pensare da solo al mio piacere perché tu non sei capace". Questi erano solo alcuni dei momenti più tristi di quella vita passata e ancora oggi quando mi tornano in mente vengo pervasa da un grande senso di ribrezzo.

Per cercare di riprendermi e quindi svagare la mia mente da quel terribile incidente, decisi di riprendere gli studi e di scrivermi alle scuole superiori serali. Per un momento ho dovuto fare tutto di nascosto perché non sapevo gli orari in cui sarebbe rientrato a casa e il problema restava quando dovevo uscire dal corso serale alle 20.30. Questo mi portò quindi ad affrontarlo e ammettere ciò che stavo facendo, fu un momento terribile. Ricordo soltanto che per un periodo mi chiudeva in casa vietandomi di uscire, mi seguiva dovunque andavo, non potevo più vedermi con la mia amica e per la spesa di casa ci pensava lui, addirittura scegliendo se e cosa avrei dovuto mangiare o meno. Ero stanca di tutto ciò e non avevo più la forza di lottare perché mi sentivo "violentata" in tutti i sensi. Ormai avevo perso la mia dignità di donna e di individuo, sentivo di non aver più nulla da perdere tanto da tentare due volte il suicidio, però senza riuscirci. Le sue parole di odio, di disprezzo, di superiorità mi rimbombavano all'orecchio e più mi guardavo allo specchio più mi sentivo sbagliata. Perché lui mi diceva sempre che ero una persona sbagliata, una persona che portava solo guai. Diceva che ero il diavolo, che non valevo niente, diceva che dovevo obbedire a tutto ciò che mi diceva se volevo continuare a vivere in serenità. Difatti, da lì ho iniziato a fare tutto quello che mi diceva e chiedeva tranne che la scuola. Anche se ci andavo di nascosto. In seguito al mio aborto avevo scelto di non riprovare subito a rimanere incinta perché il mio corpo, la mia mente e la mia persona non erano ancora pronti per affrontare un'altra gravidanza. Dopo alcuni momenti di calma apparente, ricominciarono gli insulti, i litigi ma il momento clou di questa storia doveva ancora arrivare, il momento che ha segnato la mia vita per sempre.

Una sera, dopo l'ennesima litigata, avevo deciso di dormire sul divano perché dentro di me sentivo che qualcosa non andava perché lui era più violento del solito e la paura mi uccideva. Così durante quella notte avevo bloccato la porta del soggiorno con il divano e nel cuore della notte sentivo lui che cercava di aprire la porta con tutte le sue forze. Avevo paura, non potevo prendere il cellulare per chiamare i carabinieri e non so come riuscì ad aprire la porta, costringendomi ad avere un rapporto sessuale. Ho lottato con tutte le mie forze per evitarlo e appena ho potuto, sono scappata di casa andando nell'unico posto dove mi sentivo al sicuro e protetta.

Mai avrei pensato che l'uomo che tanto diceva di amarmi potesse farmi una cosa del genere. Ero sconvolta e quell'ultima violenza, fece riaffiorare in me un altro episodio triste della mia infanzia, quello in cui, il migliore amico di mio padre, tentò di violentarmi all'età di sette anni. Avevo il cuore a pezzi e il mondo mi crollò addosso, ma dentro di me sapevo di essere ancora una donna forte e combattente, perciò ero pronta a rialzarmi, a ricucire le ferite aperte e ad andare avanti con la vita e con quello che essa poteva ancora offrirmi. Da quel momento ho avuto il coraggio di intraprendere un percorso con il centro antiviolenza "Impegno Donna" di Foggia, dove, sin da subito sono stata accolta a braccia aperte, ascoltata, seguita, e soprattutto creduta. Avevo trovato finalmente un punto di riferimento e le sedute con la psicologa del centro, erano per me, momenti di sollievo. Il percorso di ripresa della mia vita, è stato molto lungo perché dovevo prima riacquisire la speranza e la fiducia in me stessa.

Oggi, a distanza di anni, posso dire di essere pronta ad affrontare ogni difficoltà che la vita mi prospetta. Sicuramente una parte di me rimarrà sempre vulnerabile ma allo stesso tempo sono diventata forte e coraggiosa. Adesso, sono al terzo anno di giurisprudenza, faccio un lavoro che mi soddisfa professionalmente, umanamente e personalmente. Attraverso la Caritas Diocesana di Foggia-Bovino, grazie al sostegno della CEI con i fondi dell'8xMille, sono affianco alle donne vittime di tratta e di coloro che subiscono ogni tipo di violenza. Insieme alla Caritas di Foggia, cerco di cambiare le loro vite, accompagnandole mano nella mano verso la loro autonomia, aumentando la fiducia e autostima in loro stesse. Con questo corso di perfezionamento, ho potuto approfondire e rafforzare le mie competenze e professionalità, così da rendermi sempre più formata e pronta ad aiutare il prossimo. Non siamo noi a decidere se nascere maschi o femmine e la frase "auguri e figli maschi" dovrebbe essere ormai superata poiché non dovrebbe essere una fortuna nascere di genere maschile né tanto meno una sfortuna essere del sesso opposto. Ancora oggi, nel mondo del lavoro questa differenza continua a pesare. L'uguaglianza tra donne e uomini è un diritto fondamentale e un valore per l'Unione europea e per il mondo. Possiamo ricordare infatti l'art. 3 "Tutti i cittadini hanno pari dignità sociale e sono eguali davanti alla legge, senza distinzione di sesso, di razza, di lingua e di religione".

Un giorno, in occasione di una formazione, durante i lavori ci hanno chiesto di descrivere il corpo in cui ci sentiamo rappresentati attraverso un disegno. Io ovviamente totalmente negata a disegnare ho scelto comunque di fare del mio meglio perché quello era un momento molto importante per me. Ho cercato di trovare un corpo in cui mi sentivo rappresentata ma non mi veniva in mente nulla, o meglio un pensiero ce l'avevo ma pensavo fosse una idiozia al che ho chiesto alla docente se potevo disegnare un animale. Ho temuto tanto la sua risposta, ma poi sentirmi dire "Sì" è stato un sollievo. Ho iniziato quindi a disegnare un serpente. Ebbene sì, pensando alla mia storia, al percorso faticoso della mia vita, il corpo che più mi rappresentava era quello di un serpente. Sì, un serpente tutto colorato e ogni colore indicava le fasi della mia vita. Sono partita dalla coda del serpente con il colore nero che ho chiamato: Tempi bui. I momenti più difficili della mia vita sia in Senegal sia in Italia tra violenze, torture, discriminazioni, sacrifici e il dolore più grande, quello del mio bambino nato morto. Ho proseguito con il colore verde chiamato: La Speranza. Quando finalmente libera. Ero un uccellino ingabbiato che però pian piano è riuscito a liberarsi e a spiccare il volo. Colore giallo: Il sole e la gioia. La gioia di vivere e di guardare oltre l'orizzonte. Il blu: Il cielo. Laddove si trovano le due stelle che vegliano oramai su di me e mi proteggono. Infine il colore rosso: Storie e memorie. Dedicato a tutte le persone che incontro ogni giorno e che ascolto con il cuore, imparando anche a far tesoro dalle loro esperienze.

PERCHÉ HO SCELTO IL SERPENTE? Quando sono triste mi attorciglio in me stessa come quando il serpente prende la sua preda. Mi sento soffocare ma trovo sempre il modo di liberarmi da quella presa. Il serpente quando striscia lascia sempre la scia del suo corpo e io come lui cerco di lasciare sempre traccia della mia vita, del mio vissuto per testimoniare chi sono. La mia scia sono le mie memorie.

Jallow's story

Jallow Kissima

Jallow Kissima è nato in Gambia nel 1992.
In seguito a contrasti familiari, Jallow lascia la sua casa e si trasferisce in Guinea, dove si sposa e ha una figlia. Per poter provvedere meglio alla famiglia, decide di spostarsi ancora, alla ricerca di un guadagno migliore. Dopo aver trascorso oltre un anno in diverse città, arriva in Libia, dove finisce in un centro di detenzione. Sopravvissuto a condizioni disumane, compie un nuovo viaggio attraverso il Mediterraneo, e sbarca in Sicilia. In Italia si trova ad affrontare problemi giudiziari con conseguenze sulla sua libertà.

Mi chiamo Jallow, sono nato in Gambia a Kerewan Samba Sira e ho quasi trent'anni.

Da bambino, a cinque anni circa, ho iniziato a studiare il Corano, guidato dalla mano di mio padre. Quando compii nove anni, lo uccisero. In seguito ho continuato a studiare il Corano sotto la guida di mio nonno. Mio padre era stato un grande insegnante di religione e di scritture Sacre, infatti, aveva aperto già da un po' una scuola di religione accessibile a tutti e gratuita.

Lui si era già sposato in Senegal e aveva due figli nati da quel matrimonio molto prima che io venissi al mondo e in seguito si sposò con la mia Mamma, ricevendo una ricca dote in animali e terre. Le sue due spose, mia madre e la mia matrigna, non andavano d'accordo su niente. Quest'ultima, quando mia madre non c'era, mi picchiava e rendeva la mia vita impossibile, come lo facevano anche i miei fratellastri maggiori.

Alla morte prematura di mia mamma le cose peggiorarono ancor di più: mi davano pochissimo da mangiare e in cambio però mi facevano lavorare tante ore per accudire da solo il bestiame di famiglia.

L'acredine di mia madre nei confronti della matrigna era sorta dal fatto che lei non sapeva assolutamente, del precedente matrimonio di mio padre, con figli in Senegal. Infatti se ne fosse stata a conoscenza prima di rimanere incinta, non lo avrebbe mai sposato. Ormai con un figlio da crescere, già amatissimo, lei fu obbligata, di fatto, ad accettare quel marito furbo e bugiardo.

Mio padre viaggiava sempre molto ed era rispettato da tutte le persone che lo conoscevano. Mio nonno aveva cominciato a disboscare e lavorare le terre incolte infestate dalla vegetazione per incuria e mio padre continuò questo duro lavoro dando l'esempio anche ad altri che lo imitarono, formando così una redditizia comunità agreste.

Nell'agosto del 2001, trovarono mio padre morto, colpito da un colpo di macete al collo, riverso sulla terra che stava lavorando da solo.

Nelle vicinanze di casa nostra girava da molto tempo un brigante di nome Bacarri che viveva di espedienti e quando riusciva a rubacchiare qualcosa, si ubriacava. Lui odiava mio padre perché gli faceva le prediche riguardo il troppo bere e in più era invidioso di lui per le sue belle donne, le sue fertili terre e le mandrie. Questo bandito non fu mai più visto in zona dalla data dell'omicidio del mio amatissimo papà.

Vedendo i miei parenti piangere, rimanere in silenzio e pregare, capii che qualcosa non andava, così mi impuntai volendo vedere subito il mio papà. Non mangiai più fino a quando mi raccontarono la bugia che aveva avuto un incidente e che era all'ospedale. Avevo solo nove anni, ma non ero scemo. L'unico che mi disse la verità fu mio nonno materno, che mi aiutò anche a continuare a studiare il Corano. Lui, come me, soffrì molto la perdita di mio padre e mi si affezionò ricambiato da me.

Nell'arco di tre anni persi anche mia mamma a causa di un cancro al seno e mio nonno per morte naturale. A tredici anni compiuti mi ritrovai completamente solo eccetto che per la matrigna e i miei fratellastri oltre a qualche lontano zio.

Il nonno diceva sempre che io capivo le cose al volo e che ero molto intelligente, nonostante la mia giovane età. La mia formazione religiosa e lo studio delle Sure del Corano mi insegnarono a rispettare tutti gli uomini e formarono il mio carattere, il carattere di un adulto che vive nel rispetto di Dio come dovrebbe sempre essere.

Ho continuato i miei studi nella Moschea locale fino all'età di sedici anni. Quando finalmente ho imparato tutto il Corano a memoria, sono tornato a casa. La mia matrigna ci rimase molto male perché io ero l'unico figlio di mio padre che aveva studiato con successo la religione, così lei pensò bene di occuparmi in molti altri lavori, per cercare di impedirmi la continuazione dei miei studi sul Corano.

Sono sempre stato un ragazzo che vive la sua vita con felicità, anche nei momenti avversi, sorridente e giocoso in tutte le occasioni, testardo però quando sono sicuro delle mie ragioni, quindi sono irremovibile sui miei sacrosanti diritti lesi.

Dopo le continue liti con i miei fratellastri e le meschine angherie della mia matrigna, a diciassette anni sono stato forzato ad andare via, lasciando la mia casa paterna a mani vuote come quando ero venuto al mondo. Ho percorso senza soldi né bagagli, rubando manghi ogni tanto, più di cinquecento chilometri a piedi eccetto qualche raro autostop. La mia meta era Kidira (in Senegal) per poi poter arrivare in Guinea dove pensavo di poter vivere meglio. Nel cammino, oltre ai manghi, mi sostentavo con manioca dissotterrata con le mie mani e pannocchie di mais sempre prelevate dai campi. A questo proposito devo precisare che le mie azioni di bracconaggio le feci sempre e solamente durante le piogge torrenziali, quando in giro non c'era nessuno. Durante il giorno, col mio fedele bastone da combattimento, il quale poteva difendermi in qualche modo dai possibili attacchi, ma soprattutto grazie alla mia micidiale fionda, integravo la mia dieta con la carne delle mie prede. Le mie condizioni durante il lungo cammino erano disastrose: possedevo un paio di ciabattine di plastica che si ruppero quasi subito. Con la corteccia di un albero le riparai come potevo, comunque i miei piedi nudi, non protetti da scarpe, si ferirono molto presto causandomi dolori e infezioni e rallentando la mia marcia. Non parliamo degli insetti, come mosche e zanzare, che mi mangiavano vivo! La mia faccia e tutto il corpo erano irriconoscibili, il dolore delle punture era così forte da farmi piangere e quasi impazzire. Mi è capitato più volte di incontrare, ai lati della pista che stavo percorrendo, mandrie di gnu con i loro piccoli, che mi caricavano per difendere la loro prole e mi obbligavano a scappare a gambe levate. Lungo il percorso giornaliero potevo incontrare paesi con pozzi d'acqua o punti di commercio dove, avendo i soldi, si poteva comprare quasi tutto. Dagli occupanti dei rari veicoli che mi superavano ricevevo ogni tanto acqua, frutta o biscotti. Il sole era implacabile e assorbiva tutte le energie, di notte c'era così freddo da tremare e causarmi piccole ferite dovute all'arsura. Più di una volta fui sorpreso dal buio e obbligato a dormire sotto un baobab circondato da iene e altri predatori. Non potevo chiudere occhio, comunque Dio mi protesse sempre.

Finalmente arrivai a Mamou, dove facendo piccoli lavoretti rimasi per circa due mesi. A causa della paga troppo bassa, mi spostai sino a Conakry, la capitale della Guinea, nella vana speranza di trovare un lavoro vero. Inizialmente dormivo nella stazione dei pullman, la mattina presto mi svegliavo e aiutavo a trasportare i colli pesanti e se qualche viaggiatore vestiva elegante, tale da sembrare un signore, chiedevo qualche soldo in aiuto.

Tutto cambiò quando conobbi una signora che gestiva un piccolo ristorante d'asporto. Lei mi prese con sé per lavare i piatti, per consegnare a mezzogiorno i pasti per la fabbrica vicina e per lavare e tagliare le verdura. Dormivo sempre in stazione ma successe che, mentre dormivo, fui picchiato e rapinato di tutto quello che avevo. Capitò varie volte e nell'ultima fui ferito seriamente all'occhio destro. Il bulbo oculare era tutto rosso per il versamento di sangue e quando la mattina dopo mi presentai così conciato al lavoro, la signora Mariama Conte, colpita sia dalla triste storia, sia dai miei studi fatti sul Corano, mi disse di aspettare lì perché voleva andare a parlare con suo marito, il quale in un primo momento non volle saperne di me.

Piano piano, lavorando sodo e comportandomi sempre bene, entrai nel loro cuore, tanto che dopo vari episodi in cui mi trovai invischiato in liti turbolente fi-

F. TORMEN_

Quando dopo un pò il camion ripartì, ci abbandonarono portandosi via i bagagli personali e l'acqua.

nite a scazzottate, anche tre contro uno, ebbi la fortuna che la famiglia dove lavoravo di giorno, passando in motorino nel luogo della rissa, mi vide e fermandosi il capofamiglia mi chiese perché mi stavano picchiando. Lui, capita la mia innocenza, per proteggermi, mi accompagnò a dormire a casa loro in uno stanzino piccolissimo ma che a me sembrava un paradiso perché, finalmente, potevo dormire tranquillo.

Intanto passava il tempo, continuavo ad aiutare e a lavorare con impegno e sempre col sorriso sulla faccia. Il marito di Mariama, iniziò ad accettarmi e a volte mi parlava dandomi consigli come un padre, insomma mi considerava uno di famiglia. La prima volta che vidi la figlia di Mariama, lei aveva quindici anni, era molto bella, ma la consideravo una mia sorellina. Come la gazzella evita il leopardo, i primi tempi lei mi ignorava, doveva ancora conoscermi e vivendo sotto lo stesso tetto, cominciò ad aprirsi con me. S'instaurò una bellissima amicizia, giocavamo, parlavamo molto e guardavamo i film, eravamo sempre insieme a casa e sul lavoro. Dentro di me cominciava a nascere un forte sentimento, ma lo reprimevo per non rovinare l'amicizia che avevo con i suoi genitori. Con il passare del tempo, anche Hadia iniziava a provare qualcosa per me. Anche lei cercava di nasconderlo, ma non sempre ci riusciva. Parlando del più e del meno, le chiesi se avesse già in mente un uomo da sposare e mi disse che già da bambina i suoi genitori l'avevano promessa al cugino, figlio della sorella di suo padre, che viaggiava molto in Africa, in Europa, ma che egli, dopo qualche anno, aveva rifiutato la proposta perché si era innamorato di un'altra donna.

Quando la sorella di Mariama ci venne a trovare con sua figlia ventenne, Hadia improvvisamente era gelosa di questa ragazza, più grande di lei, che guardava il suo amico del cuore Jallow con occhi languidi. Hadia decise di non voler dividermi con nessuna e due anni dopo convolammo a nozze. Il padre di Hadia, mio futuro suocero, diceva sempre di non preoccuparmi né per i soldi né per il lavoro ma in realtà non mi pagava mai totalmente, eccetto i beni di prima necessità. Dopo un anno di felice matrimonio nacque Fatau la mia diletta figlia e ormai sono sette anni che non la abbraccio. I miei suoceri non mi pagavano mai lo stipendio, non per cattiveria, ma perché in Africa si usa così.

Vedendo e sentendo, dai discorsi di alcuni miei vicini di casa, che molti partivano diretti in altre nazioni per cercare lavoro e che dopo un po' tornavano pieni di soldi, portando con sé quello che avevano guadagnato, io, invidioso di quei fortunati, commentai a mia moglie Hadia il mio desiderio di partire. Lei era assolutamente contraria all'idea, non voleva essere lasciata sola con la bimba ancora in fasce. A furia di discussioni sul problema, riuscii con la mia cocciuta testardaggine a convincerla, mentendo un poco sulla durata del mio viaggio. Con i soldi contati per i biglietti dei pullman e pochi euro in più, partii per cercare di trovare la mia chimera, un lavoro ben remunerato.

Arrivato in Mali, non trovai nessun lavoro, così mi recai in Alto Volta (Burkina Faso), nella città di Ouagadougou dove per qualche mese lavorai col martello pneumatico in una miniera. Stanco di quel lavoro faticoso, mi rimisi in viaggio con l'intenzione di arrivare a Niamey in Niger; lì mi stabilii nella periferia di un piccolo paese limitrofo alla capitale, perché c'era la sede di un ostello gratuito per gli uomini in cerca di lavoro che ospitava tanta gente nelle mie stesse condizioni e proprio parlando con loro, trovai impiego come muratore in un grande cantiere edile in città. Mi pagavano cinque euro al giorno per otto ore di lavoro, dal mattino presto sino alle diciassette.

Ho lavorato un anno intero, riuscendo a risparmiare solamente trecento euro, dopo tanti sacrifici! Parlando con i miei compagni di lavoro venni a sapere che in Libia, dopo la morte di Gheddafi, tutto il Paese era da ricostruire e cercavano dei bravi muratori. Lì gli stipendi erano più alti: si potevano guadagnare facilmente al giorno venti euro e più. In realtà il fattore decisivo che mi fece scegliere di trasferirmi in Libia fu il fatto che chiusero il cantiere perché il lavoro era finito.

Anche se un po' titubante, accompagnato da un mio compagno di lavoro diventato mio amico, presi un pulmino per giungere nella città di Agadez, sempre in Niger. Lì il nostro mezzo di trasporto si ruppe proprio vicino al deserto, nelle vicinanze di un paese che raggiungemmo a piedi. Tutti i viaggiatori furono sistemati in varie case e alloggiati a pagamento. Aspettammo quindici giorni perché si doveva formare un gruppo completo. Ci furono lunghe trattative per quantificare le spese di viaggio, che dopo molte discussioni, anche con toni alti, vennero quantificate in duecento euro. Giunto il momento di partire, il nostro bellissimo pulmino si trasformò in uno scassato camion, con la cabina a tre posti e un grande cassone aperto. Già da giorni ci avevano consigliato di comprare alimenti e acqua che sarebbero dovuti bastare per almeno cinque, sei giorni di viaggio. Oltre a questa roba, ognuno di noi aveva una grande borsa o uno zaino per gli effetti personali.

Gli organizzatori del viaggio, mezzo nigeriani e mezzo arabi, cominciarono a stivare tutti i bagagli sul cassone in modo tale da creare dei posti a sedere su questi e fissando ai lati del camion alcuni bastoni, in modo tale da potersi sostenere durante il viaggio. Terminato il tutto, furono collocati quarantadue passeggeri, oltre me, sul cassone. Le strade non si potevano chiamare tali bensì piste sconnesse, noi pigiati come sardine in scatola, nonostante gli scossoni continui, rimanemmo disagiati, ma compatti. Dopo circa tre ore, alla prima sosta tecnica per espletare i bisogni essenziali, ci accorgemmo di un'altra grossa Jeep carica di uomini armati di AK47 Kalashnikov, che ci seguiva da tempo, e finimmo rapinati: prima perquisendoci e sottoponendoci a violenze gratuite, poi portandoci via tutte le cose di valore o di loro piacimento. Violentarono anche tutte le poche donne che viaggiavano con noi. Alle nostre tre guide, quelle che viaggiavano nella cabina del camion, non fecero assolutamente nulla, non li rapinarono né li picchiarono, comunque ci lasciarono solo acqua e poche cose da mangiare. Tristi e demoralizzati riprendemmo questo viaggio infernale per altri quattro giorni. Arrivati nelle vicinanze del confine libico il camion, "misteriosamente", si spense e l'autista ci fece cenno di scendere tutti per aiutarlo a farlo ripartire spingendo. Quando dopo un po' finalmente il camion ripartì, ci abbandonarono portandosi via i bagagli personali e l'acqua.

Per fortuna io come di mia abitudine, seguendo gli insegnamenti del nonno, non abbandonavo mai la mia fedele tanichetta da cinque litri di capienza, che portavo sempre dietro appesa al collo! Come fecero anche altri e questo essere previdenti ci salvò la vita. Iniziammo una marcia forzata di tre giorni, dove già dal primo ci dividemmo in due gruppi: noi uomini giovani, circa venti, camminavamo veloci e senza inutili soste, gli altri ci seguivano più lentamente. L'unico nostro mezzo di orientamento era una stella, che immagino si chiami Antares, la quale tutte le notti ci segnava la via da percorrere e seguendola arrivammo all'accampamento di una carovana di cammellieri. Il capo molto stupito di trovarci lì cercò di capirne il motivo, ma la totale differenza di lingua ci impediva di comunicare, solo con il linguaggio del corpo dopo molta fatica riuscimmo a raccontare quello che era successo. Molto dispiaciuto di tutto ciò, lui ordinò ai suoi uomini di darci latte di cammella e datteri per rifocillarci. Il giorno stesso avevamo già finito tutto. Senza acqua e viveri avevamo camminato tutto il giorno sotto il solito sole che ci colpiva come un maglio.

Abbiamo riposato e riacquistato le forze per due giorni interi nell'accampamento degli ospitali cammellieri.

La nostra meta iniziale avrebbe dovuto essere Sebah, dove avremmo trovato un centro di smistamento per lavoro in Libia. Il capo dell'accampamento ci consigliò di aspettare il camion dell'acqua, che a giorni sarebbe arrivato a scaricare. Ormai eravamo rimasti solo in sei, quindi potevamo salire comodamente sul camion. Del gruppo iniziale di quarantadue persone, non ne ho saputo più nulla, né se sono vivi o se sono morti, mi dispiace molto per tutti quelli che non ce l'hanno fatta, ma non avevo nessuna possibilità di aiutarli. Il camion arrivò puntuale e l'autista fu contento di avere compagnia per il suo viaggio di ritorno. Parlava un po' di inglese e ci spiegò come fare per raggiungere El Gatrun. Seguendo le sue istruzioni alla lettera per prima cosa cercammo una casa abbandonata, per avere un tetto sulla testa, un posto dove poter accendere il fuoco per cucinare.

Ogni mattina presto si andava nel centro città per cercare lavoro, uno qualsiasi, la richiesta di lavoro era tanta, ma l'offerta poca. Riuscii a sopravvivere per due mesi, quando finalmente racimolai i soldi per pagare il viaggio fino a Sebah, pensando che fosse la soluzione a tutti i miei problemi. Fortuitamente, conobbi un trasportatore di pecore e capre che abitualmente trasportava le mandrie da El Gatrun fino a Sebah; era un viaggio che col pullman sarebbe costato centocinquanta euro, mentre il mio nuovo amico me ne chiese solo cinquanta, in cambio però dell'aiuto che dovevo prestare per far sopravvivere gli animali più piccoli, dall'essere schiacciati dagli altri animali durante il lungo viaggio, che sarebbe durato due giorni. Il camion era attrezzato con scompartimenti recintati, una struttura metallica sovrastante le gabbie, da dove io potevo vedere gli animali in difficoltà e intervenire per aiutarli. Ogni tanto ci fermavamo nella vicinanza di un campo e facevamo scendere tutta la mandria per foraggiarla un poco. Per farla salire sul camion, bastava forzare nella salita due o tre bestie che anche le altre seguivano senza problemi.

Arrivati a destinazione, il camionista mi lasciò in centro. Lì ambientatomi un pochino e chiedendo un letto per dormire, incontrai un uomo che lavorava come imbianchino, originario del Mali, con il quale parlai nella sua lingua. Lui non poteva aiutarmi perché dormiva dal suo datore di lavoro, ma mi spiegò che se io avessi aspettato la fine della giornata lavorativa, lui mi avrebbe accompagnato fino a una casa d'accoglienza di immigranti dove avrei trovato anche da dormire e un aiuto per il lavoro. In quella casa mi chiesero quaranta euro al mese per dormire, mentre per mangiare facevamo tutti la spesa in comune.

Le prime due settimane passarono veloci lavorando qua e là tornando comunque tutte le sere nel centro di smistamento in cerca di nuovi lavori. Fu lì che conobbi un signore libico il quale mi fece fare un trasloco di casa sua. Quando la sera mi riportava nella casa di accoglienza, domandava sulla mia vita privata, chiedendomi se volevo continuare a lavorare per lui, pagato quindici euro al giorno, e dormire a casa sua. Per cominciare mi fece costruire un pollaio nuovo e scaricare i camion di ghiaia da mettere sotto casa sua e livellarla, inoltre mi fece riparare il canniccio del tetto. Lui si chiamava Abdullah e a lavorare insieme entrammo in confidenza. Lui continuava a non pagarmi i giorni da me lavorati, assicurandomi sempre che se avessi avuto bisogno di qualcosa me la avrebbe comprata lui con i miei soldi. Io avrei voluto aprire un conto in banca, per poter mandare un po' di denaro alla mia famiglia, ma senza documenti era impossibile. Tutte le sere gli chiedevo gli arretrati, ma c'era sempre una scusa per non darmeli, a volte mi giurava su Dio e mi assicurava che me li avrebbe pagati. Le cose andarono avanti per mesi sino a quando mi arrabbiai sul serio, allora lui arrivò al punto di farmi vedere materialmente i miei soldi, facendomi però discorsi di questo tipo: "Io sono un uomo timorato di Allah e ho già aiutato moltissimi tuoi compaesani, se i soldi li tengo io, tu non li butti via e li ritroverai tutti insieme il giorno che tornerai a casa. Io desidero il tuo bene perché sei un bravo ragazzo e ti voglio bene. Non ho mai ingannato nessuno, lo giuro davanti a Dio. Ho sempre aiutato tutti senza guadagnare niente". Non mi aveva convinto, ma non avevo nessuna scelta. Mi convinse allora ad accettare un lavoro di quindici giorni presso alcuni conoscenti suoi, garantendo di accompagnarmi. Partimmo in macchina io e lui andando incontro ai suoi amici.

Dopo due ore di viaggio incontrammo altre Jeep. Abdullah scese dalla macchina e si mise a parlare lungamente con gli occupanti della Jeep indicandomi frequentemente, ridendo e scherzando. Io non sentivo niente, ma ridevo con loro. Lui finito di parlare, ritornò in macchina e mi disse che doveva tornare subito a casa, con la scusa di essersi dimenticato qualche cosa e assicurando che sarebbe ritornato l'indomani, così mi fece salire sulla Jeep, mi dissero di stare seduto, calmo e tranquillo, poi si fermarono in uno slargo della strada, mi fecero scendere cominciarono a perquisirmi e a togliermi le cose che avevo addosso; erano tutti armati e i loro modi cambiarono. Diventarono prepotenti e violenti, soprattutto quando cercai di ribellarmi al fatto che mi stavano rapinando. Alla mia reazione mi picchiarono, minacciandomi con una pistola puntata alla testa, perché volevano che stessi zitto e tranquillo. Finito il trattamento, mi incappucciarono, legandomi polsi e caviglie e di peso mi distesero nel bagagliaio della Jeep, coprendomi con un tappeto per nascondermi alla vista, alzando la musica al massimo per coprire miei eventuali rumori. Il viaggio durò da mezzogiorno fino alle undici di sera, con me sempre legato, senza mangiare né bere. Per i bisogni fisiologici, sono stato costretto farmeli addosso, con mia grande vergogna.

Arrivati a destinazione, vicino alla capitale della Libia, a Beni Ualad [Walid], mi slegarono e mi fecero entrare in una casupola senza finestre chiusa da una robusta porta di legno stagionato. Mi diedero in po' d'acqua, un piccolo succo di frutta e qualche biscotto. Passate così alcune ore mi fecero uscire e incappucciato mi portarono in un grande capannone stipato di gente, erano più di trecento prigionieri, di tutte le razze ed etnie africane. Il cattivo odore che aleggiava in aria prendeva alla gola facendo venire conati di vomito, la puzza era tremenda e asfissiante e io rigettai quel poco che avevo mangiato. Rinchiuso con loro, come tante bestie destinate al macello, parlando con i pochi che parlavano la mia lingua, questi mi spiegarono che, a forza di botte e maltrattamenti, obbligavano il malcapitato di turno a telefonare ai propri familiari per convincerli a pagare il riscatto stabilito dai libici. Comunque mi dissero che non serviva parlare tanto perché lo avrei visto domani.

Infatti, la mattina dopo ci svegliarono a secchiate d'acqua. Qualcuno fu portato via per fare la telefonata, perché già convinto dalle botte ricevute. Noi rimasti, a turno venivamo minacciati e picchiati fino a quando qualcuno, non sopportando più questo violento trattamento, si decideva a chiamare i propri familiari. Il mio riscatto era stato valutato in quattromila euro.

Ero spaventato dall'enormità della richiesta, ben sapendo che la mia famiglia non disponeva di tale somma in contanti, in più calcolando che nell'ultimo anno di lavoro avrei guadagnato circa cinquecento euro, così avrei impiegato otto anni per potermi riscattare. Negando sempre di avere la possibilità di pagare i miei aguzzini, questi continuarono imperterriti a torturarmi. Pugni in faccia, tanto da farmi cadere tre denti. Con una lampadina rotta, collegata con un lungo filo a una presa elettrica, mi davano scosse persino nei genitali, appeso a testa in giù, nudo e bagnato con acqua. Frustate sulla schiena e bastonate sulle gambe e sul cranio. Anche le povere donne prigioniere non erano risparmiate. Furono violentate tutte, pure quelle incinte, separate dai loro uomini e da tutti noi, ma sempre ben visibili da tutti i presenti nello stesso maledetto capannone, aumentando così la loro vergogna e ferendole nell'orgoglio oltre che nel corpo.

Dopo una settimana, non resistetti più a questi barbari trattamenti e così chiesi di telefonare al cognato di mia moglie. Ormai quando andavo al gabinetto urinavo sangue e stavo sempre molto male. Quando riuscii a parlare con i miei familiari, raccontando tutto quello che mi era successo, in un primo momento mi risposero che non potevano aiutarmi, non solo per i soldi, ma dalle loro parole traspariva il fatto che non mi stavano credendo. Lo capirono persino i miei carcerieri, tanto che mi riappesero a testa in giù, nudo e, mentre mi picchiavano, fecero una video chiamata col mio telefonino al numero con cui avevo fatto la mia ultima telefonata. Amadualfa, il cognato di mia moglie, capito che non raccontavo bugie e informando anche mia moglie Hadia, prese un poco di tempo.

Da allora parlammo regolarmente anche con mia moglie, che aveva spiegato tutto anche ai propri genitori. Loro pensarono, per risolvere il problema, di vendere un terreno di proprietà della famiglia, ma bisogna ricordarsi che siamo in Africa, dove queste cose hanno i loro lunghi tempi.

Passarono altri lunghissimi quattro mesi, sempre seviziato dai miei aguzzini, che mi urlavano nelle orecchie perché volevano essere pagati per rientrare delle spese che avevano sostenuto. Nonostante i miei familiari avessero deciso di aiutarmi, ogni volta che li sentivo per telefono, i carcerieri mi picchiavano anche mentre stavo parlando, per far capire l'urgenza di pagare il riscatto. Mia moglie non mi disse di aver venduto il terreno perché avevano realizzato solo duemilacinquecento euro e stavano ancora cercando di racimolare i rimanenti soldi per completare il riscatto. Disperato, le dissi che non c'era più niente da fare. Amadualfa sentendomi così demoralizzato mi promise di inviare i soldi all'indomani. Cosa che non avvenne, perché quando lo chiamavamo lui non rispondeva più. Immaginatevi la rabbia dei libici che oltre alle botte, mi negarono cibo e acqua, legandomi a un palo e dicendomi di non fare il furbo, perché avrebbe potuto essere l'ultimo giorno per me. Fortunosamente Amadualfa richiamò e quando fui in linea con lui, io lo aggredii urlandogli cosa cavolo stesse facendo e lui si difese spiegandomi di non avere l'intero importo e che per questo non rispondeva al telefono. Tutte le telefonate erano in viva voce e i libici mi ordinarono di farmi inviare il denaro racimolato. Questa volta, dopo qualche giorno, i soldi arrivarono e le botte diminuirono ma ogni tanto ricominciavano per non perdere il vizio e tenermi sempre sulla corda tesa per completare la somma del riscatto.

Finalmente arrivarono anche gli ultimi maledetti soldi, così immediatamente fui spostato di zona e fui messo assieme a quelli che avevano pagato il riscatto, dove nessuno riceveva più violenze e invece del solito piccolo panino la mattina e la sbobba calda delle diciassette, ora ci davano anche il caffè, il latte e lo zucchero e alle quattordici la pasta o il couscous intinto nel sugo.

Il tempo inesorabile continuava a passare sempre prigioniero. Dopo tre mesi di questo andazzo, io cominciai ad arrabbiarmi sul serio e quando chiesi perché non mi liberavano i libici mi risposero: "Se ti liberiamo, dove andresti senza soldi?". Io risposi: "Via". Si misero a ridere e mi spiegarono che l'unico modo sicuro per andare via era di chiamare nuovamente i miei parenti e chiedergli altri quattrocento euro per le spese di viaggio fino ai confini della Libia.

Subito non capii perché non potevo andare via da solo, ma mi spiegarono che era molto difficile, oltre che rischioso, passare il confine della Libia, perché avrei potuto essere catturato di nuovo da un altro gruppo di libici. Nei quattrocento era compresa, oltre al costo del biglietto, anche la loro protezione armata. Col cuore dolente in mano, richiamai i miei familiari, che non fecero problemi, anzi, mi rinfrancarono dicendomi che avrebbero mandato presto i soldi ed esortandomi a tornare presto a casa. Anche se non mi chiesero niente, io mi impegnai a restituire tutti i soldi spesi per me, mettendomi a disposizione per qualsiasi tipo di lavoro che avrei dovuto fare.

Nel grande capannone dei prigionieri molti africani erano venuti principalmente per trovare lavoro in Libia altri invece volevano emigrare in Europa. Ma tutte e due le cose erano molto pericolose, perché quasi tutti i libici non lavoravano e si dedicavano da sempre allo schiavismo: appena incontrano un africano nelle loro terre lo catturano per poter richiedere il riscatto. Comunque una mattina alle tre circa, quando nel frattempo erano arrivati i quattrocento euro, mi caricarono, sempre incappucciato, su una macchina portandomi vicino al mare, quando mi tolsero il cappuccio, vidi tantissima gente in file ordinate sulla spiaggia. Tutti attendevano di essere imbarcati in mare. Un mio accompagnatore andò a parlare con un suo compaesano armato che vigilava l'ordine nelle file delle persone in attesa, poco dopo ritornò alla nostra macchina, mi spinsero nella coda più vicina e se ne andarono. Dopo circa un'ora di preparativi sulle barche, gli uomini armati cominciarono a caricarle di persone. Io finii su una barca di legno di circa sette metri, vecchia e malconcia, ma dotata di un motore fuoribordo da quaranta cavalli di potenza, abbastanza nuovo. Partimmo dalla località di Zabrata alle cinque del mattino.

Oltre alle due barche stracariche di passeggeri, ci seguivano altre due più piccole cariche di uomini armati. Guardandomi intorno, avevo osservato che su circa novanta passeggeri dentro la mia imbarcazione, gli africani come me erano meno di dieci. La mia grande paura era che ci portassero al largo per affondarci ed eliminarci tutti. Nella nostra barca stavano due libici armati uno al timone, l'altro a prua, i quali non parlavano con nessuno, quindi i miei dubbi aumentavano di ora in ora. Navigammo tutti in un silenzio surreale sino al limite delle acque internazionali. Solo allora il timoniere chiese chi era capace di governare la barca, ma nessuno gli rispose. Si arrabbiò molto e poiché ero il più vicino, di peso e minacciandomi col mitra, mi mise la barra del motore in mano, assicurandomi che se non lo avessi fatto mi avrebbe sparato. Avendolo prima osservato attentamente mentre guidava, gli ubbidii. Il libico, controllò che non facessi errori, soprattutto nel mantenere la rotta.

Quando partimmo era ancora buio, nonostante le condizioni meteo marine favorevoli, molti passeggeri si sentirono male, vomitando anche l'anima fuori e dentro la barca. A me girava la testa e a causa dei fumi di scarico del motore, che sempre sotto sforzo non riusciva a raggiungere una velocità tale da far uscire detti fumi dalla barca, e del tremendo fetore del vomito delle troppe persone imbarcate, mi sentii male anche io e diedi il mio contributo di liquidi male odoranti.

Improvvisamente ci fu molta agitazione sulle due barche dei libici che con i loro binocoli avevano avvistato all'orizzonte una grande nave porta container. Fermarono subito il convoglio, il timoniere libico allentò i morsetti del motore che lo tenevano fisso sullo specchio di poppa e senza pensarci due volte lo caricò nella barca più piccola che ci seguiva, salendoci col suo compare che prima stava a prua, rimanendo sempre a tiro di voce con noi che eravamo immobili sull'acqua. Arrivò anche una motovedetta della capitaneria di porto, allertata da un loro elicottero che ci stava sorvolando già da tempo. La motovedetta ammarò due piccole scialuppe che portarono giubbetti galleggianti di salvataggio per tutti noi. Il grande elicottero bianco e rosso continuava a filmare tutta la sequenza del nostro salvataggio. Quando finimmo di indossare i giubbotti salvagente, le due scialuppe cominciarono il trasbordo fino alla nave porta container. L'operazione fu lunga e laboriosa perché non trasbordavano più di cinque persone per volta.

Una volta saliti tutti i migranti sulla nave, i libici chiesero alla motovedetta della Capitaneria di Porto il permesso di prelevare alcune grosse taniche di carburante, che erano rimaste sulla nostra barca senza motore. Stranamente questo permesso fu loro accordato. I libici armati, non contenti di recuperare il carburante, approfittarono per incendiare e affondare la barca, lanciandoci dentro un candelotto incendiario, in modo tale da cancellare le eventuali prove rimaste.

La nave porta container navigò per un giorno intero e per tutta la notte fino a quando andò ad attraccare nel porto di Pozzallo alle diciassette circa del 30 aprile 2017.

A bordo misero a tutti dei braccialetti di plastica bianca numerati e fecero un lungo discorso di spiegazioni al microfono di cui io non ho capito niente perché parlavano solo in italiano, poi ci fecero scendere tutti dalla nave e mettere in una lunga fila e lì ci fotografarono di fronte e di lato per entrare in un campo profughi, dentro a una grande casa, dove ci regalarono abiti, acqua e cibo. Mentre stavo mangiando, arrivò un italiano che cercava il braccialetto numero uno. Quando gli mostrai il braccio, lui mi diede una borsa vuota per metterci dentro le mie cose e mi disse di seguirlo; mi spostò di posto, separato da tutti gli altri, dicendo di stare tranquillo lì.

L'indomani a mezzogiorno arrivò un poliziotto, che mi accompagnò alla sua macchina di servizio e, fattomi sedere dietro, mi ordinò di fargli vedere le mani e così a tradimento mi ammanettò al sedile portandomi al carcere di Ragusa. Qui fui interrogato da due uomini e una donna ai quali, parlando in lingua inglese per quel poco che la conosco, raccontai per sommi capi la mia storia. Il terzo giorno, dopo l'interrogatorio mi rilasciarono, indirizzandomi a una casa di accoglienza dove vivevano una cinquantina di africani di tutte le etnie. In quel posto trovai da dormire, da mangiare, affetto e cortesia in special modo la Signora Giulia che firmò e garantì per me conoscendomi solo di vista.

Oltre a questo, ci regalavano settantacinque euro ogni quindici giorni. Il direttore del centro, il Signor Luca, sua moglie Paola, Giulia e Anna, riconosciute le mie ferite riportate durante la prigionia, mi salvarono la vita, facendomi ricoverare all'ospedale, dove dopo vari controlli fui operato una prima volta, ma senza esiti positivi, anzi peggiorando le cose. Furono obbligati a operarmi una seconda volta ma, anche se questa operazione riuscì perfettamente, il problema era che la terapia necessaria per guarire completamente era vietata in Italia perché erano medicine somministrate normalmente agli animali. Dovetti così aspettare che le inviassero dalla Svizzera. Nell'attesa, tutte le volte che mi sentivo male, ero portato d'urgenza all'ospedale con l'autoambulanza, dove con una iniezione di non so quale medicina dopo poco stavo meglio.

Passarono otto mesi quando arrivò al centro un'ordinanza di rilevamento delle impronte digitali, così mi accompagnarono in questura e dopo fui rilasciato subito. Nel frattempo frequentavo una scuola di italiano con scarsissimi risultati. In seguito fui richiamato sempre in questura per un lungo colloquio col Giudice affiancato da un interprete, il quale mi fece capire molte cose che prima non avevo compreso. Alla fine dell'interrogatorio, firmata la mia deposizione, mi lasciarono libero di andare.

Qualche mese dopo mi riconvocarono in Questura

e mi comunicarono che potevo rimanere legalmente in Italia per due anni, grazie al permesso speciale di soggiorno, che mi consegnarono in quell'occasione. Però c'è sempre un rovescio della medaglia: non potevo più stare nel centro di accoglienza. Era l'undici di aprile 2018 e ho cominciato a cercare lavoro in Sicilia. Feci vari lavori saltuari nei campi, mai un lavoro a tempo indeterminato. Era la stagione della raccolta dei pomodori così mi trasferii a Rosarno in Calabria, dove nelle vicinanze trovai un ghetto di africani con miei connazionali. Mi comprai un materassino per dormire e riguardo il mangiare, come al solito, facevamo la spesa in comune. Oltre ai pomodori raccoglievamo anche le arance, ma eravamo pagati sempre in nero.

Finiti i lavori temporanei, tornavo a Ragusa in via San Vito dove dividevo l'affitto con un mio amico per poter avere lì la residenza. Con la mia bicicletta, pagata ottanta euro, giravo la campagna circostante in cerca di lavoretti.

Nell'agosto 2020 andai in provincia di Trento a raccogliere le mele. Una ditta del paese di Ton mi fece un contratto a tempo determinato e oltre alla paga, la ditta aveva delle soluzioni abitative per i propri raccoglitori e pagava sei euro e cinquanta per otto ore lavorative, cioè cinquantadue euro al giorno, milletrecento euro netti al mese.

Sul lavoro conobbi un connazionale che viveva a Genova, e mi convinse a seguirlo, ma poiché il mio permesso di soggiorno era in scadenza andai in comune per rinnovarlo, facendo prima il cambio di residenza da Ragusa a Genova. Mentre il funzionario controllava tutta la mia documentazione, che volontariamente gli avevo consegnato, consultando il suo computer mi spiegò che dovevo aspettare un poco per poter terminare la mia pratica e mi fece accomodare in una stanzetta vicino.

Meno di mezzora dopo arrivò con una volante un agente di pubblica sicurezza, mi chiese le mie generalità e se mi ricordavo di aver fatto qualcosa di male e al mio diniego mi mise le manette e con i suoi colleghi mi portarono in questura, dove mi fecero nuovamente foto segnaletiche e rilevamento di impronte.

Subito dopo mi portarono al carcere di Marassi, dicendomi di chiamare il mio avvocato. Io non avevo nessuno avvocato e non capivo perché ero stato arrestato. Sei giorni dopo si presentò l'avvocato Andrea Guido del foro di Genova, lui mi fece raccontare tutto quello che ho passato e poi mi disse: "Mi dispiace ma tu non ti sei presentato al processo che ti hanno celebrato a Ragusa e ti hanno condannato in contumacia a scontare quattro anni e otto mesi, oltre alla sanzione pecuniaria di due milioni di euro". Sono rimasto trenta giorni a Marassi, poi mi hanno trasferito nel carcere di Chiavari dove sono dal 18 novembre 2020.

Ringraziamo Stefano Marco Rastrelli che ha aiutato Jallow Kissima a riportare in forma scritta la sua storia.

Girasole

Daniela Cociorva

Daniela Cociorva è nata a Padova nel 2004.
I genitori di Daniela sono moldavi e lei, da bambina, viene affidata alla nonna nel Paese d'origine per qualche tempo. La lontananza dal padre e dalla madre è motivo di sofferenza e, anche quando la famiglia si ricongiunge, il percorso di accettazione del proprio vissuto è per Daniela molto lungo. Dopo aver trascorso anni complicati, crescendo si rende conto di non poter cancellare la propria memoria, perché comporterebbe perdere parte della propria identità. È studentessa universitaria nella sua città natale.

Mi chiamo Daniela Cociorva, sono sia italiana, sia moldava. Mettere per iscritto quest'ultima provenienza mi mette particolarmente a disagio. Percepisco di non avere nulla a che vedere con la Moldavia e, inconsciamente, mi ritrovo ad allontanarmi dalla mia cultura di origine. Scaccio via i miei ricordi come fantasmi, intrappolata tuttavia in una casa che ne è infestata.

La mia storia inizia ancor prima della mia nascita. Ancor prima di chiamarmi "Daniela" ero vista dai miei genitori come la speranza di poter costruire un futuro migliore in Italia. Sono primogenita e tutte le difficoltà sociali ed economiche sono state affrontate tenendomi per manina. Non era il mondo perfetto, ma i miei genitori creavano una realtà in cui lo era. Tutti i peluche che mi facevano compagnia durante la notte, tutte le foto sorridenti al parco, tutte le speranze non bastavano: non sempre gli ostacoli cedono di fronte all'amore di due genitori.

Evidentemente l'idea di avere un figlio in una situazione instabile economicamente e con orari di lavoro estremi stava producendo i propri effetti.

E, ricordandone le conseguenze, il mio cuore piange ancora un po'.

Mi ricordo il lungo viaggio in macchina: dormivo e giocavo per giornate nei sedili posteriori mentre mio padre guidava verso la Moldavia. Né lui, né tanto meno mia madre, mi avevano rivelato le loro vere intenzioni. La motivazione, "non volevamo ferirti e ferire noi stessi", mi ha tormentato per tanti anni nei miei momenti più bui.

Il luogo in cui mi portarono era Mălăeşti: un paesino campagnolo antico in cui i pini sembrano infestare ogni angolo. In quel clima sereno incontrai mia nonna materna che si è presa cura di me nei lunghi mesi successivi. I miei genitori non ebbero altre soluzioni se non abbandonarmi temporaneamente lì. Utilizzo la parola "abbandonata" e non "lasciata" perché la mia mente da bambina ha rielaborato quella definizione. "Perché io?" una domanda a cui vorrei tantissimo poter rispondere per dar pace alla piccola Dani. Io non ho risposte e il trauma dell'abbandono è rimasto molto radicato nella mia vita. Ho una paura estrema di non esser abbastanza. Persino i miei genitori mi hanno abbandonata, la loro stessa bambina, sangue del proprio sangue... perché gli altri dovrebbero avere ragioni per restare al mio fianco?

Ricordo molto bene la vita con mia nonna: vivevamo in una piccola casa, ma con un grande giardino fiorito. Potrei definirla a tutti gli effetti una fattoria e sono cresciuta a contatto con la natura e la vita di campagna. Mia nonna mi mostrava come piantare gli ortaggi e la sera chiudevamo nella stalla la nostra mucca. Mi portava sul retro dell'immenso orto, un argine nel quale si estendeva un magnifico campo di girasoli. Mia nonna ha tentato di prendersi carico del mio dolore e darmi un'infanzia felice. Mi ha ascoltato come nessun altro ha mai saputo ascoltarmi in quel periodo. "Non è colpa tua", mi diceva quando la notte piangevo, "I tuoi genitori ti stanno costruendo un futuro migliore" e io avevo tanta paura che quel "futuro migliore" avrebbe strappato mamma e papà dalla mia vita per sempre.

Ho un ricordo molto chiaro di una telefonata con mia madre poco dopo l'abbandono. La ricordavo mettermi nel letto e sparire la mattina, ascoltarla al telefono distrusse il mondo perfetto in cui mi aveva nascosto: non riconoscevo più la voce della mia mamma. Cercava in tutti i modi di farmi sentire il suo amore dall'Italia: una volta ricevetti per posta da mia madre una nostra vecchia foto incollata su un cartoncino. Ci aveva disegnato tanti cuoricini e scritto "Ti voglio bene". Davanti a mia nonna ricordo esattamente di aver singhiozzato queste parole "Perché gli altri hanno i loro genitori vicini e io no?".

Venne l'inverno e i miei genitori erano al cancello. A oggi mi raccontano che la mia reazione è stata glaciale, che li ignorai volontariamente mentre loro invece cercavano solo di includermi nella decorazione dell'albero di Natale. Mi vergognavo dell'odio che provavo nei loro confronti. Mia nonna aveva insediato nei miei pensieri l'idea del "futuro migliore" e del fatto che era un sacrificio eseguito solamente per il mio bene. Poco a poco quell'inverno ristabilii un rapporto con i miei genitori. Ritornai in Italia qualche anno dopo e la bambina vivace che prima esisteva non aveva più il sorriso. Ci fu bisogno di tempo per accettare e rielaborare il trauma o, meglio, accantonarlo nel mio inconscio.

Questa esperienza mi ha segnato, non smetterei mai di ripeterlo. Anni fa mi lasciavo definire da essa, considerandomi non abbastanza per nessuno. Per me è stata dura anche integrarmi in Italia appena ritornata. L'etichetta di "moldava, immigrata" mi ha seguito fino a scuola, elementare e media. Non era tanto il razzismo a farmi rimanere male quanto più l'essere associata alla Moldavia. A seguito dell'abbandono per molto tempo ho ripudiato, detestato, ignorato il luogo di provenienza. Ho tentato di imbruttirlo, di scarabocchiare sui ricordi delle risate tra i girasoli del campo dietro alla fattoria. Ho finto di non aver mai dato da mangiare alle galline di nonna o di dimenticare quanta paura avessi delle oche.

Ho scaraventato nell'inconscio le notti passate a giocare con i miei cuginetti sull'amaca tra le rose. Nelle mie sofferenze la memoria, come un fantasma tormentato, mi faceva visita. Posso scappare, ma mai nascondermi dai ricordi.

Dopo anni di terapia ho dunque preso la mia situazione in mano e, ironicamente, ho tatuato la storia che tentavo di dimenticare.

A sedici anni ho compreso che le memorie non vanno negate al fine di essere dimenticate. Può essere banale, ma io stessa ne sono la prima mente colpevole.

Ritenevo che dimenticando il dolore, il trauma sarebbe sbiadito e, inutile ammetterlo, così non è stato. Il mio equilibrio l'ho ritrovato con l'accettazione del dolore subito. Ho fatto pace con i miei demoni del passato e ora, invece di terrorizzarmi la notte, mi danno consigli per il

RITENEVO CHE DIMENTICANDO IL DOLORE, IL TRAUMA SAREBBE SBIADITO
HO FATTO PACE CON I MIEI DEMONI DEL PASSATO
ED ORA, INVECE DI TERRORIZZARMI LA NOTTE, MI DANNO CONSIGLI PER IL FUTURO.

futuro. È incredibile quanto il passato possa insegnarti ad affrontare il futuro. Inoltre, non volevo più dimenticare per perdere pezzi di me: cancellando la mia memoria avrei distrutto parte della mia identità. A sedici anni, sedici luglio 2021, sulla mia pelle nasce un girasole. Ha molteplici significati ma hanno tutti origine dal campo di girasoli dietro alla fattoria di mia nonna. Non sono certa che ne fioriscano ancora ma nel mio cuore esisterà per sempre il ricordo dei loro petali illuminati. Non volendo dimenticare, ma anzi integrare col mio vissuto e con la mia identità, il tatuaggio è il mio più grande orgoglio: non sono riuscita a dare le risposte alla piccola Dani, ma una piccola soddisfazione sì.

In conclusione, la mia storia (nel bene e nel male) ritengo possa aiutare coloro che hanno vissuto un'esperienza simile. Noi, figli di migranti, abbiamo dovuto tutti affrontare le conseguenze delle azioni dei nostri genitori. Purtroppo il "futuro migliore" che i genitori ricercano non sempre è abbastanza per colmare le difficoltà affrontate. Ma saremo noi che con il nostro passato riscriveremo un "futuro felice".

Crisi di nazionalità

Samanta Amet

Samanta Amet è nata a Firenze nel 2004.
La sua famiglia ha origini macedoni e kosovare, e lei acquisisce la cittadinanza italiana dopo aver raggiunto la maggiore età. Nel ricordare il giorno in cui è diventata ufficialmente italiana, racconta di esser stata sempre a contatto con due culture differenti, che fin da piccola ha imparato a coltivare e far convivere nella sua esperienza di vita.

Il 2 marzo del 2023 ho acquisito la cittadinanza italiana. Quella mattina ero timorosa, mi chiedevo se avessi eseguito correttamente tutta la procedura e se avessi tutti i requisiti necessari per ottenerla, non sapevo se bastasse essere nata al Torregalli di Firenze, aver conseguito sedici anni di scuola italiana, o essermi abbastanza emozionata quando sentivo una parola in italiano all'estero. Non sapevo se tutto ciò fosse sufficiente, eppure fortunatamente tutto proseguì correttamente. Mi presentai la mattina presso gli uffici del Comune, in compagnia di mia madre, pronta a eseguire un giuramento, per dimostrare la mia fedeltà a un Paese che il giorno prima mi considerava una straniera, ma che da lì a poche ore mi avrebbe concesso l'onore di essere italiana. Tale rito umiliante fortunatamente non mi fu richiesto di fare, la dipendente del Comune mi chiese semplicemente di firmare un documento che attestava la mia volontà nell'acquisire la cittadinanza, tutto ciò sotto lo sguardo entusiasta di mia madre e i flash del telefono mentre immortalava il momento. Tuttavia uscii da quegli uffici allegra di aver ottenuto un riconoscimento che mi spettava da ben diciotto anni. Nel tragitto di ritorno a casa mandai una mia foto alle mie amiche col libro della costituzione italiana che mi fu regalato quella mattina, commentarono ironicamente domandandomi a chi io l'avessi rubata o da quando il nostro Paese avesse deciso di regalare cittadinanze. Leggendo il libro della costituzione, il quale mi sarebbe stato di supporto ulteriore per le lezioni di diritto, mi soffermai su una frase del messaggio iniziale del sindaco Nardella, il quale ha scritto: "Non è solo un pezzo di carta o un banale atto amministrativo perché da oggi non sarete più stranieri, ma cittadini a tutto tondo, come gli altri".

Questa sua frase alimentò in me un senso di irritazione, proprio perché non ritengo sia necessario, quello che per me è un pezzo di carta, ad attestare oltre che a un mio diritto, anche la persona che sono. Sono cresciuta in una famiglia d'origine macedone e kossovara. Sono fin da sempre stata a contatto con due culture completamente differenti; quella occidentale, una realtà più globalizzata e democratica e quella dell'est, una realtà più lenta di fronte al progresso e dagli ideali più tradizionalisti. Entrambe influenzate da religioni valori e abitudini differenti che fin da piccola ho dovuto imparare a far coincidere. Ho dovuto conciliare le due lingue, in presenza di ambiti, situazioni e persone diverse. Parlo l'italiano fin da quando ne ho memoria, poco fa ero addirittura convinta

SAMANTA AMET

IL 2 MARZO DEL 2023 HO ACQUISITO LA CITTADINANZA ITALIANA.

che mi fosse stato insegnato tra le mura di casa, e invece è stato scioccante scoprire che come prima lingua imparai il macedone, poi l'italiano a scuola, decisione presa dai miei genitori per sviluppare gradualmente il bilinguismo e per non crearmi confusione. Il risultato è però oggi il rispondere in italiano a domande poste in macedone portando all'esaurimento mia madre che sostiene io utilizzi vocaboli troppo "grammaticali" per cui dunque lei non riesce a capirmi. Ho dovuto conciliare religioni diverse, i miei amici a scuola erano di maggioranza cristiana, perciò loro il sabato pomeriggio andavano insieme a catechismo e si chiedevano come mai io non facessi altrettanto, si chiedevano il motivo per il quale io non avessi fatto l'albero di Natale a casa, o perché io fossi "allergica" alla carne di maiale a mensa. A mia volta io non capivo perché andassero a giocare nella chiesa accanto a scuola il sabato pomeriggio, perché fossero convinti che io fossi allergica al maiale se all'esito dell'esame non risultavo esserlo a nulla, e perché loro non si assentassero quei due giorni all'anno per le feste islamiche quando io lo facevo durante le vacanze natalizie e pasquali. Crescere in un Paese che ho fin da sempre sentito mio, ha comunque comportato difficoltà nel corso del tempo. È stato un processo lungo capire ed adattarsi a questa realtà, nonostante io sia facilitata dall'essere nata qua. Dunque mi domando spesso quanto possa essere maggiormente difficile per chi invece qua non è nato ed è dovuto partire dal suo luogo d'origine, lasciandosi alle spalle persone e affetti importanti. Me ne sono resa conto in particolare la stessa mattina del 2 marzo, l'ho percepito tra gli occhi entusiasti di mia madre, nel constatare il raggiungimento di un mio obiettivo, che anche grazie a lei ho potuto conseguire. Lei stessa ha dovuto lasciarsi alle spalle un passato non funzionante, cercando un futuro migliore. Ha emigrato dal Kosovo nel 1999, raggiungendo le coste di Brindisi all'età di ventun'anni, lasciando la sua enorme casa con il giardino che spesso rammenta, le foto a lei care appese sulla parete, che non ha fatto in tempo a prendere, gli amici e il cane che ancora oggi ricorda spaventato dai rumori che causava la guerra. Ricorda raramente i momenti di guerra, forse perché troppo dolorosi, ma mi ricorda sempre il suo coraggio, di essersi lasciata tutto dietro, imbattendosi in un viaggio verso una realtà che poteva essere migliore di quella che aveva vissuto. In quei rari momenti di ricordi, mi racconta del timore che provò quando annunciarono l'inizio della guerra, delle fughe nei bunker più vicini appena sentivano le bombe, dei saccheggi nei negozi e la scarsità di cibo che veniva a mancare nei supermercati. Il momento cruciale rammenta sempre essere quando suo fratello venne arruolato, due militari si presentarono alla porta con la divisa provocando lo svenimento di mia nonna, timorosa di un possibile non ritorno del figlio. Ciò portò la decisione di partire verso l'Italia, dove ad attenderli si trovava mio nonno, già stanziato lì per lavoro. Partirono illegalmente, attraverso vari agganci insieme a speranze e timori. Mia madre è riuscita a stanziarsi, a realizzarsi e a vivere una vita più dignitosa nonostante i cambiamenti e le difficoltà. Trovando un equilibrio, imparando ad adattarsi a nuove abitudini, differenti tradizioni e soprattutto a una nuova lingua, che tutt'oggi risulta essere un'impresa. Rendendo superflui i miei timori di fronte ai cambiamenti trasmettendomi il suo coraggio e la sua determinazione. Crescendo, nonostante istituzioni, burocrazie e persone esterne potessero non far lo stesso, ho dovuto capire la mia identità e le mie origini, rendermi conto che nascere, studiare, e formarmi in questo Paese è stato sufficiente a rendermi italiana.

Bismillah

Salif Thioune

Salif Thioune è nato in Senegal nel 1990.
Emigra per la prima volta mentre è ancora studente e trascorre il tempo delle vacanze estive in Gambia, lavorando come venditore d'acqua. A ventisei anni decide di lasciare nuovamente il Senegal e, dopo un viaggio di una ventina di giorni, arriva a Douala, in Camerun, dove si unisce alla comunità dei senegalesi. Da alcuni anni è in Italia, dove studia e lavora.

Il mio nome è Salif

Il mio nome è Salif, sono nato il 20 settembre del 1990 in un piccolo villaggio del Senegal che si chiama Bourouco. Gli abitanti del villaggio sono molto legati alla loro cultura, alla natura e sono anche molto spiritosi... È qui che sono nato e cresciuto in una numerosa famiglia formata da Sadio, mio padre, Awa, mia madre, e dai miei fratelli Mohamed, il maggiore, mia sorella Ramadam che da sposata ha preso un altro nome, Dèlam, Ramantalaye, Adam e Cheick: io sono il terzogenito. Poi c'è Mamoudou che è il figlio della seconda moglie di mio padre, morta dopo due anni di matrimonio. Ha avuto solo Mamoudou, poi si è ammalata e non è riuscita a guarire: una storia molto triste!

Il parto

Noi abbiamo una tradizione: quando una donna partorisce, di solito, si aspetta una settimana prima di dare un nome al bambino e, soprattutto, prima di festeggiare l'evento: ci vuole un po' di tempo per organizzare la festa e, intanto, si decide il nome da dare al piccolo, poi, si pensa anche ai regali... Ma non è una cosa che riguarda la religione... Quando invece una donna partorisce figli che muoiono subito dopo, la seconda volta che questo succede, per far sì che questa catena di morti si spezzi, si assegna già al terzo nato un nome popolare detto "di salvezza" e, nella gran maggioranza dei casi, il nome di salvezza salva... davvero.

La scuola e il bastone

Mio padre è un imam e ha iniziato a insegnarmi il Corano quando avevo quattro anni. Studio il Corano per un anno, poi mi iscrivo, come quasi tutti gli altri bambini del villaggio, alla scuola privata di arabo. Mi piace studiare, il mio maestro è molto contento del mio rendimento, c'è un bel legame, ogni mercoledì facciamo lezione. Recito a memoria i versi sacri. Il mio insegnante mi stima moltissimo e mi chiede di picchiare con un bastone tutti i bambini che non hanno studiato la lezione e non sanno recitare i versetti a memoria. Io mi rifiuto di punire i miei compagni e decido di invitarli a casa, dopo la scuola, di sera, per aiutarli a studiare: cominciamo a fare i compiti assieme, a studiare le lezioni e a parlare delle nostre difficoltà...

Anche mio fratello maggiore Mohamed ha difficoltà con la scuola: io cerco di spiegargli le cose che non capisce e mi arrabbio con lui: "Sei un testone" gli grido contro... lui si arrabbia ancora di più e mi picchia. Io mi lamento con mia madre: "Mamma, non posso più aiutare mio fratello perché lui mi picchia sempre!" e mia madre ogni volta mi risponde: "Abbi pazienza, Salif, è tuo fratello". Finalmente, un bel giorno, mio fratello decide di abbandonare la scuola e di occuparsi dell'allevamento degli animali domestici e della coltivazione della terra della nostra famiglia.

La scuola di francese

Dopo tre anni di scuola elementare, mio padre decide di mandarmi in un altro villaggio per continuare a studiare il Corano, ma a me questa scelta non piace, preferirei frequentare la scuola di francese, appena aperta, dove andranno tutti i miei amici, voglio studiare la lingua francese che mi affascina e mi incuriosisce. Cominciano così i primi dissapori e contrasti tra me e mio padre, siamo due caratteri forti, l'uno contro l'altro... Infatti... non rinuncio affatto all'idea di quella scuola e un giorno, di mia iniziativa, vado là, per incontrare l'insegnante: ricordo bene quel giorno, era un lunedì, era mattina presto. Quando arrivo a scuola, verso le otto, scopro che i miei amici si trovano già là, in classe, pronti ad ascoltare la lezione. Busso alla porta, l'insegnante mi fa entrare e mi chiede perché sono venuto a scuola, visto che non sono iscritto, allora gli spiego il problema: mio padre! Mi consegna un quaderno su cui scrivere e il maestro mi invita a scegliere un posto libero: posso anch'io seguire la sua lezione. Quando torno a casa, mia madre è in ansia, non mi ha visto per tutta la mattina e vuole sapere dove sono stato e cosa avessi fatto. Io, ancora entusiasta, le racconto tutto, le parlo della prima lezione a cui ho partecipato e che l'insegnante mi ha chiesto il mio certificato di nascita, così, lui stesso mi aiuterà a sbrigare la pratica di iscrizione. Le dico che deve convincere mio padre, fargli

Mancano ancora quattro giorni alla parten
za, e tutte le sere, dopo cena, io e mio
zio, come al solito, andiamo sul terrazzo
per il té.Mi ricordo tutti i suoi consig
li e raccomandazioni, tra questi ce n'è u
no che terr
ò sempre in mente:
ovunque m
i troverò nel mo
ndo, non
dovrò mai dime
nticare
la mia famigl
ia, le
mie origini
e la m
ia cultura. M
ancan
o ancora quatt
ro gi
orni alla part
enza,
e tutte le ser
e, dop
o cena, io e m
io zio
come al solito,
andiam
o sul terrazzo per
il t
è. Mi ricordo tutti
i s
uoi consigli e racco
ma
ndazioni, tra questi
ce n'è uno che terr
ò sempre in mente
:ovunque mi tr
overò nel m
ondo, non
dovrò mai
dimenticar
e la mia f
amiglia, l
e mie orig
ini e la m
ia cultura
Mancano an

capire che io preferisco studiare il francese come fanno tutti i miei amici. Alla fine mio padre si convince.

Mia madre

E così inizio a frequentare la scuola francese. Completo tutto il percorso primario nel mio villaggio. Anche se comincio a percepire una certa distanza con gli altri ragazzi del villaggio, cerco di mantenere dei buoni rapporti, li aiuto tutti i giorni a fare i compiti, ma abbiamo un modo diverso di vedere le cose, per esempio, io svolgo anche quei compiti più impegnativi che la maggior parte delle persone considera adatti alle donne o alle ragazze, come cucinare, pulire la casa o andare al pozzo, ogni mattina, di buon'ora, per procurare alla famiglia l'acqua per dissetarsi, per cucinare e lavarsi.

La cosa che più mi imbarazza è che, ogni volta, le donne che si incontrano al pozzo mi vedono arrivare con mia mamma e si fanno delle risate alle mie spalle. Per loro, è incredibile vedere un uomo che fa questi lavori! Non avevo chiaro a quell'età chi avesse ragione, cosa fosse più giusto: so solo che mi dispiaceva vedere mia madre affrontare questi lavori da sola, cavarsela da sola, senza l'aiuto di nessuno... Le mie due sorelle si erano sposate presto, come tutte le ragazze nel villaggio. Nella nostra cultura, non c'è un'età giusta per sposarsi: basta che la ragazza sia in grado di fare le mansioni che fanno le donne e, subito, le trovano un marito. Così, ogni mattina, mi svegliavo presto per andare al pozzo con mia madre, lei, puntualmente, mi ripeteva: "Ti prego, Salif, va a dormire, posso farcela da sola" ma io non mollavo e, alla fine, l'accompagnavo. Mi ricordo una parola che mia madre ripeteva spesso quando lavorava: "Bismillah". Per curiosità, un giorno le ho chiesto di spiegarmi cosa volesse dire quella parola. E lei mi ha risposto che Dio raccomanda a tutti i fedeli di rivolgerGli quella parola sacra, prima di iniziare qualsiasi attività. È un vero riconoscimento verso Dio. Ad esempio: prima di bere, di cucinare, di mangiare e di compiere qualsiasi cosa, si deve sempre pronunciare la parola BISMILLAH.

Mohamed, mio fratello

Io non mi limitavo solo a studiare e ad aiutare mia madre. Dopo la scuola aiutavo mio fratello maggiore a zappare la terra, la mia è una famiglia contadina e la terra è tutto, ogni speranza di vita è affidata alla coltivazione della terra. Si aspetta che la pioggia cada per coltivare e avere qualcosa con cui vivere. Purtroppo, però, io e mio fratello non andavamo d'accordo, ho parecchi ricordi in proposito. Ogni pomeriggio, quando tornavo a casa da scuola, mio fratello insisteva perché andassi ad aiutarlo nel campo. A volte lo accontentavo, altre preferivo andare a giocare a calcio con i miei amici, mi è sempre piaciuto il calcio. Mio fratello non accettava i miei rifiuti e si arrabbiava moltissimo diventando anche violento. Un giorno, torno a casa e scopro che mio fratello mi ha lasciato un messaggio, tramite sua moglie Fatima, ordinandomi di andare subito al campo non appena fossi arrivato a casa, anche prima di mangiare qualcosa. Rispondo che non posso andare perché ho già un impegno con alcuni amici. Anche mia madre mi sostiene in questa scelta, dice che devo essere libero di prendere le mie decisioni, perché ormai sono grande. Il giorno dopo mio fratello ripete la stessa richiesta, io rinnovo il rifiuto e ottengo di nuovo il sostegno da parte di mia madre... Questa volta, però, mio fratello mi attira in una trappola: mi invita a seguirlo nel campo e, appena arrivati là, prende un grosso bastone e comincia a picchiarmi di santa ragione, giustificando la sua violenza con la motivazione che stavo diventando ribelle e disubbidiente ai suoi ordini e a quelli di nostra madre. Quel giorno capisco cosa vuol dire il potere di una persona su un'altra, la sopraffazione, il controllo e provo una paura terribile; sotto i colpi di bastone piango, grido, chiamo aiuto ma invano: perfino il cugino Mohamed, che assiste alla scena, se la ride fra sé e lascia fare. Che ricordo terribile! Riesco a scappare, afferro una grande forca e, questa volta, sono io che inseguo mio fratello, correndo e girando attorno al campo. Cerco di raggiungerlo per aggredirlo con la forca ma mio cugino mi fa cadere a terra e mi toglie la forca. Poi prendo la strada di casa, disperato, arrabbiato, ma, non ho il coraggio di tornare a casa in quelle condizioni: aspetto il tramonto, mi nascondo nel villaggio, poi mi viene in mente Birane, un caro amico, un curatore tradizionale. Io lo chiamavo nonno Birane, per la sua età avanzata; ha il potere di fare delle cose incredibili, come quella di paralizzare la mano di chi vuol fare violenza su di un altro e addirittura di farlo stramazzare per terra. Così vado a casa di Birane. Lo trovo seduto davanti alla porta della sua casa, è già buio. Birane mi accoglie affettuosamente e mi invita a parlare: gli spiego cosa è successo e lo prego in lacrime di accompagnarmi da mio fratello e di punirlo. Birane rifiuta la mia richiesta, mi spiega che il suo intervento è attivo solo in caso di liti fra adulti. Mia madre, intanto, è preoccupatissima, è rimasta per ore a casa ad aspettarmi, ha chiesto notizie a Mohamed che ha mantenuto il silenzio sull'accaduto. Anche io non dirò nulla, più tardi, di fronte alle domande incalzanti di mia madre. In seguito è mio cugino a raccontarle la triste vicenda. Mia madre allora si arrabbia e impreca contro Mohamed: "Lo volevi uccidere? Volevi ammazzarlo?". Il giorno dopo mia mamma mi ha spiegato che è contro i principi religiosi disubbidire alle richieste di un fratello maggiore e da quel momento prometto di essere più obbediente e remissivo.

La partita di calcio

Io ho sempre amato il calcio, ero il più piccolo della mia squadra che si chiamava JAMBAR (*jambar* è il nome che viene dato ai guerrieri o ai combattenti).

Il fatto di essere il più piccolo della squadra non c'entrava niente con la mia abilità in questo gioco. Molti apprezzavano il mio talento, avevo la maglia numero undici. Ma prima di entrare nella grande squadra del mio villaggio, ho una piccola storia da raccontare. Una sera, i miei fratelli che giocavano già nella squadra dei grandi, vanno a fare una partita contro la squadra di un altro villaggio, la Saré Samba Cissé. Però, io e i miei amici non potevamo partecipare. La partita in cui giocavano i miei fratelli finisce male perché perdono uno a zero. È inverno, faceva un freddo terribile nei villaggi, soprattutto nel mese di novembre e dicembre fino alla fine di gennaio. In questo periodo rigido, tutti gli abitanti del villaggio nel mezzo di ogni casa accendono di sera dei fuochi con la legna, per scaldarsi e passare qualche ora tranquillamente insieme, bevendo il tè. A volte, gli anziani preferiscono accendere il fuoco dentro le loro stanze, anziché rimanere fuori al freddo. Il tè, in generale, è molto apprezzato dai senegalesi anche se adorano come gli italiani il caffè; offrire un tè a un amico o a un ospite è un grande piacere. Quella sera io e i miei amici sediamo attorno al fuoco per scaldarci e bere il tè. Come vediamo arrivare i miei fratelli, capiamo subito che la partita è andata male ma facciamo finta di non sapere nulla. Loro entrano disperati, infreddoliti e delusi e io gli chiedo come è andata. Qualche tempo dopo io e i miei amici decidiamo che dobbiamo essere noi, questa volta, a sfidare la squadra avversaria e vittoriosa. Mio fratello è scettico, dubita che ce la faremo, anzi scommette che perderemo e lancia una scommessa:

se avessimo perso saremmo dovuti tornare a piedi fino al villaggio: dieci chilometri a piedi e per di più sudati e stanchi!! C'è una grande attesa per il giorno dell'incontro anche da parte della squadra avversaria. Che emozioni durante il viaggio di andata! Tutti sono in silenzio, si sente solo il rumore degli zoccoli dei cavalli simile a quello che fanno sulla terra i giocatori mentre corrono... Che momento indimenticabile!!! Quando arriviamo, troviamo gli avversari già pronti, ci aspettano dentro il campo. Gli avversari hanno portato una grande radio, fanno suonare la musica, cantano e ballano... Noi arriviamo sereni, carichi di entusiasmo. ci salutiamo e ci presentiamo uno per uno. I dirigenti delle due squadre entrano nel campo per ricordare ai calciatori le regole e invitarli a rispettarle. L'arbitro chiama le due squadre, inizia la partita al diffondersi delle canzoni solo dei tifosi della squadra avversaria. La nostra squadra non ha tifosi ci sarebbero voluti più mezzi per coprire le distanze... Vittoria per JAMBAR: 3-0!!!!!! Nel villaggio cala il silenzio, cessano i rumori, le grida, la musica, le canzoni. Silenzio assolutoooooooo. Noi seguiamo lo stesso principio di un famoso allenatore di calcio di nome Tony Adams che diceva ai suoi giocatori: "Giocate per il nome che portate sul davanti della maglia e si ricorderanno del nome scritto sul retro". Che bello vedere la squadra di JAMBAR mentre torna a casa con i cavalli e non a piedi... Tutti cantano e urlano sulla strada. Perdiamo tre magliette, perché i miei amici se le tolgono e se le lanciano addosso o le abbandonano per terra... I giocatori di Jambar continuano a far parte della grande squadra. Ogni anno, durante l'inverno, organizzano dei tornei tra i villaggi, e grazie agli incontri sportivi nasce e si consolida anche la fratellanza e l'amicizia tra gli abitanti dei vari villaggi.

Prime inquietudini

Da piccolo amavo giocare con gli altri bambini e fra tutti i giochi che facevamo il mio preferito era nascondino. È bello giocarci quando c'è la luna piena e tutto il villaggio è illuminato dal suo chiarore. Nei nostri villaggi non c'è luce artificiale e, quando scende la sera, l'oscurità avvolge tutto. Nelle sere di luna piena il villaggio si anima: i bambini giocano a nascondino, rifugiandosi dietro le case vuote e abbandonate, gli altri escono per le strade, cantano, ballano: la luna, lassù sembra guardarci, sorvegliarci, proteggerci. Per gli adulti, come passatempo serale, c'è la lotta tradizionale che è diventata molto famosa a livello internazionale, è "la lotta senegalese" seguita quasi dappertutto nel mondo. È un gioco che rende ricchi i giocatori che possono guadagnare montagne di denaro in pochi minuti. Si svolge così: gli organizzatori propongono a due lottatori una somma di 15, 25 Cefa [CFA].

Questo sport viene praticato soprattutto da quei ragazzi che, non potendo continuare gli studi, decidono di guadagnarsi da vivere allenandosi in Europa o negli USA e disputando gli incontri. Mi piace stare con i miei amici, però, spesso nei giochi divento competitivo e dominante, così, quasi tutte le sere, per un motivo o per l'altro, finisco per litigare con loro. Alla fine, i miei genitori per punirmi mi impediscono di uscire. Ma appena i miei genitori allentano il controllo, ne approfitto per uscire di nascosto e ritornare all'aperto. Allora i controlli famigliari si infittiscono: quando non mi vedono in casa, mandano uno dei miei fratelli a cercarmi per farmi rientrare e loro, per farsi ubbidire, chiamano in causa l'autorità paterna. Io, allora, rientro ma sono arrabbiato. Mio padre mi invita a sedere vicino a lui, a calmarmi, ad avvicinarmi a lui per poterlo accarezzare sui capelli, mi chiede di raccontargli cosa ho nel cuore che mi rende, a volte, così nervoso e impulsivo e io allora gli confesso che ho un sogno, andare via dal villaggio, per conoscere altri mondi... mi sento troppo chiuso nel villaggio, vorrei mettere le ali e volare via, ma non so dove... Mio padre mi promette che quel giorno verrà, ma ogni cosa a suo tempo, ora è il tempo dello studio.

Mio padre

Io voglio molto bene a mio padre anche se è un uomo severo, soprattutto, quando perde la pazienza. Ricordo bene le due volte che mi ha picchiato violentemente. La prima volta, quando ha scoperto che giocavo a carte con gli amici, nonostante fossi consapevole che ai musulmani questo gioco è vietato.

La seconda volta, quando ho litigato con un amico e l'ho ferito gravemente, tanto che i genitori del ragazzo volevano denunciarmi e mandarmi in prigione. Mio padre quel giorno era fuori casa con amici, ma, la notizia si è diffusa subito per ogni dove nel villaggio. Anche mia madre mi ha sgridato ma, soprattutto, mi ha detto di sparire perché mio padre mi avrebbe ammazzato di botte. Io le ho risposto che, invece, lo avrei aspettato a casa, che non avevo paura di lui e che gli avrei spiegato che il mio amico mi aveva provocato, mi aveva offeso e, quindi, avevo reagito malmenandolo. Mio padre, una volta ritornato a casa, mi ha fatto entrare in camera sua, ha chiuso a chiave la porta, così che nessuno potesse entrare e mi ha colpito duramente per molti minuti, fino a quando i miei fratelli non mi hanno sottratto alle ire paterne, sfondando a calci e pugni la porta della stanza... Alla fine mio padre e mio fratello maggiore si sono accordati con la famiglia del ragazzo ferito che sarebbe stato accompagnato in ospedale quasi ogni giorno per le medicazioni a totale carico della mia famiglia. Quello è stato davvero un episodio terribile. Quindi, sempre irrequieto, scappo da casa per due giorni, ritorno di notte verso l'una o le due per cercare qualcosa da mangiare, poi sparisco di nuovo. Era mia mamma a lasciarmi il cibo. La terza notte, dopo aver mangiato mi sono allontanato, lei mi ha seguito e ha scoperto che dormivo sotto un albero di mango. Allora i miei genitori vengono a prendermi e mi portano a casa.

La fuga

Decido di allontanarmi definitivamente ma i miei genitori ancora non lo sanno. Mio padre, al ritorno dalla moschea, scopre che non sono in casa e pensa che sono andato a portare il cavallo al pozzo, come tutti i giorni. Anche mio fratello mi cerca, invano. Tutti, famigliari e amici, cominciano a chiedersi dove sono finito. Poi mio cugino ricorda le continue domande che gli rivolgevo su Séré Kunda e capisce che… Mio padre s'incammina sulla strada che va verso il confine ma è troppo tardi. Infatti, non ho perso tempo a Boureng, sono già su un carro e mi sto dirigendo verso la mia meta. Mio padre torna a casa molto preoccupato. Chiede a sua moglie se lei è al corrente della fuga del figlio, perché qualcuno dovrà avergli pur dato i soldi per il viaggio... La mamma è preoccupata ma non sa nulla. Per tutta la famiglia e per tutto il giorno dolore, ansia e pianto. Io sono dunque in viaggio su un carro, sono elettrizzato, è la mia prima esperienza lontano dal villaggio. Ho con me una manciata di denaro e conosco il wolof. Guardo attraverso le finestre dappertutto, sono molto emozionato sto scoprendo un mondo diverso dal mio, ed è proprio come i racconti che faceva mio cugino. Quello che vedo è diverso dal Senegal: la terra è rossa e prevale il verde dell'erba e degli alberi. La strada è percorsa da macchine e vicino alla strada si vedono case. Dopo qualche ora di viaggio, mi sento male, non sono abituato a viaggiare sul carro motore… comincio a vomitare. Alcuni viaggiatori se la ridono, altri cercano di aiutarlo a raccogliere il vomito. Il conducente gli porge un sacchetto e un piccolo stuzzicadenti che lo aiuterà a stare meglio... Non vedo l'ora di arrivare a Séré Kunda. Non posso fare a meno di pensare ai miei genitori, ai miei fratelli e ai miei amici. Ma sono anche molto soddisfatto e orgoglioso del mio primo viaggio. Quando finalmente giungo a destinazione, non immagino ancora di avere problemi per comunicare. In realtà, non conosco nessuno cui chiedere informazioni e aiuto. Rimango in un garage a pensare. Mi rendo conto solo ora di essere spaesato, disorientato e completamente solo. Confesso al conducente del camion che sono solo e che ho bisogno di trovare un lavoro, gli chiedo se mi può aiutare... L'uomo mi guarda stupito, di sicuro pensa: "Come ha fatto così giovane a pensare di venire fin qui se non conosce nessuno? Questo ragazzino è un irresponsabile davvero, non sa quanti pericoli qua corre...". Anche io sono costernato, non ho parole. Il conducente mi chiede ancora da dove vengo, dove sono i miei genitori, se sanno del mio viaggio, gli mento. Racconto che dopo la scuola volevo fare un'esperienza di lavoro e che, prima che la scuola riapra, fra due mesi, ritornerò a casa. L'uomo si offre di ospitarmi nel suo garage. Mi suggerisce anche un possibile lavoro, fare il venditore di acqua, come fanno d'estate altri ragazzini del quartiere. Parlerà lui a questi ragazzini del posto e gli farà sapere... E così, in quello stesso pomeriggio, i ragazzi arrivano nel garage e uno di loro, di nome Birane mi promette che parlerà lui con la Signora dell'acqua.

La Signora dell'acqua

La Signora si chiama Mariama, appartiene all'etnia soninké e non sa parlare il wolof. Invece il conducente è manding, l'etnia più popolare in Gambia, infatti, la loro lingua è considerata, dopo l'inglese, la seconda lingua più parlata. Soninké e manding sono due lingue molto simili e gli appartenenti alle due etnie si capiscono bene tra loro. È così che Mariama spiega all'uomo del camion in che cosa consiste il lavoro e il conducente, che mi ha fatto passare come il figlio di un suo amico, mi spiega cosa gli ha detto. Vengo, quindi, ospitato da Mariama nella sua casa vicino al mercato: qui abitano molte persone ma nessuna di loro conosce bene il wolof: mi guardano e sorridono soltanto. Con Mariama mi esprimo a gesti. La sera dopo cena trascorro la mia prima notte lontano da casa, dai miei, in una piccola stanza, su un piccolo letto… I servizi igienici si trovano fuori dalla casa e sono comuni. Il giorno dopo inizierà la mia prima giornata di lavoro. Mariama si alza prima di tutti, perché deve recarsi come ogni giorno al mercato dove allestisce il suo banchetto di frutta e verdura da vendere alle sue clienti che ogni giorno all'alba vanno a comprare il necessario per il pranzo. La notte precedente non ho dormito bene, non riuscivo a prendere sonno, molti pensieri mi assalivano e provavo un senso di solitudine e di angoscia. E la mia famiglia? mi chiedevo. Alla mattina non trovo Mariama ma un'altra donna mi prepara la colazione. Mariama torna sempre per pranzare e dopo pranzo ritorna di nuovo al mercato. Nella casa, conosco un signore che parla il wolof, ma cerco di essere prudente, intanto comincio a capire qualche parola in soninké. Di pomeriggio, faccio un giro al mercato e capisco come andrà a vendere l'acqua: viene racchiusa in tanti piccoli sacchetti deposti in una bacinella e venduta per le strade. È un lavoro pesante! Cammino e cammino tutto il giorno per le vie con sopra alla testa la bacinella piena di sacchetti di acqua, chiedendo: "Chi è che vuole l'acqua fresca?". "Acqua fresca, ecco l'acqua fresca!!! Chi vuole l'acqua fresca?" Quando torno la sera a casa non posso nemmeno girare la testa, tanto gli fa male il collo. Prima di andare a dormire riempio di nuovo i sacchetti di acqua e li metto nei frigoriferi per il giorno dopo. Intanto faccio amicizia con Birane, lo incontro tutti i giorni al mercato, fa il mio stesso lavoro e parla la stessa lingua di mia madre (pulaar). Incontro altri amici... Mariama, nonostante la difficoltà di capirsi con la lingua, mi si affeziona, mette a posto la mia stanza e lava anche i miei vestiti. Le giornate sono faticose, a volte trascorrono bene, a volte no. Soprattutto quando piove, giro quasi tutto il giorno a vuoto e non incontro nessuno che ha sete. Ma in generale non mi dispiace questo lavoro, è anche abbastanza divertente. Tutte le sere, io e Mariama facciamo i conti e lei è molto soddisfatta di come lavoro. Dopo due mesi di lavoro, arriva il momento di tornare a casa. Anche le vacanze scolastiche stanno per finire e devo ricominciare a studiare. Mariama paga tutto, mi accompagna persino al mercato per aiutarmi a fare un po' di shopping, cioè piccoli regali da dare ai miei fratelli, per me compro vestiti e scarpe. Mariama mi suggerisce di rimanere qualche giorno prima di andare via, per riposarmi un po' e mi propone di tornare da lei la prossima estate dopo la scuola. Prometto che lo farò, ma so già che non ritornerò più a Séré Kunda. Non voglio rifare questo lavoro, malgrado gli amici che mi sono fatto, malgrado Mariama si sia dimostrata così comprensiva e affettuosa tanto da considerarmi come un figlio, come sostituto forse di quel suo figlio che vive lontano. È un mercoledì, quando decido di partire, lo ricordo bene perché in quella giornata gli abitanti del mio villaggio vanno al mercato di Boureng per comprare e vendere... Trovo un mezzo che mi porta con la mia valigia piena di vestiti e di regali fino al villaggio di confine. Durante il viaggio di ritorno ripenso alla mia avventura e faccio un primo bilancio: mi sento cambiato dentro e fuori: mi sento più sicuro, più grande, più libero, vesto anche diversamente da prima...

Il ritorno del figlio

Al villaggio di confine mi accorgo che non c'è mia mamma, solo il cugino Mohamed. Ci abbracciamo, ridiamo, Mohamed dice che l'ho imbrogliato, che non ha mai sospettato quello che avevo nella testa... E i miei genitori? Cosa è successo dopo la mia fuga? Come l'hanno presa? E il cugino racconta... Durante il viaggio di ritorno a casa, inizio a raccontare della mia vita in Gambia, senza tralasciare nessun particolare di quei mesi trascorsi là. Non nascondo a me stesso la preoccupazione di quello che potrebbe essere la reazione di mio padre quando ci rivedremo... il cuore mi batte forte; quando entro nel villaggio a bordo del carro trainato dai cavalli, i bambini mi riconoscono, mi chiamano a gran voce e mi corrono dietro. Ecco la casa, la porta è aperta, intravedo mio padre seduto nella sua stanza su un tappeto mentre si sta preparando per andare a pregare alla moschea. Mia mamma, che aveva già sentito i bambini gridare il mio nome, lascia quello che stava facendo e mi corre incontro. Ci abbracciamo.

"Come hai potuto, come hai potuto fare una cosa del genere?" Le lacrime di mia madre sono come un fiume in piena che allaga tutto. Mio padre si dirige verso la moschea per pregare, accenna un breve saluto, soltanto... La casa si riempie di bambini, di amici, di parenti, di vicini curiosi... Nei giorni successivi al mio rientro capisco che i ragazzi del villaggio mi ammirano per il mio modo di vestirmi e mi vorrebbero imitare; anche il rapporto con i miei fratelli è cambiato, hanno apprezzato molto i regali, da ora in poi godrò di maggiore libertà, potrò uscire con gli amici, senza essere eccessivamente controllato. Il bilancio di questa esperienza è positivo, una vera iniziazione verso la maggiore età! Al ritorno di mio padre dalla moschea, la nostra casa è ancora affollata di gente e non riesco a parlargli. Fino a tarda sera si cena e si balla. Il ballo consiste in questo: tutti i ragazzi del villaggio si dividono in gruppi, ciascuno dei quali ha un soprannome, il mio gruppo comprende undici maschi e quindici femmine e si chiama BIG BOSS: la musica arriva da una radio di alcuni amici, mia madre ha comprato tè, zucchero, latte e batterie per alimentare la radio, visto che nel villaggio non c'è elettricità, né sono stati ancora installati pannelli solari. Le ragazze di Big boss preparano le bevande e girano tra la gente per servire le bevande. I bambini saltano tra i danzatori. Le madri ammirano la bravura dei loro figli nel ballo… è un ballo fantastico, tutti sono contenti. Il giorno dopo incontro mio padre. Entro in camera sua, è già sveglio. Mio padre mi guarda sorridendo e mi dice: "Chi è quest' uomo che mi sta davanti, non è quello che è scappato da casa?".

Io lo guardo sorridendo, l'accoglienza mi conforta e mi rassicura, allora gli racconto tutto il viaggio, gli parlo della gente che mi ha aiutato, della Signora che mi ha assunto e degli amici di Séré Kunda. Mio padre sembra davvero contento di vedermi finalmente a casa. Mi raccomanda, però, d'ora in avanti, in caso di un mio allontanamento, di avvisare le persone con cui condivido la mia vita.

Ritorno a scuola

Finite le vacanze, torno a scuola. È il mio secondo anno in collegio. Mi piace davvero molto studiare. Mio padre per stimolarmi a studiare mi faceva sempre delle promesse, mi diceva: "Quando finirai i tuoi studi, ti porterò dove vuoi nel mondo". Probabilmente, secondo lui, era l'unico modo per spingermi a studiare. E io ci mettevo corpo e anima nello studio. Mio padre, una volta o due volte all'anno veniva a trovarmi là dove ero ospitato, purtroppo, non c'era un collegio nel villaggio in quel periodo, c'era solo la scuola primaria. Il collegio si trovava in una regione chiamata Kolda, distante circa sessantacinque chilometri dal nostro villaggio. Mio padre mi ha cercato un tutore che mi proteggesse e sorvegliasse per evitare che frequentassi o portassi a casa degli amici. Quindi scuola/casa e casa/scuola, nient'altro. Il mio tutore mi controlla tutti i giorni, non ho nemmeno la possibilità di farmi degli amici né a scuola e neanche nel quartiere in cui vivo. Gli altri ragazzi li incontro solo a scuola. Mio padre telefona, quasi, ogni week end. Mi impegno molto, il rendimento è buono, ho ottimi voti. I miei professori mi sono affezionati e io a loro. Ho un ottimo rapporto col professore di francese che si chiama Mr Diallo e con quello di inglese Mr Kébé, ma anche con il professore di storia e di geografia che si chiama Ali Diallo. Ogni anno si fanno due semestri di prove: uno a metà anno e un altro alla fine dell'anno scolastico. Mi ricordo una ragazza che era nella mia stessa classe, si chiamava Hading Baldé. Io e Hading eravamo in competizione. Quando uno dei due prendeva la prima classifica nel primo semestre, l'altro otteneva la seconda e nel seguente semestre quello che era primo diventava secondo e viceversa... insomma, una gara. Durante tutto il ciclo del collegio io e Halding saremo eternamente in gara. Partecipiamo anche ai concorsi che organizzano i nostri professori ogni anno: si prendono in ciascuna classe i primi due alunni più bravi e poi si raggruppano e si bandiscono dei concorsi di dettato, di letteratura, di matematica e di inglese... Io, però, non sono forte in matematica. Non amo molto le materie scientifiche. Le mie materie preferite sono francese, inglese, storia e geografia. Alla fine dell'anno, si organizza una grande festa e si danno dei regali agli alunni più meritevoli. I nostri compagni di classe sussurrano che io e Hading saremmo una coppia perfetta come marito e moglie. Hading non aveva degli amici nella scuola, era sempre da sola e non parlava quasi con nessuno. Era molto timida come me. Anche lei, come me, veniva da un piccolo villaggio. Un altro ricordo, legato alla scuola, è che il mio tutore mi portava come esempio ai suoi figli che non studiavano bene. Sono ammesso a proseguire gli studi al liceo, mio papà mi regala un telefono di marca Siemens. È il mio primo cellulare, è il più bel regalo che abbia ricevuto nella mia vita. Nel mio villaggio, sono l'unico, tra i miei amici, che ha un cellulare. È il periodo delle vacanze, ogni tanto mi diverto a chiamare il mio tutore o i suoi figli e, intanto, i miei amici mi circondano ammirati e ascoltano la conversazione. Per loro, è un oggetto incredibile. Si chiedono come è possibile parlare con qualcuno così distante da chi ascolta e… ridono, ridono.

Awa

Ormai sono al liceo. Ho una ragazza, si chiama Awa. Lei sarà la mia ragazza per i miei ultimi quattro anni in Senegal. La nostra storia è incredibile. Vivevo a casa di sua nonna, che era la mia nuova tutrice, perché il mio precedente tutore avendo una famiglia molto grande e numerosa non riusciva a nutrire né i suoi figli, né me. Mangiavamo appena due volte al giorno. Solo a pranzo e cena, a volte solo pranzo. Mio papà portava ogni tanto riso, miglio e arachide per aiutarlo. Quindi fu deciso che dovessi cambiare ospitalità. Siccome io ero l'amico del figlio della nonna di Awa, conobbi questa signora (anche lei di nome Awa) e andai a vivere da lei. Il figlio di nonna Awa si chiamava Nouhou. Alla fine mi ha portato a casa sua per vivere con loro. È così che ho conosciuto la giovane Awa che è diventata la mia fidanzata, lei viveva con sua madre vicino alla casa della nonna. Awa veniva quasi tutti i giorni a salutare la nonna e dopo qualche giorno, ci parlavamo e io la aiutavo a fare degli esercizi di scuola, andavamo d'accordo tanto che la nonna mi diceva sempre: "Guarda, quando finirai i tuoi studi, ti darò Awa in sposa". Per me erano parole scherzose, ma Awa ci teneva molto a queste parole. Un giorno di festa per il mese del digiuno, Awa venne a trovare la nonna all'ora di cena, io ero seduto davanti alla porta, ascoltavo la musica e preparavo il tè per la nonna. Awa mi chiese cosa facevo lì, da solo, in un giorno di festa, senza la fidanzata... Io le risposi che non avevo una ragazza e lei non voleva crederci. Ma come? Ma quando le rivolsi la stessa domanda anche Awa confessò di essere libera. Entrammo in casa per cenare con la nonna, quando tutti gli altri ragazzi erano in giro. Dopo cena Awa mi chiese se avevo ho voglia di andare a camminare un pò, accettai. Nella città c'era un palazzo molto grande dove facevano dei concerti e quella sera c'era un concerto. Ci fermammo ad ascoltare la musica per un paio d'ore, poi Awa mi invitò a sederci insieme. E su quella panchina nacque la nostra storia d'amore. La cosa divertente è che tenevamo segreto il nostro sentimento, nessuno di noi voleva far capire alla nonna cosa stava succedendo. Quando Awa veniva per fare degli esercizi, sua nonna continuava a dirmi: "Ti darò Awa come moglie quando finirai i tuoi studi!".

Mio padre è un imam

Prima che entrassi nel liceo, mio papà lavorava in un'associazione che si chiamava AMCED: associazione musulmana per la cultura, l'educazione e lo sviluppo.

Poi nello stesso anno, mio padre smise di lavorare nell'associazione e da allora gli abitanti del villaggio l'hanno preso come una guida religiosa, ha iniziato a organizzare la preghiera alla moschea e a insegnare il Corano nel villaggio. Come puoi immaginare, gli insegnanti del Corano non hanno nessuno stipendio e svolgono il loro lavoro per spirito di missione...

Crazy cool

Al liceo mi faccio subito nuovi amici, mi sento anche più libero e adulto.

I miei amici avevano creato un gruppo che si chiamava CRAZY COOL. Così anch'io iniziai a frequentare Crazy cool. Il Crazy aveva una cassa, dove tutti i membri del gruppo versavano dei soldi ogni weekend, per poter andare a giocare partite di calcio con altri gruppi nella stessa città. I gruppi raccoglievano le somme di denaro, poi giocavano una partita e al gruppo che vinceva veniva riconosciuta l'intera somma. Anche io partecipavo alle partite e giocavo nella squadra del Crazy cool. Spesso le partite finivano tra calci e pugni, perché i perdenti non accettavano di riconoscere i loro difetti.

Nouhou

Nouhou l'ho conosciuto quando abitavo a casa del mio primo tutore. A un certo punto sono stato costretto a lasciare la sua casa e mi sono trasferito dal mio amico Nouhou. Ero dovuto andare via perché le condizioni economiche erano peggiorate, la situazione era insostenibile. Non dimenticherò mai la fame e la povertà sofferta in quella casa. Nello stesso quartiere, c'era un signore che aveva un negozio di alimentari. Si chiamava Oustaz Mouhadou Baldé. Tutti lo chiamavano Oustaz e insegnava anche lui il Corano, davanti al suo negozio.

Alla fine, io e Oustaz siamo diventati amici. Ogni tanto di sera andavo a trovarlo prima che chiudesse il negozio e gli chiedevo del pane secco. Oustaz era un po' come me. Oustaz quando gli chiedevo del pane secco, mi faceva pulire il negozio prima di darmelo. Dopo aver ricevuto il suo pane secco, tornavo a casa, mettevo il pane dentro una ciotola, aggiungevo l'acqua e un po' di zucchero. Poi aspettavo qualche minuto per poter mangiare, prima di dormire. Ne mangiavo solo una parte e lasciavo il resto del pane fino all'indomani mattina per la colazione. Poi andavo a scuola. A volte alla domenica andavo anche a fare il giornaliero con degli amici muratori per guadagnare qualche spicciolo da spendere durante la settimana. Mi compravo pane, zucchero, caffè e latte. È così che ho conosciuto anche Nouhou. Io e Nouhou diventiamo inseparabili, tanto che sua madre si decide alla fine ad accogliermi a casa sua. Nello stesso anno, dopo la scuola, Salif ritorna, come faceva sempre, al villaggio, per aiutare i suoi genitori a lavorare nei campi. Ma questa volta trovo un'amara sorpresa perché la situazione della mia famiglia è radicalmente cambiata. Mio padre non lavora più per la Ong e mia madre ha perso il suo negozio. Quindi vivono anche loro nella più assoluta precarietà.

Touba

Dopo aver aiutato i miei fratelli per circa un mese, mi reco a Touba a trovare mio zio che vive là con la sua famiglia. Touba è un altro mondo. Perché? Perché Touba è una città santa, religiosa, molto particolare rispetto alle altre città del Senegal. Le loro regole civili e religiose sono diverse da quelle dello Stato del Senegal. Perciò è considerata come un piccolo Stato nello Stato del Senegal. A Touba ad esempio hanno stabilito che non si fuma, non si beve alcol, non si gioca alle carte, nemmeno a calcio e non si ascolta la musica. Ci sono regole speciali sul modo di vestirsi, le donne si vestono nascondendo tutte le parti del corpo tranne il viso e non fanno il piercing. Anche gli uomini devono vestirsi correttamente. Hanno creato dei gruppi di soldati che si chiamano *baye fall*. Questi soldati girano tutti giorni per le strade per controllare che si rispettino le regole stabilite dalla guida religiosa che si chiama Cheick Ahmadou Bamba Backé.

Quando arrivo al garage di mio zio, vengo subito accolto calorosamente e portato a casa sua. Io e mio zio non ci conosciamo molto bene, perché mio zio si è trasferito a Touba, quando avevo appena quattro o cinque anni. Lo zio si chiama Ahmadou e vive vicino al mercato. È molto contento di conoscere suo nipote a cui chiede notizie di tutti: la famiglia, i vicini e i suoi amici... Mi osserva stupito e mi dice che sono cresciuto bene, che sono diventato grande. Forte dell'esperienza maturata in Gambia e a Kolda dove studio, decido di andare il giorno dopo a visitare il mercato. Dopo pranzo, mio zio mi ricorda di rispettare le regole della città. Sono davvero curioso: il mercato si chiama mercato Occasse. Giro per tutto il pomeriggio prima di tornare a casa dello zio. Il giorno dopo ritorno perché voglio capire meglio l'organizzazione del mercato prima di iniziare qualsiasi tipo di lavoro. Dopo un paio di giri, noto che molti ragazzi usano delle carriole che caricano di merci richieste sia dalle donne venute per fare la spesa sia dai commercianti che ritirano prodotti da accumulare nei loro magazzini e negozi. Così comincio a chiedere ai ragazzi che già lavorano nel mercato di poter collaborare con loro. Incontro un ragazzo che si chiama Gora Sarr. Mi faccio spiegare bene da Gora Sarr come funziona il loro lavoro e questi mi spiega tutto. Il lavoro è molto semplice, serve solo una carriola, nessuno controlla se hai lavorato o no, perché è un lavoro autonomo e libero, insomma non devi rendere conto a nessuno: puoi lavorare quando vuoi, la cosa davvero importante è riuscire a pagare tutti i giorni al proprietario la somma di denaro richiesta per il suo noleggio. Gora Sarr, sapendo già il posto dove noleggiare una carriola, mi chiede la carta d'identità, da presentare il giorno dopo al proprietario del noleggio delle carriole. Informo lo zio del lavoro che intendo cominciare: lui non è d'accordo, dice che non ho bisogno di lavorare e che quando la scuola aprirà, s'impegna lui stesso a fornirmi tutto il materiale scolastico necessario. Ma io sono determinato, non me la sento di rimanere senza far nulla, rassicuro lo zio su quello che desidero fare e il giorno dopo, con la fotocopia della sua carta d'identità, incontro, come d'accordo, il suo amico Gora Sarr per andare insieme a parlare con il proprietario delle carriole. Costui si chiama Cheick Ndiaye, è un saldatore che aggiusta anche le carriole. Cheick Ndiaye mi spiega le regole del noleggio: si lascia la fotocopia della carta d'identità, si riceve una carriola, ci si presenta tutti giorni alle ore sei della sera per pagare il noleggio. Se il noleggiatore danneggia il mezzo, è tenuto a pagare la somma necessaria per aggiustarlo. Con il mio nuovo amico Gora andiamo insieme al mercato e inizia il mio tirocinio, sotto la sua supervisione. Gora mi spiega come trattare con i clienti, quali tipi di merci scegliere e i loro singoli prezzi. Imparo velocemente. A volte quando un cliente mi chiama, corro con la carriola in mezzo alla gente per raggiungerlo e quando il cliente mostra il suo bagaglio da trasportare e mi chiede il prezzo, io "sparo" o dei prezzi altissimi oppure, a volte, esageratamente bassi...

Nei primi giorni di lavoro alcuni clienti vogliono sapere se sono un tirocinante, perché si accorgono che non c'è conformità di prezzi tra quelli richiesti da me e quelli di altri lavoratori simili!!! Ogni volta che incontro il mio amico Gora Sarr, in giro per il mercato, gli racconto le mie esperienze con i clienti e Gora ride, ride come un matto. Ma pian piano, dopo un paio di giorni divento più preciso e più esperto. Mi sveglio alle cinque del mattino per intercettare i clienti che si preparano ad aprire i loro magazzini: li aiuto a sistemare le loro merci e i prodotti. Dopo di che, giro per le strade con la carriola a caccia di clienti fino alle nove, poi vado a fare colazione. Poi continuo a girare fino alle due del pomeriggio, ritorno nello stesso ristorante per pranzare e riprendo il lavoro fino alle sei del pomeriggio. A fine giornata ripongo la carriola in un posto sicuro e vado direttamente a casa per riposare fino all'indomani. Faccio gli stessi giri tutti giorni dalle cinque della mattina fino alle sei di sera. Non prendo nemmeno un giorno di riposo. Alla fine, mio zio mi impone di prendere un giorno di riposo nella settimana. Noi ci vediamo solo alla sera. Dopo due settimane, incontro un tipo, mio omonimo, che ha un grande magazzino, si chiama Salif Ndir. Questi vende solo merce all'ingrosso, i piccoli commercianti comprano da lui per rivendere a loro volta. Commercia in cipolle, patate e carote. Un giorno il commerciante mi chiede se sono interessato a lavorare per lui nel magazzino: si tratta di sistemare e mettere in ordine i sacchi dei prodotti e pulire tutti giorni il locale. Sono molto contento della proposta di un nuovo lavoro che mi consentirebbe di avere un posto fisso anziché girare tutti i giorni per le strade. E così ci accordiamo per il giorno dopo...

Senegal addio

Dopo questa esperienza prendo un'importante decisione, quella di andare via dal Senegal. È il febbraio del 2016, ho ventisei anni. Informo mio zio: partirò il lunedì seguente da Touba, da lì salirò su un bus che mi porterà fino in Mali. Ho già organizzato il viaggio, ho comprato il biglietto alla rivendita presso il garage della città. Mancano ancora quattro giorni alla partenza, e tutte le sere, dopo cena, io e mio zio, come al solito, andiamo sul terrazzo per il té. Mi ricordo tutti i suoi consigli e raccomandazioni, tra questi ce n'è uno che terrò sempre in mente: ovunque mi troverò nel mondo, non dovrò mai dimenticare la mia famiglia, le mie origini e la mia cultura. Allora rassicuro mio zio, terrò nel mio cuore le sue belle parole. Domenica sera, mio zio organizza una piccola festa in famiglia per gli ultimi saluti. Durante la notte sono agitato, emozionato ma anche addolorato per il fatto di separarmi, chissà per quanto tempo, dalla mia famiglia.

Mi alzo alle cinque del mattino, prendo lo zaino, dove ho messo qualche vestito e due telefoni Android che non sono riuscito a vendere al mercato. Accompagnato dallo zio mi avvio con un taxi fino al garage dove altri passeggeri sono già pronti per partire: destinazione Mali. Guardo dentro e fuori il bus: forse è davvero la prima volta che affronto la realtà da solo. Dopo qualche ora, arriva a Kaolack (una regione del Senegal), dove si fa una sosta per pranzare. Mi avvicino a un ragazzo che si chiama Modou. Anche Modou, come me, è un passeggero e abita a Touba.

Modou

Modou è già sposato e ha un figlio. Insieme condividiamo il viaggio chiacchierando amichevolmente. Modou mi racconta di essere già stato in Africa centrale, precisamente in Guinea equatoriale, dove si vive bene e da dove si può avere facilmente un visto per andare in Brasile. Aggiunge che da lì era stato costretto a ritornare in Senegal, a causa di una grave malattia. Ascolto con fiducia quello che mi racconta Modou, ma in seguito scoprirò che purtroppo non c'è niente di vero nella sua storia... Durante il viaggio ci facciamo compagnia, scegliamo due posti vicini nel bus, che corre veloce per tutto il pomeriggio, finché non si arriva a Tamba Kunda (un'altra regione del Senegal). Altra sosta per cenare; prima di ripartire, chiamo mio zio per raccontargli la parte del viaggio già conclusa e presentargli il mio nuovo amico Modou. Poi la partenza verso la frontiera tra Senegal e Mali, a Kaye, l'ultima città del Senegal, dove giungiamo verso mezzanotte, molto stanchi. La polizia di frontiera fa scendere tutti per il controllo dei documenti e dei bagagli. Dopo qualche minuto sono finalmente in Mali: nuovi, accurati e severi controlli della polizia. Mi invitano a rinnovare il passaporto... senza visto. Mi chiedono una somma elevata per rinnovarlo! A me conviene esibire solo la carta di identità e pagare solo il suo aggiornamento con una somma inferiore a quella richiesta per il passaporto. Si arriva a Bamako, capitale del Mali, circa verso le sei del pomeriggio. Il garage è pieno di gente di diverse provenienze. Lì vicino un grande mercato. Io e Modou scendiamo dal bus e entriamo in un bar a prendere un caffè e a riflettere su come procedere nel viaggio. Veniamo a sapere che alcune persone hanno creato delle reti di contatti in quasi tutti i Paesi: si fanno chiamare "coach" e il loro lavoro consiste nel fornire a chi viaggia alla cieca informazioni, numeri di telefono e incontri personali che aiutino a orientarsi meglio nel posto dove vogliono andare. Naturalmente, le loro consulenze sono... a pagamento. Io e Modou scegliamo di andare in Guinea, abbiamo un contatto a Benin, fornito proprio da uno di questi coach. Prima tappa: Cotonou (capitale del Benin). Trascorriamo la notte nel garage, in mezzo a un mare di altre persone. Ripartiremo il giorno dopo verso le cinque del pomeriggio. Mi sorge qualche riflessione nei confronti del mio amico Modou: dopo essere arrivati nel Mali, Modou ha dovuto vendere il suo telefono per sostenere il costo del biglietto fino al Benin, dopo di che è rimasto letteralmente senza soldi. Infatti, Modou mi chiede di fargli un prestito, promettendomi che, quando arriveremo a Benin, chiamerà i suoi genitori e si farà spedire la somma di denaro che ha lasciato a casa. Accetto con animo fiducioso.

Polizia e autisti

Alle cinque del pomeriggio, partenza per il Benin. Ma il viaggio si presenta più complicato del previsto: la polizia ferma spesso il bus e a ogni posto di blocco viene richiesto a ciascun viaggiatore una somma per proseguire. Prima di uscire dal Mali ed entrare in Burkina Faso, ci sono i controlli della polizia doganale, ma, fin qui, niente di strano, in tutti i Paesi del mondo ci sono controlli e verifiche. La novità è che il pagamento, questa volta, è molto più esoso rispetto a quello richiesto precedentemente: i militari tramite un accordo "mafioso" con i conducenti dei mezzi sanno che questi giovani viaggiatori, sia che sognino di arrivare in Europa per cambiare in meglio la loro vita, sia che sfuggano alla polizia, per aver commesso qualche reato, hanno con sé una certa somma di denaro, da estorcere facilmente o, se necessario, con la violenza... Ai poveri passeggeri non resta che pagare la somma richiesta, se vogliono procedere verso il Burkina Faso. Ormai, mi è assolutamente chiaro che, d'ora in poi, le richieste di pagamento saranno sempre più elevate. Tutti noi siamo arrabbiati e delusi e ci accordiamo per rifiutarci di pagare la prossima volta: "Siamo tutti africani qui e non è giusto pagare per spostarci nel nostro stesso Paese con tanto di documenti in regola" protestano. Al secondo blocco della polizia, scendiamo tutti in fila, per versare il denaro direttamente nell'ufficio del commissariato. Altri poliziotti intanto perlustrano il bus per scovare e impadronirsi del denaro... nascosto; mostrando le tasche vuote, alcuni provano a impietosire i poliziotti, correndo, però, il rischio di essere abbandonati lì dove sono arrivati o di essere bastonati fino a decidersi a "scucire il denaro". Modou davvero non ha più soldi, ma la polizia non ne vuol sapere, perciò viene bastonato fino a quando non intervengo a pagare per l'amico. Nel bus la rabbia aumenta. Alcuni passeggeri capiscono che la polizia "lavora" con i conducenti. Si decide di non rispettare più le regole stabilite all'interno del mezzo, i ragazzi fumano e insultano il conducente. La situazione è ormai fuori controllo. Alcuni di loro cercano di comportarsi correttamente: insomma, come dicono i francesi: "Ognuno pensa a se stesso, Dio per tutti!". È questo quello che succede durante il viaggio. Al terzo posto di blocco, è già completamente buio, sono circa le due di notte. Io, per evitare di pagare per la terza volta durante la stessa giornata, decido di eludere il controllo. Modou non è d'accordo. Allora mi accordo con un altro senegalese: ci nasconderemo dall'altro lato della strada. Credevamo di averla fatta franca, ma non ci siamo accorti di essere seguiti da un poliziotto. Tutto intorno è buio pesto. Io cammino davanti al mio amico, in perfetto silenzio... In fondo alla strada solo la luce del blocco della polizia. A un tratto sento il mio amico gridare aiuto, mi volto e vedo il poliziotto che sta bastonando il mio amico, in direzione dell'ufficio; ritorno indietro, cerco di nascondermi tra i ragazzi in fila, ma i poliziotti mi riconoscono, mi costringono a sfilarmi, mi rinchiudono nel commissariato insieme con il mio amico. Un poliziotto bastona con furia e colpisce anche l'occhio sinistro del ragazzo che piange per il dolore, supplica i poliziotti di farlo uscire. Malconci e pesti per le botte, usciamo di prigione. Il mio amico sta male, ha l'occhio molto gonfio, io mi sento in colpa per quanto è successo e inizio a piangere dalla disperazione. Il viaggio si sta rivelando molto più duro del previsto, malgrado ciò, ripartiamo e viaggiamo tutta la notte. Arriviamo a Ouagadougou, capitale del Burkina Faso, verso mezzogiorno ci fermiamo per la colazione e riposarci un poco. Dopo un'oretta ripartiamo verso la frontiera tra Burkina Faso, Niger e Togo. I passeggeri seguono due direzioni: alcuni vanno in Libia e altri in Benin. Qualche ora dopo siamo arrivati alla frontiera, quelli che vanno in Libia salgono su un bus, mentre io e il mio amico saliamo su un altro diretto a Cotonou in Benin. Ma questo volta, giuro a me stesso che rispetterò le "regole", per non rischiare la... mia pelle. D'ora in poi pagherò quanto richiesto per me e per Modou. Giungiamo a Lomè, capitale del Togo, che è ormai mezzanotte, il conducente decide di riposare fino all'indomani mattina e si ferma presso un distributore di gas, vicino a un mercato. Io, però, non mi fido di quell'uomo e decido di dormire all'interno dell'autobus insieme al mio amico. Ho il sospetto che l'autista abbia intenzione di abbandonare tutti quelli che si addormentano fuori dall'abitacolo... E, in effetti, succederà proprio così: soltanto chi ha dormito nel bus potrà riprendere il viaggio, gli altri... Al risveglio, nel bus molti posti sono ormai vacanti ed è triste sapere di aver perso i compagni di viaggio. L'autobus, in pochi minuti, si trasforma in un posto infernale. I ragazzi cominciano a insultare il conducente che ha abbandonato a Lomé gli altri viaggiatori, gli gridano parolacce e offese. "Chissà che fine faranno i ragazzi abbandonati? Magari non hanno con sé nemmeno soldi o telefonini con cui avvisare i loro parenti e sono rimasti soli in una città che non conoscono e senza alcun punto di riferimento!" pensiamo tutti con sconforto.

Coach

Seguendo la stessa routine, siamo arrivati a Cotonou in Benin il giorno dopo, verso le sei del pomeriggio. Una volta arrivati al garage, chiamo il nostro coach per chiedergli di venire a prenderci. Il coach, come tutti i coach che fanno questo lavoro, ha dei ragazzi con cui lavora. E così il coach invia uno dei suoi ragazzi a prenderci. Il ragazzo arriva con un taxi, ci fa accomodare, io e Modou prendiamo posto. Poi va direttamente a casa del suo coach, che vive nella Guinea Conakry e abita a Cotonou, in un quartiere che si chiama Saint Michel.

Saint Michel fa parte dei quartieri più belli di Cotonou, dove si trova un grande mercato e al suo interno ci sono molte banche. Giunti a casa del nostro coach, scopriamo che lui non c'è ma la casa è piena di ragazzi. Poi il coach mi contatta telefonicamente per accertarsi se siamo arrivati: io confermo. Il coach mi invita a riposare bene, mi assicura che passerà più tardi a salutarci. Dopo che ci siamo riposati un po', lo incontriamo, ci chiede dove siamo diretti e io gli comunico che siamo desiderosi di andare in Cameroun. E dopo una lunga discussione sui prezzi, troviamo un accordo e ci rilassiamo. Ma c'è questa sorta di mistero sul fatto che il coach non abiti nella stessa casa dei suoi clienti e che nessuno di loro sappia dove lui vive. Solo i ragazzi che lavorano per lui lo sanno ma si guardano bene dal dircelo. Perché? Perché, di nuovo, purtroppo siamo finiti in giri loschi: utilizzano la casa per portare i loro clienti e tutti sono obbligati a pagare una somma per questo alloggio, ancora prima di entrare in casa, pagare per il solo diritto di entrata... Io, come tutti gli altri, nelle medesime condizioni, non conoscevo questi aspetti, li abbiamo scoperti soltanto dopo che siamo stati accolti: è un brutto imbroglio il mestiere del coach, così funziona il loro business. Cerco di capire meglio la questione, interrogo i miei compagni di sventura, tutti loro sono stati imbrogliati perché i coach si fanno pagare quotidianamente la permanenza nella loro abitazione e ti fanno credere che stanno cercando una soluzione per farti partire, per farti andare nel Paese che hai richiesto, invece, tu continui a rimanere lì. E una volta che ti hanno preso i soldi, ti abbandonano lì. Inoltre, non ti danno il vitto. Tutto quello a cui sono davvero interessati sono i soldi dei loro clienti. Il loro obiettivo principale è quello di sfruttare i poveri ragazzi... Dopo che ho raccolto tutte le informazioni, decido di affrontare il coach, facendogli credere che i miei genitori presto mi manderanno dei soldi massimo tra due settimane. E il coach ci crede. Intanto scopro anche che molti clienti del mio coach sono rimasti lì ad aspettare di partire verso le loro mete da tantissimo tempo. Alcuni di loro sono anni che aspettano di partire. Non hanno più soldi e non hanno nessuno che li aiuti economicamente e fanno tanta fatica a trovare un lavoro che consenta loro di guadagnare qualche soldo per poter riprendere il viaggio: sono rimasti prigionieri in quella situazione dove non c'è nessuna considerazione per la vita umana. I francesi dicono: "Quando non si sa più dove andare, si ritorna da dove si arriva". Ma è necessario avere la possibilità di ritornare da dove si viene, sennò pazienza, si rimane dove si è giunti!! Ho conosciuto un ragazzo che il suo coach aveva già mandato in Gabon con l'aereo, ma è stato bloccato all'aeroporto del Gabon. Questo perché il coach gli aveva dato un falso passaporto. Per questo è stato bloccato in Gabon ed è stato rinviato direttamente a Cotonou. Per avere più informazioni, mi sono avvicinato a questo ragazzo, gli ho chiesto di fare insieme una passeggiata nella città di Cotonou, l'ho invitato anche nei ristoranti dei senegalesi che ho scoperto all'interno del mercato. Ascoltando le storie di questo ragazzo comprendo il criminale lavoro del coach. Il mio amico, essendo rimasto più di un anno ad aspettare che il suo coach gli restituisse i soldi, ormai conosce tutte le strategie per andare via. Ricordo che il mio amico mi ripeteva: "Amico mio, è meglio bruciare i tuoi soldi che darli a questi bastardi...". Dopo due settimane di ricerche, sono riuscito a trovare il contatto di una persona che fa passare dei clandestini alla frontiera tra il Benin e Nigeria.

La fuga

La nuova guida (che chiameremo Signore) mi informa che ha contatti anche in Camerun. Per ora tengo riservata per me quest'informazione. Quindi, decido io stesso di imbrogliare il mio primo coach: spiego a Modou che gli chiederanno un prestito, rassicurandolo sul fatto che i suoi parenti provvederanno a spedirgli una congrua somma di denaro entro due giorni. Il coach, sperando di avere tanti soldi da parte nostra, non ci pensa due volte a concedere quanto gli chiediamo! Ma Modou ha paura che il coach scopra il raggiro e mi chiede di rinunciare al piano, perché potrebbe finire in prigione. Ma io lo convinco: dobbiamo tentare il colpo... Una volta in possesso del denaro, il giorno dopo verso le cinque della mattina, scappiamo in strada dove incontreremo il signore che ci accompagnerà fino a Lagos, capitale della Nigeria. Arrivati al luogo di partenza, saliamo su un autocarro per incontrare il signore che ci aspetta alla frontiera tra Benin e Nigeria, in una città che si chiama Sémé. Da lì, attraverseremo la frontiera per entrare in Nigeria a piedi, nascondendoci ai controlli. E così, dopo una lunga camminata, riusciamo ad arrivare nella città che si chiama Badagre, in Nigeria, da lì, con un autobus arriveremo a Lagos, capitale della Nigeria. Qui il Signore contatta un suo collaboratore che ci accoglierà a Ikot Ekpene vicino alla frontiera tra Nigeria e Camerun; ci compra i biglietti e rimane nel garage con noi fino alla nostra partenza. Il giorno dopo, verso le tre del pomeriggio siamo a Ikot Ekpene, e qui, incomincia l'inferno: appena scesi dell'autobus, subito siamo circondati da ragazzi che ci chiedono soldi, minacciano di chiamare la polizia dell'immigrazione che ci arresterà subito. Io, però, non mi faccio intimorire, ribadisco che non ho soldi, che chiamino pure la polizia. Invece Modou che non capisce quello che gli dicono in inglese, ha paura. Per fortuna, il signore viene loro incontro, dà dei soldi ai giovani mendicanti, per allontanarli. Saliamo in un taxi e ci rechiamo a casa di un altro coach. Siamo stanchi morti. Dopo aver discusso fra di loro su come proseguire per il Camerun, il signore spiega bene le tappe del viaggio, chiede loro di pagare non solo il costo dei biglietti, ma anche il rimborso della somma dato ai mendicanti, per tenerli alla larga... Io rifiuto di pagare la somma totale richiesta. Modou, da quando sono entrati in Nigeria, è rimasto come muto, non parla, non sa una parola in inglese, nemmeno in francese. Mi lascia fare. Dopo una lunga discussione, il signore si rende conto della situazione, si accontenta di ricevere solo i soldi dei biglietti e chiama suo figlio per accompagnare i due giovani all'imbarco, da cui, per mezzo di un barcone, arriveranno all'ultima città della frontiera tra Nigeria e Cameroun, a Calabar. Prima di salutarci, il signore chiama il suo partner che ci dovrà prelevare a Calabar e comunica il contatto. Su un taxi io, Modou e il figlio della guida ci rechiamo all'imbarco. Arrivati al fiume, vediamo una folla in attesa di andare a Calabar. Il giovane accompagnatore compra due biglietti e rimane lì fino alla partenza. Prima di entrare nel barcone, tutti i viaggiatori pregano. Ci sono quelli che leggono la Bibbia per chiedere a Jesus protezione, mentre i musulmani pregano, chiedendo a Dio di salvarli durante la traversata del fiume. Il pericolo maggiore sta nel fatto che, a volte, i ribelli di Bokou Haram attaccano i viaggiatori per rubare i loro soldi o per ucciderli...

Durante l'attraversamento, si sente solo il rumore del motore del barcone, tutti sono in silenzio. Salif ha il cuore che batte forte, prega durante tutto l'attraversamento. I due amici sono seduti uno di fronte all'altro, ogni tanto i loro sguardi si incontrano, ma non proferiscono nessuna parola, talmente è immensa la loro paura. Dopo qualche ora, eccoli arrivati finalmente a Calabar. Prima di scendere nella canoa, tutti i viaggiatori esprimono la loro gioia con canti e ringraziamenti a Dio, per aver accolto ed esaudito le loro preghiere. Appena sbarchiamo contatto un coach che ci manda un ragazzo che ci guiderà fino alla cosiddetta "casa" del padrone: questi non vive affatto nella casa dove sono alloggiati i clienti, come già verificato per gli altri coach...

Appena arrivati alla casa del loro coach, questi, senza nemmeno offrirgli da bere o da mangiare, decide di richiedere il pagamento per il viaggio in moto dalla frontiera. Avendo pagato tutto il viaggio fino a Limbé, decido di non fare più alcun esborso, ed evidenzio che avevamo già pagato ogni servizio, prima di partire da Calabar.

Ma il coach non vuole sentire storie, reclama quanto richiesto. Avendo ricevuto di nuovo un rifiuto, decide di minacciarci affermando che se non lo pagheremo, si rivolgerà ai poliziotti. Subito Ali, il maliano, inizia a negoziare con il coach: l'indomani avrebbe chiamato i suoi genitori perché gli inviassero dei soldi. Io so bene che Ali non ha nessuno che gli possa mandare dei soldi, sta raccontando una bugia. Invece Modou sta sempre zitto, non parla quasi mai. Stiamo morendo di fame, non abbiamo mangiato niente già prima di partire da Calabar, non abbiamo mangiato niente durante il viaggio e quando siamo arrivati dal nostro coach, questi si preoccupa solo per i suoi soldi, ma non di offrirci qualcosa da bere o da mangiare. Il coach ci ha fatti entrare in una grande stanza, senza letto, solo due divani, dove rimaniamo per tutta la notte.

Durante la notte, il coach continua a muoversi tra il salone e la sua camera e ci dice che se non lo paghiamo, l'indomani mattina avrebbe chiamato i poliziotti per denunciarci. Decido, allora, di affrontarlo e gli intimo di chiamarla subito la polizia e gli ricordo che il lavoro che sta facendo lui, è un lavoro fuori legge e una volta che la polizia lo incontrerà, lo manderà direttamente in galera. Il coach mi rimprovera, urla e rinnova le minacce espresse precedentemente, aggiunge che non ci darà né da bere né da mangiare finché non chiameremo i nostri genitori. Decido di fuggire, informo Modou che intendo scappare all'alba, lui ha paura, mi chiede dove voglio andare di preciso e gli rispondo che non lo so ma che, in ogni caso, domattina, sarei andato via. Nessuno dorme, siamo senza cibo, senza acqua e con la testa piena di pensieri. A un certo punto scopro che i bagni sono fuori dal salone. Dico a Modou che chiederò il permesso di andare al bagno e se il coach me lo concederà, non tornerò più indietro. Io e Modou iniziamo a discutere ma poi ottengo il permesso di andare. La casa è circondata da un muro e la porta è chiusa: il coach ha trattenuto tutti i nostri zaini, li tiene con sé nella sua stanza, ma, io decido che tra lo zaino e me preferisco quest'ultima opzione. Avviso di nuovo Modou che non sarei più tornato a mio rischio e pericolo, e tutto quello che sarebbe poi successo era volontà del destino, quindi, mi arrampico, oltrepasso il muro e inizio a correre tra le vie di un Paese sconosciuto.

Dopo aver percorso una lunga strada, arrivo a un mercatino e avendo i morsi della fame, penso subito di comprare qualcosa da mangiare. Mi avvicino a una venditrice di frutta, prendo qualche banana, pago. Ma la venditrice scopre che i soldi ricevuti sono diversi dalla moneta del Paese. Non li accetta. Io non sapevo che la [moneta] cfa dell'UEMOA (Unione Economica e Monetaria Ovest-Africana) è diversa dalla CEMAC (Comunità Economica e Monetaria dell'Africa Centrale), infatti, non ha lo stesso colore. Allora decido di lasciare le banane e continuare la fuga per salvare la pelle. La signora decide di regalarmele ma io non le accetto. Continuo a correre e a nascondermi tra le case per non farmi beccare dai poliziotti. Sono tutto sudato. La gente che incontro mi guarda stranita e mi dà lunghe occhiate. A un certo punto arrivo presso un distributore del gas e incontro una ragazza che lavora come venditrice di carburante. Mi dirigo verso la ragazzina e le chiedo la strada che porta a Douala. Immediatamente la ragazza si rende conto di avere dinanzi a sé un clandestino. La ragazza mi indica la strada o, meglio, dove si trova il garage per andare a Douala. Nel frattempo, un uomo esce da un negozio, vicino al distributore di gas e viene verso di me, mi saluta e mi chiede come mi chiamo e cosa sto cercando. Mi presento e gli dico dove voglio andare.

Emanuel

Fortunatamente, il signore conosce tanti senegalesi e sa anche il posto dove essi vivono a Douala.

Anche il signore si presenta, si chiama Emanuel, racconta che non si fida più dei senegalesi, perché molti di loro l'hanno imbrogliato, lui invece cercava di aiutarli. Gli faccio presente che le persone non sono tutte uguali. Emanuel mi avverte che se i poliziotti mi "beccheranno"

Mentre andiamo a casa di Emanuelrripenso
allo zaino abbandonato a casa del coach,
c'erano tante cose dentro: le foto con i
miei amici, i miei vestiti, un paio di
scarpe, la ricarica del mio telefono, la
biancheria, il mio libretto sanitario (ero
appena guarito da una grave malattia e pe
rciò mi suggerivano di non perdere il lib

retto sa nitario) ma la
cosa più importanteera l
a mia ci ttadinanza sene
galese, perché la citta
dinanza si può avere so
lo una v olta. Mentre an
diamo a casa di Emanuel
ripenso allo zaino abb
andonato a casa del coac
h, c'era no tante cose d
entro: l e foto con i mi
ei amici, i m iei v
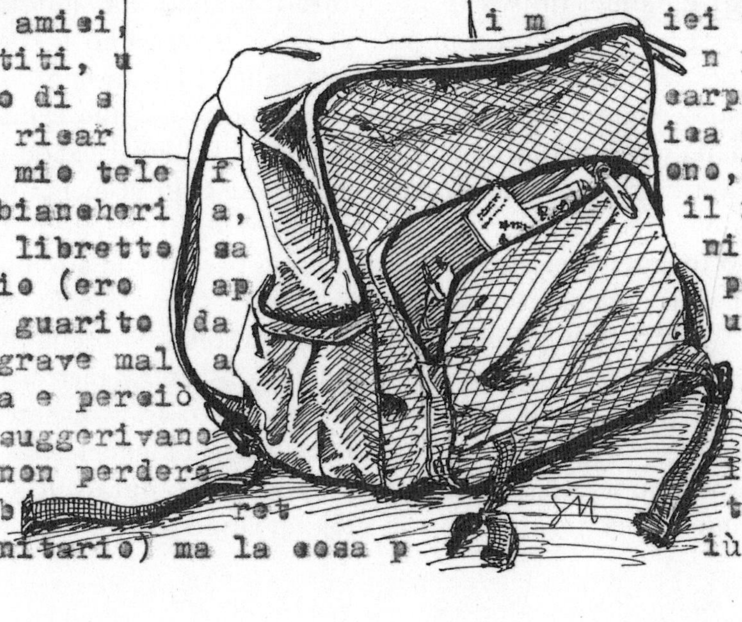
estiti, u n p
aio di s carpe
la ricar ica d
el mio tele f ono,l
a biancheri a, il m
io libretto sa nit
ario (ero ap pe
na guarito da un
a grave mal a t
tia e perciò m
i suggerivano d
i non perdere il
lib ret to
sanitario) ma la cosa p iù

mi manderanno direttamente in prigione e, allora, lo prego di non lasciarmi solo finché non avessi raggiunto i miei connazionali. Emanuel mi chiede di pagare una somma di denaro per quel servizio, e io gli confesso che non ho più soldi ma gli chiedo aiuto lo stesso. Emanuel mi porta a casa sua. È già sposato e ha un figlio maschio. Prima di arrivare a casa, Emanuel compra tante cose da mangiare: pane, latte, biscotti, frutta e bevande... Gli chiedo ancora una cosa: di caricarmi il telefono che ormai è già scarico da tempo... Mentre andiamo a casa di Emanuel ripenso allo zaino abbandonato a casa del coach, c'erano tante cose dentro: le foto con i miei amici, i miei vestiti, un paio di scarpe, la ricarica del mio telefono, la biancheria, il mio libretto sanitario (ero appena guarito da una grave malattia e perciò mi suggerivano di non perdere il libretto sanitario) ma la cosa più importante era la mia cittadinanza senegalese, perché la cittadinanza si può avere solo una volta. Chiedo anche di fare una doccia prima che la moglie di Emanuel finisca di preparare il pranzo. La signora osserva ammirata il mio telefono, le piacerebbe averlo per sé, se solo accettassi di venderglielo! Ho bisogno di soldi, quindi, contratto subito la vendita del mio cellulare, in cambio del viaggio fino a Douala, dai senegalesi. Ma Emanuel preferisce accompagnare Salif al mercato, dove troverà un mercante, che saprà valutarglielo giustamente: prenderà per sé solo una parte della somma eventualmente ricavata...

Dopo qualche ora, Emanuel mi sveglia, dato che mi sono concesso un riposino e andiamo insieme al mercato. Ma qui non troviamo nessuno interessato ad acquistare quel genere piuttosto costoso di cellulare. Emanuel e Salif tornano a casa. Sarà infine Emanuel a comprare il telefono per regalarlo a sua moglie. Dopo aver discusso un po', Salif propone di non avere fra di loro scambi di denaro: Emanuel si terrà il telefono e in cambio lo accompagnerà a Douala e con tanti ringraziamenti per avergli salvato la vita! Verso le otto di sera andiamo in un bar a bere qualcosa, Emanuel scopre che non bevo alcol e mi offre una bevanda analcolica. Alle nove ci dirigiamo a Douala. L'oscurità della notte ci proteggerà dalla presenza dei poliziotti, ma ci affidiamo anche alle preghiere che Emanuel e io prima di partire e durante il percorso in auto rivolgiamo a Dio, affinché tutto si concluda al meglio. Ho il cuore che batte, penso a come andrà a finire questo viaggio. Ogni volta che ci avviciniamo a un blocco stradale, Emanuel mi nasconde dentro al cofano dell'auto. Sento i passi dei poliziotti che girano intorno alla macchina e le loro voci, mentre parlano con Emanuel. Dopo l'ultimo blocco di polizia, siamo tutti e due sollevati e cominciamo a chiacchierare. Alla fine, è come se ci fossimo conosciuti da tanti anni noi due. Discutiamo su tutto.

La comunità dei senegalesi

Arriviamo a Douala, più precisamente a Godi, nel quartiere dove abita la comunità senegalese: è mezzanotte. Prima di scendere dalla macchina, sento i senegalesi che parlano il wolof. È emozionante il fatto di ritrovarsi tra senegalesi, mi fa sentire come un bambino che ha perso la mamma e dopo qualche giorno la ritrova ed è talmente contento... Voglio salutare e abbracciare tutti i fratelli senegalesi. Il mio cuore esplode di gioia, il mio sorriso mostra la mia totale felicità. Presento il mio salvatore ai miei fratelli e al responsabile della casa presa in affitto dalla comunità senegalese. Tutti i senegalesi ringraziano Emanuel per avermi aiutato. Emanuel rimane con loro un paio di ore prima di partire. Prima di andare via, Emanuel mi confessa di considerarmi come un fratellino, ci scambiamo i numeri di telefono, mi fa promettere di chiamarlo in caso di bisogno, magari per trovare un lavoretto a Douala oppure a Limbé. Non so trovare le parole per ringraziarlo, continuo a ripetere. "Grazie di cuore, grazie di cuore, che Dio ti benedica..." Per tutto il tempo che trascorrerò in Camerun non dimenticherò mai il mio salvatore e, ogni tanto, lo chiamerò, per avere sue notizie... Dopo che Emanuel è partito, il responsabile della casa della comunità senegalese che si chiama Oustaz Mbaye mi chiama per dirmi che sono il benvenuto tra i fratelli senegalesi ma anche per espormi le regole da rispettare per entrare nella casa. Dentro la casa non si fuma, non si beve alcol e nemmeno si ascolta la musica, sono ammesse solo le canzoni del Corano o le canzoni dei Baye Fall. Ma lo scopo principale della casa è accogliere tutti i nuovi venuti che non hanno nessun luogo dove andare. Sono ospiti ben accolti i soci del Mouridismo ma anche tutti i senegalesi e gli africani provenienti da diversi Paesi.

Ci sono dei ragazzi del Gambia, della Guinea Conakry, della Guinea Bissau e di tanti altri Paesi dell'Africa come la Liberia, la Sierra Leone ecc... La casa è dedicata alla guida religiosa del Mouridismo che si chiama Cheick Ahmadou Bamba Backé. L'hanno affittata i soci del Mouridismo per organizzare incontri, per pregare ma anche per passare insieme le feste religiose. Quindi la casa è considerata come una sorta di moschea. Ci sono solo tre camere da letto, una per Oustaz Mbaye, il responsabile e le altre due camere per i Marabout che si chiamano Backé Backé. Loro si chiamano così perché sono i discendenti della famiglia di Cheick Ahmadou Bamba Backé. I discendenti della famiglia Backé Backé fanno spesso dei viaggi per tutto il mondo, dovunque ci siano dei soci del Mouridismo. Oltre alle tre camere, c'è una grande sala per pregare e tutto il resto consiste in uno spazio sufficientemente grande dove la gente dorme per terra. Ci sono più di quaranta persone che dormono per terra, si stendono sopra dei materassini o dei tappeti: alla mattina tutti devono alzarsi presto per liberare la stanza e riporre i loro materassini o tappeti da qualche altra parte. Così il responsabile mi consegna un tappeto per dormire. Poi, tra i senegalesi che hanno aperto dei ristoranti e delle panetterie, ci sono dei volontari che offrono tutti i giorni da mangiare gratis alle persone che si fermano in questa casa. Offrono loro la colazione, il pranzo e la cena. Dopo aver ricevuto il mio tappetino, mi addormento subito.

Riepilogo viaggio:
Senegal - Camerun: 21 giorni di viaggio.
Senegal - Mali: 2 giorni; Mali - Burkina: 1 giorno; Burkina - Togo: 1 giorno; Togo - Benin: 1 giorno; 2 settimane a Cotonou; Cotonou - Calabar 2 giorni; Calabar - Limbé 1 giorno; Limbé - Douala (Camerun) 1 giorno: 3 settimane in tutto!

Migrante nella mia terra. Non sono né mosto né limonata

Laura Soldati

Laura Soldati è nata a Rieti nel 1953.
Laura nasce in Italia da una profuga slovena e cresce in Cile, dove si trasferisce con la madre all'età di un anno. Porta nel suo cuore tutte e tre le nazioni della sua vita, ma si trova a essere apolide e ad affrontare problemi legati alla cittadinanza, risolti non senza difficoltà. Vive in Slovenia con il figlio, è appassionata di arte e coltiva il desiderio di scrivere un libro sulla sua famiglia.

È un caldo pomeriggio di marzo 2023 e mi trovo in una delle aule della scuola CPIA di Trieste, in Italia, a frequentare un corso di lingua italiana di livello A2. L'atmosfera è molto piacevole. Il calore umano è palpabile, sembra che tutti gli studenti si siano amalgamati in un unico sentimento. Siamo tutti nei panni l'uno dell'altro, perché sappiamo che ognuno di noi ha un desiderio comune e questo è quello di poter imparare la lingua italiana, per uno sviluppo migliore e quindi per poter progredire.

Siamo così meravigliosamente diversi. Siamo come un mosaico di più colori, di età diverse, di sessi opposti, di culture e lingue estranee alla nostra, eppure ci capiamo

Le mil
l e domande
i mil
le i
nte
rrogatori, che ha no
segnato la mia vita, si af fell
ano e rivivono in quella q uiete
conquistata dal passar e degli a
nni. Le mille domande, i mille inter
rogatori, che hanno segnato la mia v
ita, si affe llano e rivivono in
quella quiet e conquistata dal pa
ssare degli anni. Le mille doman
de, i mille i nterrogatori, che ha
nno segnato l a mia vita, si affel
lano e rivivo no in quella quiete
conquistata d al passare degli ann
i. Le m i l l e dom a n d e

e condividiamo con amicizia e gioia. L'insegnante è l'unione di tutti noi e non solo ci trasmette il suo sapere, ma ci tratta anche con apprezzamento e cordialità.

A metà lezione c'è una pausa dallo studio e in questa breve pausa la mia mente si avvia come una centrifuga o un vortice impazzito per portarmi in quei passaggi nascosti della mia esistenza. Le mille domande, i mille interrogatori, che hanno segnato la mia vita, si affollano e rivivono in quella quiete conquistata dal passare degli anni.

Cosa faccio qui? Quando è l'ora del tramonto, del mio tramonto? Perché la mia patria e la mia identità mi sono state tolte?

Era una fredda mattina del marzo 1954, lontano nell'emisfero australe, nel porto di Valparaíso, in Cile. La nave Marco Polo, dopo essere salpata da Napoli, è partita sulla terraferma. Dopo un mese di navigazione mia madre e io, con soli sette mesi di vita, insieme a quasi cento anime che sono venute prescelte e destinate a una terra sconosciuta. Dopo essere stata mia madre, sopravvissuta alla Seconda guerra mondiale, anni di lavoro per ricostruire il Paese e conseguente sovraffollamento, in un campo per profughi stranieri nel comune di Rieti, in Italia.

Dopo essere stati controllati alla dogana nel porto di Valparaíso e iscritti all'anagrafe, nel pomeriggio siamo stati imbarcati su un treno per la città di Santiago e lasciati in un collegio che era destinato a noi immigrati. Siamo rimasti lì per una settimana e poi ogni famiglia ha preso il proprio destino. Da quel momento in poi la vita nei suoi primi anni fu estremamente dura. Le promesse di aiuto non sono state mantenute e mia madre ha dovuto ricoverarmi quando avevo quattro anni, per poter lavorare senza problemi.

Era scomparsa la sua casa, i suoi genitori, la sua famiglia, i suoi amici. Ha portato con sé solo una foto di famiglia, qualche moneta, un temperino che ha rubato all'amato padre, da conservare come ricordo prezioso e timbro religioso. Non poteva portare altro con sé, non poteva destare sospetti sulla sua fuga, né poteva smascherare i suoi genitori raccontando loro le sue intenzioni. La decisione era stata presa a metà maggio 1950, dopo aver espresso un parere in disaccordo con il sistema politico prevalente della Jugoslavia. Fu fatta prigioniera per un periodo di sei mesi ai lavori forzati, in una fonderia, dove i prigionieri erano custoditi con le armi. Il cibo era minimo e il freddo intenso filtrava dalle capanne, accresciuto dalle abbondanti nevicate, che filtravano dalle capanne di legno.

Dopo sei mesi, l'hanno riportata a casa sua e le hanno concesso una settimana di ferie. Poi avrebbe ripreso a lavorare nelle brigate di ricostruzione. Quella mattina del 16 dicembre 1950 si alzò prestissimo e disse a sua madre che sarebbe andata in un paese vicino a trovare da un amico delle uova, del latte e delle noci, così che potesse preparare una torta dolce per Natale. Non ha abbracciato sua madre come avrebbe voluto, non poteva destare sospetti. Dovrebbe essere come una giornata normale. Guardò dietro ogni angolo e se ne andò, dicendo: Ciao mamma!

Ha camminato trattenendo le lacrime e dopo una giornata lunga, agonizzante e pericolosa, ha trovato la sua libertà nella città di Udine, in Italia. È stata prigioniera per una settimana. Mentre controllava il suo background. Poi è stata inviata al campo profughi, che si trovava a Rieti. Lì ha conosciuto mio padre di cui so poco o niente, perché una volta conosciuta la gravidanza di mia madre non ne ha assunto la paternità.

Sono cresciuta senza essere pienamente consapevole di tutto quello che è successo. Ho imparato da bambina a capire sia la lingua italiana che quella slovena e spagnola. Già alle elementari la mia lingua principale era lo spagnolo e quando ho imparato a leggere è iniziata la mia ricerca di identità, perché quando i miei compagni di classe mi chiedevano perché sui quaderni disegnavo sempre tre bandiere (cilena, italiana e jugoslava), rispondevo loro che io li ho portati tutti e tre nel cuore. Italia perché lì sono nata e mio padre era italiano. Jugoslavia perché mia madre era slovena e Cile perché era lì che vivevo e avevo una famiglia che si prendeva cura di me mentre mia madre lavorava.

Spesso, quando vedevo mia madre oziosa e calma, le facevo molte domande relative a mio padre e al perché non fosse con noi. Ha sempre evitato le mie domande. Ho iniziato a scavare tra foto, documenti e a chiedere ad amici connazionali che abbiamo incontrato in alcune occasioni. Non ho mai avuto risposte concrete. Il tempo è passato e ho compiuto quindici anni. Quell'estate lavorai e presi un libretto di risparmio alla banca statale, seguii l'esempio di mia madre e mi consigliarono di procurarmi la carta d'identità, perché senza potevo solo depositare, ma non trasferire denaro. Non ricordo esattamente quanto tempo ho impiegato per avere il mio documento, ma l'importante è che l'ho ricevuto e sono stata felice di vederlo, perché c'era scritto: nazionalità italiana.

Passato il tempo, il Cile viveva tempi molto difficili e con la giunta militare a capo del generale Pinochet già al potere, egli invitava tutti gli stranieri residenti a presentarsi presso i rispettivi consolati e/o ambasciate e richiedere un certificato di cittadinanza valido e presentare detto documento presso gli uffici corrispondenti, come indicato.

Mi recai velocemente all'Ambasciata italiana, situata a Santiago, la capitale del Cile, dove avevamo anche la nostra residenza. Sono entrata felice, essendo in un'ambasciata, la mia ambasciata! Territorialmente ero in Italia. È stato semplicemente fantastico. Con un sorriso da un orecchio all'altro sono arrivata alla locanda e ho chiesto il documento. Mi hanno chiesto la carta d'identità, l'ho messa nelle mani del funzionario e ho indicato il luogo dove c'era scritto: nazionalità italiana. Mi ha guardato e mi ha detto di aspettare. È tornato e mi ha detto: non sei italiana, non sei negli archivi. Lo guardai sorpresa, incredula. Come poteva dirmelo? Le ho raccontato la mia storia, quello che sapevo di lei e ho sottolineato che sono nata a Rieti, in Italia. Che mio padre era italiano. Che aveva il mio certificato di nascita. Nessuno dei due argomenti era valido. Mi ha guardato con un certo disprezzo e ha detto: "Tu, non sei né mosto né limonata" in Italia regola lo *ius sanguini*. (L'espressione "Ni chicha ni limonada" in spagnolo significa che una persona o una cosa non è niente o è inutile).

Me ne sono andata devastata, piangendo come una bambina. Ancora oggi quelle dure parole risuonano nella mia memoria. Da giovane ragazza italiana, da colei che credeva in un mondo di sogni e fantasie, colei che credeva di conquistare l'universo, sono diventata una persona apolide, senza direzione, senza destino.

Poi in compagnia di mia madre, che doveva anche sbrigare le sue pratiche burocratiche, siamo andati all'ambasciata jugoslava. Aveva paura, paura del passato e della sua fuga, ma era un processo che non poteva essere rimandato. Ci accolsero molto gentilmente, mia madre ottenne il suo certificato e mi fu offerta la nazionalità per *ius sanguini*, da parte di mia madre.

Entro sei mesi ero una cittadina jugoslava con passaporto incluso. Questo durò fino all'indipendenza della Repubblica di Slovenia. Ero di nuovo apolide.

Dopo tante disgrazie, sforzi, lavoro, perseveranza, perseveranza e una risposta zero alla mia richiesta di aiutarmi con le procedure per ottenere la cittadinanza slovena, poiché non ho ricevuto alcun aiuto dall'Ambasciata di Slovenia a Buenos Aires, mio figlio ha dovuto recarsi in Slovenia per presentare documenti comprovanti il mio status sloveno. Finalmente ho ottenuto la cittadinanza slovena all'età di cinquantasette anni. Smetterei di nuovo di essere apolide.

La ricreazione è finita, l'insegnante riprende la lezione. Torno anch'io dal mio viaggio nel passato e mi integro mentalmente nell'aula che mi accoglie e ricevo gli insegnamenti come un immigrato in più. Devo fare uno sforzo per imparare a esprimermi nella terra dove sono nata. Forse un giorno si realizzerà il mio sogno di essere nel luogo in cui sono nata e addentrarmi nelle strade polverose, l'esistenza di quel padre inafferrabile e chiudere il ciclo di una vita proprio nel luogo in cui la mia esistenza è iniziata.

Tre anni di viaggio. Una vita dura

Adjibo Balde

Adjibo Balde è nato in Guinea-Bissau.
Adjibo arriva in Italia al termine di un durissimo viaggio lungo tre anni, con tappe in Grecia e nei Paesi balcanici. Nella sua nuova vita italiana conosce "la libertà di imparare" e con lo studio e la formazione costruisce il proprio futuro.

Prigione in Grecia
In prigione, loro mi hanno maltrattato
Come se fossi un animale
Senza mangiare bene
Mi sono ammalato, nessuno mi ha aiutato
Come un asino senza acqua e senza erba
Senza un prato dove correre
Senza il cielo da scalciare
Così era il carcere in Grecia

Inverno in Montenegro
Piedi nudi nel ghiaccio del Montenegro
Pugni chiusi per cercare calore
La testa scottava come il sole d'estate

In Serbia
Senza soldi, senza lavoro

In Bosnia
La montagna era forte e alta
Come il cavallo di un re
Ogni volta che salivo sopra
Mi buttava a terra

Prigione in Croazia (legato)
Legato come un criminale
Volevo solo andare in un altro Paese
Per una vita più libera
Come i colombi che volano in cielo

I fiumi di Slovenia
Ero come un pesce
Intrappolato in un fiume
Che voleva
Arrivare in un oceano

Italia
La libertà di imparare
In una scuola di Milano
Facce felici, occhi curiosi
Mani che scrivono
Il futuro è una rondine
Blu e bianca
Lanciata nel cielo.

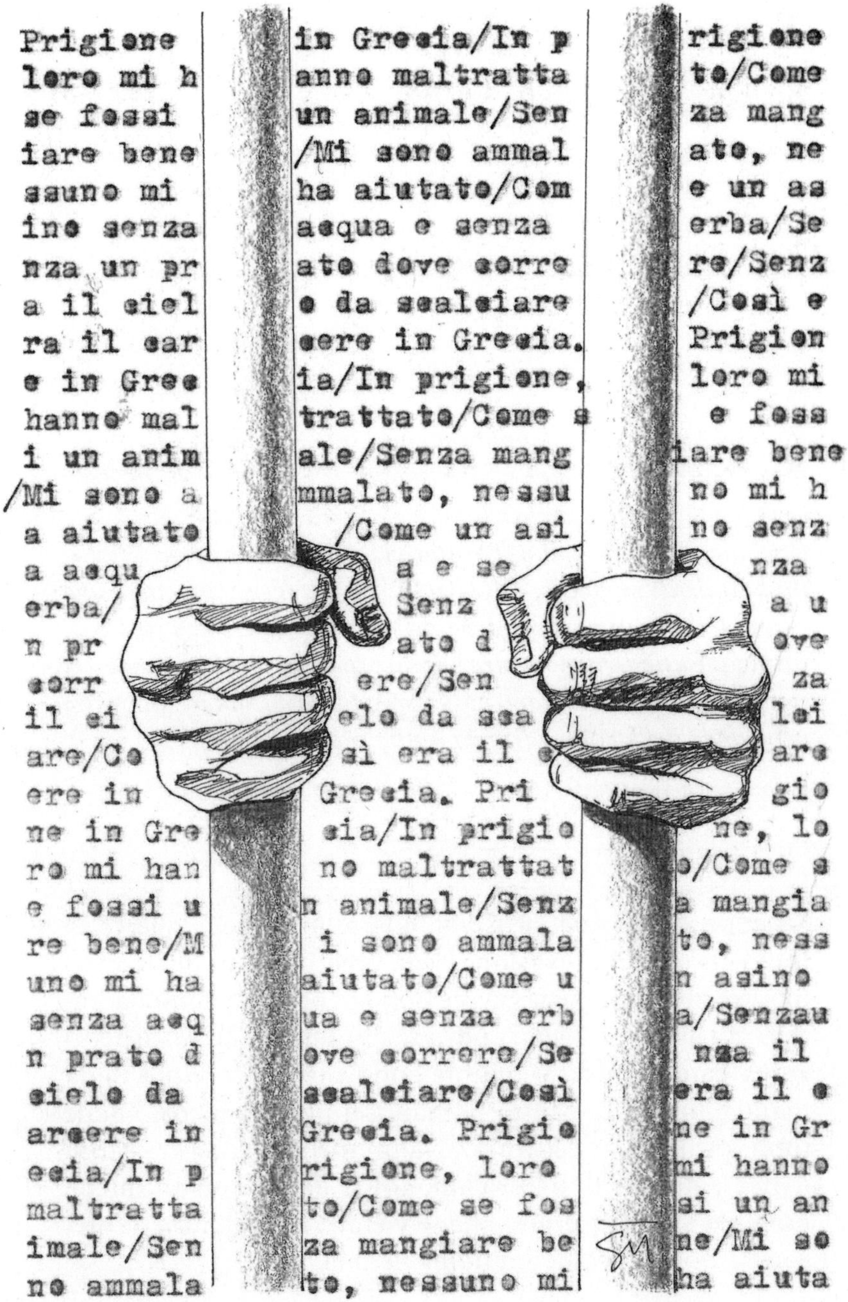
Prigione
loro mi h
se fossi
iare bene
ssuno mi
ino senza
nza un pr
a il ciel
ra il car
e in Grec
hanno mal
i un anim
/Mi sono a
a aiutato
a acqu
erba/
n pr
corr
il ci
are/Co
ere in
ne in Gre
ro mi han
e fossi u
re bene/M
uno mi ha
senza acq
n prato d
cielo da
arcere in
ecia/In p
maltratta
imale/Sen
no ammala
in Grecia/In p
anno maltratta
un animale/Sen
/Mi sono ammal
ha aiutato/Com
acqua e senza
ato dove corre
e da scalciare
cere in Grecia.
ia/In prigione,
trattato/Come s
ale/Senza mang
mmalato, nessu
/Come un asi
a e se
Senz
ato d
ere/Sen
cielo da sca
sì era il c
Grecia. Pri
cia/In prigio
no maltrattat
n animale/Senz
i sono ammala
aiutato/Come u
ua e senza erb
ove correre/Se
scalciare/Così
Grecia. Prigio
rigione, loro
to/Come se fos
za mangiare be
to, nessuno mi
rigione
to/Come
za mang
ato, ne
e un as
erba/Se
re/Senz
/Così e
Prigion
loro mi
e foss
iare bene
no mi h
no senz
nza
a u
ove
za
lci
are
gio
ne, lo
o/Come s
a mangia
to, ness
n asino
a/Senzau
nza il
era il c
ne in Gr
mi hanno
si un an
ne/Mi so
ha aiuta

Tutto accade per una ragione

Basheer Aldabbagh

Basheer Aldabbagh è nato in Iraq nel 2001.
Il giovanissimo Basheer e i suoi familiari sono minacciati dalla criminalità organizzata irachena e riescono a salvarsi grazie alla Comunità di Sant'Egidio. Poco prima della partenza per l'Italia, Basheer perde la madre, e dopo il suo arrivo deve combattere una grave malattia senza il sostegno della famiglia, perché il padre e i fratelli si trasferiscono mentre lui è in ospedale. Una volta guarito, riesce a riprendere in mano la sua vita: torna a studiare, poi entra nel mondo del lavoro e diventa mediatore interculturale.

La mia storia inizia nel 2004, allo scoppio della guerra in Iraq causata dall'invasione degli americani. In quell'anno mia sorella era appena nata e dopo appena un anno ha iniziato ad avere problemi con la mano sinistra. Il suo aspetto stava cambiando, le unghie sono diventate viola della mano sinistra, poi tutta la mano, il braccio e così anche tutta quella metà del corpo. L'altra metà, invece, era sana.

Era colpa degli americani, colpa delle armi chimiche usate da loro che erano anche vietate. La malattia di mia sorella non aveva né un nome né una cura.

Andammo da un medico che ci disse "tornate fra qualche anno, adesso è troppo piccola per essere operata". Lei aveva un anno e il dottore si rifiutava di toccarla.

Questo stesso medico, dopo essere stato minacciato è scappato in Germania così da non poterci più aiutare. Era l'unico che poteva veramente curare mia sorella in Iraq ed era la nostra unica speranza.

Papà era una persona molto importante nella città e, per il comune di Baghdad, controllava le forniture di gas.

Essendo una persona molto importante, aveva molte conoscenze, fra le quali un medico in Libano che si occupava di problemi di salute come quelli di mia sorella. Mio padre avrebbe fatto di tutto per trovarle una cura. Nel frattempo, però, la situazione di mia sorella peggiorava.

Qualche anno dopo, nel 2009, mio padre e mia sorella riescono a partire per il Libano. Nell'ospedale in cui sono andati per le cure, hanno chiesto loro un anticipo di 30.000 dollari, che mio padre ha dato.

Poco dopo mio padre scopre che quell'ospedale era gestito dalla mafia e fu buttato fuori.

Mio padre ha fatto la denuncia all'ambasciata irachena in Libano, scoprendo che quell'ospedale era effettivamente gestito dalla mafia più forte di tutto il Libano.

Dopo la denuncia fatta da mio padre in Libano, il giorno dopo ci arriva una chiamata a noi rimasti in Iraq, minacciandoci: "Se vostro padre non ritira la denuncia, sappiamo dove siete e vi ammazzeremo".

Spaventati, scappiamo in casa di nonna, mia madre avvisa mio padre che però si rifiutava di ritirare la denuncia. Era troppo testardo e orgoglioso per farlo.

Il 10 settembre del 2009, ci ha fatto i biglietti e l'abbiamo raggiunto in Libano. Una volta arrivati lì, ci ha raggiunti anche mio fratello, mentre un altro non è mai uscito dall'Iraq e sono ormai quattordici anni che non lo vedo. La mafia però raggiunge la mia famiglia, hanno cercato di rapirci, mi hanno accoltellato così anche mio fratello che ha rischiato di essere accoltellato ma per fortuna ha saputo come difendersi.

I problemi continuavano e non c'era nessun tipo di protezione per me e la mia famiglia.

Con tutte quelle vicende iniziai a perdere la fiducia. Non ti fidi di nessuno. Giravo con il coltello in tasca anche solo per andare a prendere il pane. Non sono un criminale, ma ne avevo bisogno per difendermi.

Andare a prendere il latte era una cosa sicura, ma per noi era come andare in guerra.

Mio fratello grande è ritornato in Iraq dalla mia famiglia, per sentirsi più al sicuro, e noi siamo rimasti in Libano.

Anche mia madre ha iniziato ad avere dei problemi ed è venuta a mancare a quarant'anni. Secondo mio padre è stata avvelenata, ma di questo non si saprà mai la verità. L'unica cosa che so è che mamma non c'è più.

Prima che mamma morisse, avevamo avuto modo di conoscere una ragazza che lavorava per Rai 1.

Questa ragazza ha capito la nostra situazione di pericolo e ci ha consigliato di rivolgerci alla "Comunità di Sant'Egidio". Abbiamo quindi incontrato Maria, una responsabile della Comunità di Sant'Egidio, che è venuta a conoscerci e ci ha aiutati per uscire da quel inferno e venire in Italia. Purtroppo, mamma è venuta a mancare pochi mesi prima della partenza.

Dopo la morte di mamma, papà è impazzito, uscito fuori controllo, è diventato aggressivo, soprattutto nei miei confronti. Non si fidava più di me. Quando uscivo di casa mi metteva un timer, ad esempio, se fossi dovuto andare a comprare il latte avrei avuto cinque minuti e se non fossi rientrato in quei cinque minuti sarebbe diventato molto aggressivo con me. Mi accusava di far parte della mafia tanto che mi ha anche minacciato con un coltello. Capisco che la morte di mamma lo ha fatto impazzire, per questo sono stato in silenzio, però ho dovuto lasciare la scuola e ho lasciato tutto quello che avevo per i miei fratelli, sostituendo quindi il ruolo di mamma. Preparavo la colazione, cucinavo, lavoravo da quando avevo undici anni per portare il cibo a casa.

Mio padre, per orgoglio, non voleva dimostrare di aver perso tutto il potere, i soldi che aveva, essendo stato il più importante di Baghdad e così non è mai uscito a cercare lavoro, l'orgoglio certe volte rende ciechi. Avendo perso tutto io ero l'unico palo che reggeva la famiglia. Papà non l'ha mai apprezzato purtroppo.

Dopo essere arrivati in Italia sani e salvi, eravamo tutti contentissimi di non essere più in pericolo e poter vivere finalmente in pace. I primi tempi andavano bene, ci ha ospitati la "Comunità di Sant'Egidio" a Novara, con casa pronta, scuola d'italiano e tutto quanto. Papà aveva in testa che la mafia l'avesse seguito anche in Italia, ma era una sua immaginazione dovuta ai gravi danni psicologici.

Ad esempio, litigava con i vicini e li accusava di essere parte della mafia e non riusciva a capire invece che così non era.

C'erano altri problemi tra me e mio padre, continuava ad accusarmi di essere una spia della mafia e non si fidava assolutamente, diceva ai miei fratelli di stare attenti a me, che li avrei fatti rapire. Io ero stufo, perché volevo iniziare una nuova vita e dimenticare il passato, soprattutto per la perdita di mia madre che è stata una perdita molto grave per me. in quel periodo avevo perso i sentimenti ero diventato più tosto di una roccia ma dentro soffrivo tanto, volevo semplicemente avere una famiglia "normale".

In quel periodo iniziai a sentirmi male senza motivo. Non riuscivo a respirare bene né ad avere la forza che avevo prima, senza capirne il motivo. In uno di quei giorni, dopo essere usciti a passeggiare, mi sono sentito male e sono svenuto senza nessun preavviso davanti alla caserma dei carabinieri, che mi hanno soccorso e portato in ospedale.

Arrivati in ospedale siamo rimasti sette ore in sala d'attesa, dopodiché mi hanno fatto tutti i test e gli esami, io non capivo cosa stesse succedendo perché vedevo solo medici e infermieri preoccupati che correvano di qua e di là. In serata, arriva un'infermiera che mi fa mettere una maschera enorme e mi fa allontanare da tutti. Mi hanno messo in una stanza isolata, in isolamento, senza capirne ancora il motivo. Alla fine, mi hanno spiegato che avevo la tubercolosi e, come si diceva, era la stessa malattia per cui mamma era morta. I medici mi hanno detto che il virus poteva rimanere dentro di me e che poteva svegliarsi più tardi. Nel mio caso, quasi dopo un anno.

Quando se ne sono accorti era troppo tardi, avevo già tre buchi ai polmoni e i dottori erano preoccupati della mia situazione. Preoccupati del fatto che forse non ce l'avrei fatta, perché era un pochettino tardi. Papà mi disse che sarebbe tornato il giorno dopo con i vestiti, ma come il famoso detto del padre che va a prendere il latte e non torna più, è successo così anche a me. Papà non è più tornato. Io mi sono trovato da solo, lontano da tutti, dal mio Paese e con una malattia mortale.

Dopo cinque giorni, arriva un amico di papà che mi dice che mio padre si trova a Roma senza potermi dire perché. La mia voglia, quindi, era quella di andare a Roma e stare con i miei fratelli. Mio padre non mi ha mai spiegato il motivo della sua partenza per Roma, ha semplicemente preso i miei fratelli e se ne è andato. In

Era colpa degli americani,
colpa delle armi chimiche usate
da loro, che erano anche vietate.
La malattia di mia sorella non
aveva né un nome, né una cura.

ogni caso, io ho fatto tutto il possibile per farmi trasferire a Roma, ho chiesto al direttore dell'ospedale che ha autorizzato il mio trasferimento. Sono dovuto andare in ambulanza ma legato sia mani che piedi per sette ore.

L'autista dell'ambulanza che mi ha portato a Roma era anche razzista, mi minacciava e mi diceva che se mi fossi mosso mi avrebbe riportato a Novara. Non sapevo perché facesse così, ma sono stato in silenzio perché volevo solo arrivare a Roma.

Sono stato trasferito al Bambin Gesù, uno dei migliori ospedali per minori. Dopo tre giorni, mi arriva una chiamata che diceva che mio padre e i miei fratelli si erano trasferiti in Germania.

È stata l'ultima chiamata. Mi sentivo tradito dalla mia famiglia e non volevo più saperne neanche il motivo. Il mio unico obbiettivo ormai era curarmi e avere un'altra vita, perché Dio mi ha dato un'altra strada, quella di crescere da solo e accettare la realtà.

Dopo due mesi di cure e di medicine talmente forti da far perdere tutta la forza che avevo, non potevo più camminare, mangiare e avevo perso trentacinque chili, tutto era peggiorato per me.

All'improvviso sono arrivati dei miglioramenti, quindi ero contentissimo e dopo tanto combattimento contro questo maledetto virus, sono riuscito a guarire. Era il 26 luglio del 2017 quando è entrata la dottoressa responsabile del reparto (reparto nel quale per entrare devi disinfettarti in precedenza e poi entrare), ma quel giorno lei è entrata senza tuta e senza disinfettarsi. Le avevo chiesto di vestirsi, di proteggersi altrimenti si sarebbe ammalata ma lei mi ha risposto dicendo "No, Basheer, sei guarito".

Io saltavo dalla gioia, perché in quei mesi la mia vita sembrava essere finita, invece mi è tornata tutta la vita dentro da quel momento in poi.

Sarei uscito dall'ospedale proprio quel 26 luglio, senza sapere cosa avrei fatto una volta fuori. Lo domandai alla dottoressa che mi rispose "Tranquillo, ci pensiamo noi". Dopo tante ore di attesa sono uscito a prendere aria.

Dopo qualche ora (alle 16) arrivano due persone, la prima persona era un'assistente sociale e l'altro era il responsabile della casa-famiglia che mi avrebbe preso in carico.

Mi ero stranito perché non sapevo neanche cosa fosse una casa-famiglia, chi fosse un assistente sociale ma loro mi hanno spiegato tutto. Avrei vissuto con altri ragazzi e avrei continuato tutto il percorso per la mia nuova vita.

Ho ricominciato a frequentare la scuola, che ormai avevo lasciato e avevo frequentato per otto anni in Iraq, ho ricominciato a creare nuovi rapporti, cosa inizialmente per me molto difficile vista la mia mancanza di fiducia ormai verso chiunque.

Ho fatto nuove amicizie a scuola, in casa e nella vita al di fuori. Percorso non facile ma molto importante. Sono poi stato seguito per diversi mesi da uno psicologo che mi ha aiutato a riprendere la mia vita e a metabolizzare il mio passato.

Compiuti i diciotto anni ho preso la patente, ho potuto comprare la mia prima macchina e continuavo a studiare.

È stato molto soddisfacente ed emozionante poter ricominciare da questi primi piccoli successi.

Ho iniziato da lì a fare le prime esperienze lavorative, facendo diversi mestieri fino ad arrivare a fare il lavoro che ho scoperto essere la mia passione, quello che per altro vorrei continuare a fare da grande, il mediatore interculturale.

La mia prima esperienza in questo settore è stata quando sono partito per il Belgio e sono andato nei campi per rifugiati per dar loro supporto, in fondo ho passato anch'io quel che stanno passando e li potevo capire.

Ho partecipato, poi, a un corso del Parlamento Europeo, sono stati scelti in Italia sei ragazzi tra cui io, e si trattava di una formazione per i giovani sull'Europa.

Adesso sono responsabile in una casa-famiglia in semi autonomia. Aiuto i ragazzi condividendo le loro esperienze e aiutandoli nello svolgimento della loro vita di tutti i giorni.

Questa esperienza fatta in quattordici anni mi ha aiutato a capire chi sono, a crescere nonostante stessi senza famiglia e genitori. Sono riuscito a essere educato, sono felice e ho degli obiettivi nonostante io non abbia avuto una famiglia alle spalle che mi desse supporto. Si impara dagli errori e l'ho vissuto sulla mia propria pelle.

Ora sono felice. Ho sempre creduto in tutto quello che facevo ed è stato proprio quella la chiave che mi ha aiutato in tutto e di non mollare mai, perché è proprio lì che inizia tutto. Ho sbagliato tante volte e ho fallito tanto ma ho sempre cercato di prendere il meglio dei miei errori e fallimenti (Tutto accade per una ragione).

La mia vita lontana dalla mia famiglia

Lorna Duldulao

Lorna Duldulao è nata nelle Filippine nel 1976.
Lorna è sposata e madre di una figlia quando dalle Filippine emigra a Singapore per poter meglio provvedere ai propri cari. Collaboratrice domestica, dopo alcune esperienze non sempre positive inizia a lavorare in una famiglia italiana, e la segue nei suoi spostamenti in Italia, Stati Uniti e Olanda, fino al ritorno a Firenze. Nel 2021 ottiene il ricongiungimento familiare e viene raggiunta dalla figlia, che si stabilisce anche lei nel capoluogo toscano.

Sono filippina e vivevo nelle Filippine. Nella grande Isola di Luzon. Questa, con l'isole di Visayas and Mindanao, oltre a centinaia di altre piccole isole rappresenta il territorio del mio Paese.

Luzon si trova all'estremità settentrionale delle Filippine ed è isola più grande e popolosa del Paese. È nota per le sue montagne, spiagge e barriere coralline. La capitale nazionale è Manila. Situata su una profonda baia con famosi tramonti, la città ha molti punti di riferimento del periodo coloniale spagnolo e monumenti nazionali e una varietà di musei.

Ho vissuto nella parte settentrionale di Luzon, provincia di Ilocos Norte. La sua capitale è Laoag city. Ho vissuto in una delle comunità chiamata Dingras. È una delle città più antiche conosciute, come il Granaio del Riso della provincia di Ilocos Norte. Il riso è il principale prodotto agricolo di Dingras, seguito dal tabacco. Gli agricoltori Dingras coltivano anche altri prodotti agricoli tra cui mais, aglio e verdure

Io vengo da una famiglia povera. Mio padre era un agricoltore e mia madre lo aiutava. Ho vissuto con i miei nonni intanto andavo a scuola fino alla morte di mia nonna. (Avevo quindici anni.)

Da bambina, sono stata costretta ad andare a lavorare nella proprietà agricola dei nonni. Qui si doveva piantare, seminare il riso e diversi tipi di verdure.

La vita non era facile. Quando ho finito il liceo, mi sono scritta all'università e ho scelto Biologia. Ma ho smesso dopo un anno di studio perché non sopportavo l'odore pungente della formalina. Poi mi sono trasferita in un altro college e ho scelto studi di impresa. Ma ancora una volta, sono stata costretta a interrompere il corso perché la vita era ancora più dura. Non era facile studiare se non si hanno abbastanza soldi. Quindi mi sono fermata e non ho più proseguitò gli studi (avevo diciannove anni quando ho lasciato l'università).

Vivevamo in un villaggio vicino alle montagne e al lato c'è un ampia azienda agricola e siamo anche vicino a un fiume. L'acqua proviene dalle montagne e da una grande diga e sfocia direttamente nel mare. Durante la stagione estive, l'acqua del fiume è la principale fonte di approvvigionamento idrico per l'azienda agricola.

Siamo tre figli in famiglia. Sono la maggiore e l'unica ragazza. Io ho due fratelli più piccoli. Il maggior è in Canada e il più giovane sta con mia madre nelle Filippine.

Mio padre è morto durante la pandemia di covid (2022). E la cosa dolorosa perché non potevamo vederlo.

Dopo aver interrotto l'università, sono andata a Manila e ho trovato lavoro come operatrice di macchine per fabbricare oggetti di plastica. Non è lavoro facile ma ero felice perché potevo già aiutare i miei genitori in termini finanziari. La vita in città andava bene ma mi mancava ancora la vita in provincia. Vivere a Manila andava bene ma era difficile. Potrei dire che andava bene per via dei centri commerciali e della grande città che non potevo vedere in provincia. Potrei dire che è stato difficile perché ho dovuto pagare tutto come l'affitto della casa, cibo, e le bollette. Non era gratis. Non come in casa che verdure sono gratis, e a volte il pesce, perché mio fratello andava al fiume e prendeva dei pesci.

Lavorando nell'azienda di plastica c'erano due turni di lavoro. Turno di giorno e notturno. Io lavoravo spesso nel turno del giorno. Dovevo svegliarmi presto la mattina alle sei. Di solito, facevo colazione e cena a casa. E pranzo al lavoro. C'era una mensa dentro i locali di lavoro e ci è stato concesso di fare trenta minuti di pausa. Uscivamo dal lavoro alle sei del pomeriggio.

Quindi di solito lavoravo dodici ore al giorno. Dal lunedì al sabato. E ho avuto la domenica libera. Durante la mia giornata libera, di solito, stavo a casa fare il bucato e riposarmi un po'. Ma a volte nel pomeriggio andavo al centro commerciale con i miei amici. A proposito di comunicazione con mia madre, da prima erano telefonata dirette. I social media non erano ancora stati introdotti. Ho chiamato mia madre una volta alla settimana perché le chiamate interurbane così erano costose.

Tornando a casa, in tanto avevo un ragazzo nella mia provincia. Il suo nome è Noel. Ci siamo incontrati in chiesa ero al secondo anno di università quando un'amica mi ha presentato per entrare a far parte del consiglio giovanile parrocchiale della nostra chiesa. Allora, sono stata molto attiva in tutte le attività giovanili della parrocchia. Poi mi sono unita anche al coro parrocchiale. Noel era anche uno dei membri è iniziato come un amicizia e piano piano, questa è diventata qualcosa di più. Dopo un anno di corteggiamento, gli ho risposto e l'ho accettato come mio ragazzo. La cosa buffa che riuscivo a ricordare era che una volta è venuto a trovarmi a casa nostra, e dopo che se ne è andato, mio padre mi ha detto che non gli piace. Non ho detto una parola ma non ho detto a Noel. Non volevo ferire i suoi sentimenti.

Quindi la nostra relazione è rimasta segreta finché non ero già a Manila. Noel è rimasto sconvolto quando ha saputo che sono andata a Manila e ho interrotto i miei studi. Non gli ho detto una parola a riguardo. L'ho informato solo quando ero già lì. Quella volta, lui lavorava già come insegnante di scuola privata. Lui aveva cinque anni più di me. Ma poiché non si trovava bene in quel lavoro, fece domanda come impiegato ospedaliero nel nostro comune e fu accettato, e li lavorò fino alla morte.

Ho iniziato a lavorare quando avevo diciannove anni e mentre ero a Manila, il mio rapporto con Noel continuò. Non mancava mai di fare una chiamata interurbana ogni domenica. Ogni volta che mi chiamava, doveva cercare il segnale per il suo telefonino attraverso la campagna. I servizi del fornitore di servizi telefonici erano ancora cosi scarsi a quel tempo.

Noel fra tempo... lui incontrò una che era mia amica. Ho saputo della loro relazione da un'altra amica. Ovviamente l'ho affrontato e gli ho chiesto se fosse vero, ma all'inizio ha negato. Non mi ero accorta che aveva già qualcuno altro da parte perché non mancava mai di fare quello che di solito faceva, chiamandomi ogni domenica.

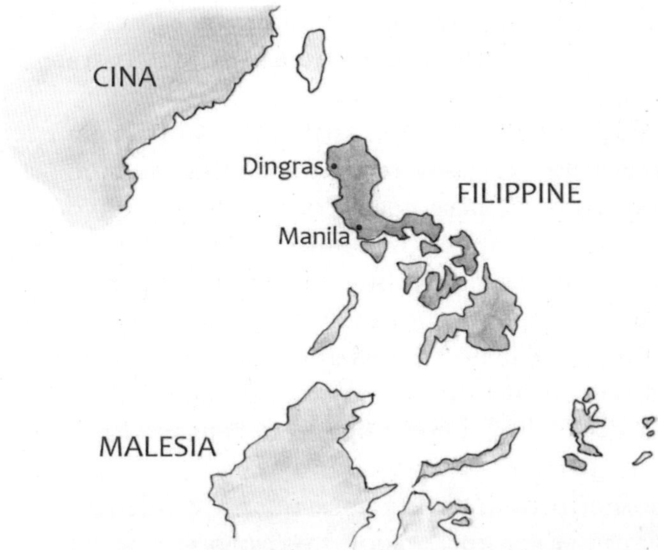

Ho vissuto in una comunità chiamata Dingras.
E' una delle città più antiche conosciute come
il Granaio del riso...

Ma poiché i pettegolezzi si stavano diffondendo così veloce, gli ho detto che lo avrei chiesto alla ragazza stessa. E se lei avesse confermato, io avrei interrotto la nostra relazione.

Quella volta, probabilmente si spaventò e ammise la verità che aveva davvero una relazione con la ragazza. Si scusò molte volte e chiese perdono. Poiché lo amavo davvero gli ho dato un'altra possibilità.

Quindi, anche se me ha tradito, io accetto ancora e gli ho dato un'altra possibilità e da allora non ho più sentito pettegolezzi. E le nostre relazioni sono continuate fino a quando un giorno mentre stavamo parlando al telefono, mi ha detto che lui vuole sposarsi. Pensavo fosse un scherzo.

Quindi, ho detto di andare a casa nostra e chiedere il permesso ai miei genitori. E con mia sorpresa, lo ha fatto davvero. Perché quando ho chiamato mia madre, mi ha detto che Noel è andato lì e ha detto loro che gli piace sposarmi, ed entrambi i miei genitori hanno detto che va bene. Davvero non mi aspettavo che le cose accadessero così in fretta. Quindi abbiamo deciso di sposarci preso l'ufficio del comune. Perché il matrimonio in chiesa avrebbe compilato molti più preparativi da fare. Ci siamo sposati il 28 settembre 2001. Io avevo venticinque anni e Noel trenta anni. Tre giorni dopo il matrimonio, sono tornata a Manila e feci mie prossime vacanze in provincia nel mese di novembre dello stesso anno. Sono rimasta incinta ed è stato difficile stare da sola, lontano da casa e lontano dalla mia famiglia.

Essere incinta non è stato facile specialmente a volte ho avuto la nausea mattutina ma sono sopravvissuta da sola. Noel non è venuto a trovarmi a Manila durante la mia gravidanza a causa del suo intenso lavoro. Nemmeno mia madre perché doveva badare a mio padre e a miei fratelli. L'unico aiuto che Noel mi ha dato è stato il supporto morale.

Per il parto, tre settimane prima, 31 luglio 2002, Noel è venuto a Manila a prendermi perché avevo deciso di partorire in provincia. Il giorno successivo dopo il nostro arrivo nella nostra casa, sono andata a visitare un ginecologo perché il mio ginecologo di Manila mi ha detto che potevo partorire tre settimane prima e forse tre settimane dopo la data prevista per il partorire 31 luglio 2002. Quindi come ho già detto la data per il mio parto era prevista per il 31 luglio 2002. Il giorno prima del previsto, non mi sentivo niente di insolito. Quindi ero un po' preoccupata. Ho fatto corse, salti e ho fatto qualche esercizio di ginnastica in modo che la bambina potesse nascere.

E la mattina presto del 31 luglio 2002, mi sono svegliata e sono andata in bagno. Ho visto dal sangue nelle mie urine. Ho svegliato Noel e l'ho informato.

Ero così calma. Ho fatto doccia e ho preparato le cose che dovevamo portare in ospedale. Come i miei vestiti e le cose per bambina. Dopo che tutto era pronto, ci siamo diretti all'ospedale del nostro distretto di Dingras, dove lavorava Noel.

Mentre stavamo entrando nei locali, i colleghi di Noel sono venuti ad accoglierci poi vedevamo sorrisi suoi volti. Erano tutti felici per noi. Il dottore che era in servizio quella volta era un caro amico di mio marito.

Quindi, sono ammessa. Mi hanno ammesso in sala travaglio e ogni tanto venivano le infermiere, ostetriche e il dottor Elli a controllarmi. Il tempo è il passato, e poi è arrivato a mezzogiorno, ma la bambina non era ancora uscita. Il travaglio stava diventando doloroso e non ho mangiato né bevuto nulla. Non era consentito. Poi è arrivato a pomeriggio, la bambina non era ancora uscita anche se avevano già fatto un taglio.

Venne la notte e la bambina era ancora nel mio grembo. Ero già molto stanca e non avevo più energia. Vedevo già la preoccupazione sul viso di Noel e anche dottor Elli. Questi ha deciso e ha detto a Noel che è meglio che mi trasferiscano all'ospedale provinciale, ciò è Laoag (il capoluogo della nostra provincia, Ilocos Norte). Questo ospedale è migliore e sono più completi quando si tratta di strutture ospedaliere.

Prima di andare nella città, è arrivata mia madre. Quindi è venuta con noi. Sono stata trasportata dall'ambulanza. Un'ostetrica è venuta con noi anche per aiutarmi. Stavo diventando molto debole ma ero ancor così calma. Il tocco e le parole confortanti di mia madre aiutano molto. E finalmente siamo arrivati all'ospedale provinciale senza problema.

Quindi le infermiere sono venute subito a prendersi cura di me, ma c'erano ancora molte domande e alcuni documenti da firmare prima che mi mettessero in sala travaglio. Si stava facendo tarda notte e il dottore ha detto che dovevo sottopormi a un taglio cesareo perché ci voleva già molto tempo per il parto. Così mi hanno messo al pronto soccorso in stessa della prima persona che aveva subito anche il taglio cesareo. Ma, mentre aspettavo, potevo ancora ricordare molto chiaramente prima di addormentarmi che una delle infermiere mi ha spinto la mia pancia e ha aiutato la bambina a uscire dal mio grembo.

Dopo il parto, mi sono sentita molto sollevata. Potevo sentire i punti di sutura della mia parte privata ma il dolore non era niente in confronto al dolore durante il travaglio e poi mi sono addormentata. Quando mi sono svegliata, ero sdraiata su un letto in corridoio dell'ospedale e alcuni pazienti di cui non riuscivo a contare quanti. Mia madre non c'era più. Noel era al mio fianco e gli ho chiesto perché eravamo lì, e lui ha detto che le stanze erano già occupate.

Ho mangiato la mia colazione. C'era un uovo sodo, un hotdog e una fetta di mango maturo. Verso le nove di mattina, Noel andò a prendere Lianne nella stanza dei bambini. Era così piccola e ho persino chiesto Noel se fosse davvero la nostra bambina. E ha detto di "sì" perché ha visto la infermeria mettere la targhetta con il nome subito dopo che l'hanno pulita e prima di metterla nella stanza dei bambini. Ero così felice che tutto fosse andato bene anche se era un po' difficile.

Siamo stati trasferiti in una stanza privata alle cinque del pomeriggio. Alcune camere erano già disponibili. È arrivata mia madre è rimasta con me durante la notte e Noel durante il giorno. Ha preso il congedo di paternità per una settimana. Siamo rimasti in ospedale per otto giorni. Ho dovuto fare una cura di antibiotici per sette giorni perché già io e Lianne avevamo contratto una infezione per via del lungo travaglio. La nostra bambina, stava nella stanza dei bambini e me la portavano solo quando dovevo allattarla. Lianne era una bambina che piangeva. Questo suo pianto incessante e continuato e questo mi ha preoccupato.

Questa pratica continuata fino cinque mesi che mi ha fatto molto preoccupata a volte. Lianne era la prima nipote della mia famiglia e anche se non è la prima nipote da parte di padre, è la unica bambina tra i nipoti. Lei è sempre stata la preferita. Ho avuto due mesi di congedo maternità dopodiché, ho dovuto decidere di tornare a Manila e presentare le mie dimissioni dal lavoro. Ho dovuto rassegnare le dimissioni perché nessuno in famiglia poteva prendersi cura della bambina. Da Manila, sono poi tornata a casa immediatamente.

La vita non era facile. Ero disoccupata. Durante la settimana, io e Lianne siamo state a casa dei miei genitori e Noel a casa dei suoi genitori. Ogni fine settimana, Noel veniva a prenderci e rimanevamo a casa dei suoi genitori. il suo stipendio non bastava perché dovevamo dividerlo a metà. Quindi sono dovuto andare ad aiutare i nostri amici a pulire la casa e fare il bucato. Era come un lavoro domestico. Lianne stava diventando più grande i suoi bisogni stavamo aumentando. Ha iniziata a frequentare la scuola materna. Era sempre molto entusiasta di andarci. La portavo a scuola la mattina prima delle otto e la andavo a prendere a mezzogiorno.

Un giorno mi venne in mente di lavorare all'estero. Ho parlato a Noel dell'idea di lavorare all'estero. Ha accettato immediatamente e quindi ho cercato un agente che conoscesse alcune agenzie che fossero affidabili per inviare persone filippine a lavorare all'estero. Entro una settimana dopo aver compilato la lettera di domanda come collaboratrice domestica, ho ricevuto una telefonata dall'agenzia che mi diceva che qualcuno era interessato alla mia candidatura.

E il giorno successivo, ho avuto un colloquio dal datore di lavoro tramite telefonata. Il datore di lavoro era un cittadino malese ma la famiglia viveva a Singapore. Durante l'intervista, mi è stato chiesto se avessi avuto un'esperienza con un bambino o bebè appena nato. E ho detto di "sì" e lo detto che ho una figlia di due anni. E mi sono state poste altre domande relative al prendersi cura di un bebè. Mi è stato anche chiesto se ho paura dei cani e le ho detto di "no". Quindi l'intervista è andata bene.

Dopo due giorni ho ricevuto nuovamente una telefonata dall'agenzia che il datore di lavoro era interessato ad assumermi. Quindi, mi è stato consigliato di preparare tutti i documenti necessari in particolare il passaporto. Non mi aspettavo che le cose andassero così velocemente. Mi sentivo un po' nervosa perché nella mia mente era diverso, sarei stata lontano dalla mia famiglia per due anni. Era il momento in cui era già un po' riluttante per la mia decisione improvvisa. Ho pensato a Lianne. Potrei davvero allontanarmi da mia figlia? Mia madre non era molto convinta anche i miei amici e ad alcuni miei parenti quando ho informato del projecto. Ma, Noel è stato molto solidale. Quindi alla fine ho deciso che seguirò il piano.

Ho iniziato a raccogliere i documenti necessari per lavorare all'estero. Sono andata in città, presso l'ufficio statistico filippino per ottenere una copia del mio certificato di nascita. L'ufficio era pieno di gente, tutti erano impegnati a compilare il modulo di richiesta. Lianne era con me. Non si stava comportando bene quella volta forse perché faceva molto caldo. Dopo due ore, hanno chiamato il mio numero e ho ottenuto il mio certificato di nascita. Io e Lianne siamo andate al centro commerciale e abbiamo pranzato da Jollibbee (una delle famose catene alimentari delle Filippine). Ho ordinato spaghetti con pollo fritto. Era il piatto preferito da Lianne. Dopo aver mangiato, siamo andate in un parco giochi all'interno del centro commerciale. Lianne era molto felice. Ha giocato molto. Ogni giorno è pieno di gente. Quando si è stancata, siamo tornate a casa con una jeep (questo può ospitare sedici persone) e representa uno dei famosi trasporti pubblici ovunque nelle Filippine.

Sulla via del ritorno, i campi pianeggianti erano circondato da alberi e si potevano vedere diversi tipi di coltivazione agricole a destra e sinistra dei campi. Il giorno dopo, sono andata all'ufficio della polizia nazionale Filippine del nostro comune che è Dingras. L'ufficio si trova nel centro del nostro comune, a ridosso del municipio, lungo la statale e a meno di dieci minuti di triciclo da casa nostra (questo triciclo è trasporto tipico nella regione).

Quindi c'era presso una signora l'ufficio dell'accoglienza che mi ha assistito nella mia richiesta sulla mia autorizzazione della polizia. È stata gentile e ho ricevuto immediatamente il documento. Lianne era di nuovo con me quella volta. Abbiamo lasciato l'ufficio e siamo andate al mercato (più di cinque minuti a piedi dalla stazione di polizia) sulla strada per il mercato, ci sono le Church Ruins (una chiesa cattolica) questa è una delle mete turistiche della nostra provincia. Accanto alla chiesa si trova Saint Joseph Institute (una scuola privata per studenti delle scuole superiori). È chiamato San Giuseppe perché è il patrono del nostro comune, Dingras. Sul retro della chiesa, si trova il mercato pubblico di Dingras, è un edificio due piani. Il piano terreno è dove si possono trovare generi alimentari e al primo piano è possibile trovare il reparto della carne, pesce e delle verdure.

Era pieno di gente all'interno del mercato. Era rumoroso perché i venditori chiamavano i clienti per acquistare da loro. Ho comprato della carne di maiale e delle verdure. E poi siamo tornati a casa.

Il giorno successivo, sono andata di nuovo in città per fare domande e ho chiesto un'autorizzazione all'ufficio investigativo nazionale (National Bureau of Investigation) preso l'ufficio del NBI. È stato facile arrivare così sono andata a casa immediamente. Il giorno dopo, sono andata a richiedere il passaporto. Sono andata all'ufficio del dipartimento degli affari esteri (Department of Foreign Affairs). Questa volta, Lianne non è venuta con me perché l'ufficio era più rigido.

Quindi, dopo aver fornito loro i documenti necessari per il passaporto, sono tornata a casa e ho aspettato un mese per ricevere il mio passaporto. E poi l'agenzia di collocamento mi ha chiesto una fotocopia del passaporto e hanno iniziato a preparare la pratica del mio visto per andare a Singapore.

Da quel giorno, mi sono sentita così triste ogni giorno che mi sono svegliata la mattina mentre stavo guardando Lianne. È stato molto difficile per me pensare che da quel momento sarei volata a Singapore. Mentre aspettavo il mio visto, la routine quotidiana continuava. Fino a quando un giorno, l'agenzia mi ha chiamato e mi ha detto che il mio visto era approvato e che potevo lasciare il Paese in qualsiasi momento.

Così, Noel ha trovato un modo per prendere un prestito di denaro per le spese di agenzia di viaggio. Erano ventimila pesos (P 20.000), circa 400 euro. Quando abbiamo avuto i soldi, ho pagato l'agenzia e nel giro di una settimana avevo già il mio biglietto per Singapore.

Non potevo immaginare quanto fossi triste. Sensazione mista di tristezza ed eccitazione. Ero triste perché dovevo lasciare la mia famiglia soprattutto quando stavo guardando Lianne. Era ancora molto piccola. Aveva due anni e mezzo quella volta. E potrei dire che ero un po' emozionata quando sapevo di poter già lavorare all'estero perché potevo già sostenere la mia famiglia in termini finanziari. Volevo dare quasi tutto a Lianne. Stavo pensando di poter fornire tutto di cui ha bisogno.

Quindi il tempo è passato così velocemente ed è arrivato il giorno in cui dovevo davvero andarmene. Ho lasciato la nostra casa mattina presto, verso le quatro. Non sapevo perché ma era la prima volta che Lianne faceva un sogno. Piangeva molto forte e gridava che "Mama, non andare via, non partire". Non riuscivo a immaginare quanto fosse pesante la mia sensazione quella volta. Non voglio che mia madre e Noel vedano la mia emozione, ma l'hanno comunque notato.

Così era ancora buio quando ho lasciato la casa. Dovevo andare in città e lì ho preso un autobus per Manila. Mentre andavo in città, non riuscivo a trattenere le lacrime. Le lacrime continuavano a cadermi sul viso. Avevo davvero un cuore molto molto pesante.

Tutti i passageri della jeep mi guardavano. Ma non mi importava. Quando ho raggiunto la stazione degli autobus diretti a Manila, il sole era giù sorto. Erano molti passeggeri in attesa dei loro autobus designati per le loro destinazione. Ho aspettato più di un'ora per l'autobus diretto a Manila. Ci sono volute meno di dodici ore per arrivare lì. L'autobus si è fermato tre volte mentre andavamo durante il percorso. Ogni fermata dovevo scendere e avevo qualcosa da mangiare.

Ogni tanto non riuscivo a trattenere le lacrime perché pensavo a Lianne. Mi mancava così tanto. Potevo vedere una fattoria molto ampia sulla strada. A sinistra e a destra della strada ci sono alberi molto grandi, molto ombrosi. Potresti vedere alcuni contadini che mangiano sotto gli alberi. C'erano parti della strada da cui potevo vedere l'oceano, molto molto larghe. Alcuni parti del l'ceano erano molto agitate e altre più calme.

Così abbiamo raggiunto Manila verso le otto di sera. Qualcuno dell'agenzia è venuto a prendermi alla stazione degli autobus. Da lì, abbiamo preso un taxi e siamo andati direttamente in agenzia. C'erano anche altre persone che stavano per lasciare il Paese. In una piccola stanza, abbiamo dormito tutte insieme. Ho dormito poco quella notte perché era caldo, senza aria condizionata. Ma il motivo principale era che mi mancava mia figlia. Ci siamo svegliate presto il giorno dopo perché era il giorno in cui dovevamo lasciare il Paese. Uno degli agenti ci ha detto alcune informazioni sulla nostra partenza. Solo quella volta ho saputo che saremmo andate a Singapore con un visto turistico. Non ho detto una parola ma in mente stavo pensando che non erano molto onesti con noi.

Quindi quando ero all'aeroporto, l'agente ha consigliato a me e all'altro il mio compagno di fare la fila in cui, una signora dell'immigrazione stava assistendo persone come me (la prima volta sono andata all'estero). Quindi, ho fatto come mi è stato detto.

L'aeroporto era pieno di gente. Tutti erano impegnati. Alcune persone avevano fretta di prendere i loro voli. Poi sono stata chiamata dalla signora dell'immigrazione, ero un po' nervosa perché era la prima volta, ma è andato tutto bene.

Non mi sono state poste domande come mi aspettavo. Tutto è andato liscio. E più tardi, ho appreso che la signora dell'immigrazione è stata pagata dall'agenzia per non avere problemi a lasciare il Paese. Chiamiamo questo tipo di lavoro un tipo di aggiustamento illegale. Dopo il controllo dell'immigrazione, ho aspettato i miei compagni e sono andata in alcuni negozi all'interno dell'aeroporto a cercare del cibo.

Ero affamata. Ho comprato un panino e una lattina di coca-cola poi abbiamo cercato un posto dove sederci mentre aspettavamo l'ora del nostro volo. Abbiamo visto un gruppo di donne e ci siamo unite a loro. E poi è arrivato il momento in cui dobbiamo andarcene. Ci imbarchiamo sull'aereo e non riuscivo a spiegare la mia sensazione quella volta. Era la prima volta che salivo su un aereo. Non ho potuto trattenere le lacrime di nuovo quella volta perché mi mancava la mia famiglia soprattutto mia figlia. L'aereo era pieno di passageri. Le due hostess sono state molto gentili. Ogni tanto venivano e ci chiedevamo se avessimo bisogno di qualcosa. Dopo tre ore di volo, si vedeva già la terra di Singapore. Sì, mi sono detta non tornare più indietro. Sono già qui. E qualche minuto dopo, l'aereo era già a terra. Abbiamo sentito il capitano dell'aereo che ci ha detto che abbiamo già raggiunto Singapore. E ci ha augurato di passare dei momenti meravigliosi ed esplorando la città.

Così avevamo raggiunto la nostra destinazione finale. Abbiamo preso i nostri bagagli a mano e abbiamo seguito gli altri passageri fuori dall'aereo. Anche l'aeroporto di Singapore era pieno di gente. Sono rimasta stupita da quanto sia bello. Sì, è molto molto bello. Poi, abbiamo raggiunto l'ufficio immigrazione. Siamo stati fortunate insieme alle mie compagne che non abbiamo avuto nessun problema. Quindi è stato facile per noi uscire dall'aeroporto.

Abbiamo seguito la segnaletica fino all'area di arrivo e abbiamo visto un uomo con in mano un cartello di cartone con scritto il nostro nome. Era il dipendente dell'agenzia di Singapore. Così, siamo salite sull'auto e ci siamo recate direttamente all'ufficio dell'agenzia. Durante il nostro viaggio, i miei occhi erano occupati a guardare destra e a sinistra del posto. Singapore era davvero bellissima. Ho visto grattacieli, strade molto pulite e molti alberi e splendidi giardini.

Ho visto persone impegnate e camminare per le strade, macchine e autobus. E poi dopo, probabilmente più di mezz'ora, siamo arrivati all'ufficio dell'agenzia. C'erano anche altre collaboratrici domestiche in ufficio. Alcuni erano thailandesi, altri malesi, altre e c'erano anche filippine. Alcune di loro sono stati prese dai loro datori di lavoro.

La maggior parte dei datori di lavoro erano cinese e alcuni è americani. Gli uffici dell'agenzia si trovavano in uno dei centri commerciali della città. Il nome del centro commerciale è Tanglin Mall. La gente era impegnata dentro e fuori dai negozi. Poi venne la notte, io e gli altri miei compagni ci siamo trasferiti in un piccolo appartamento aveva due stanze e un bagno. Eravamo in dieci che dormivano nell'appartamento. C'erano quattro malesi e noi eravamo sei filippine.

Le malesi avevano difficoltà a parlare inglese. Quindi non abbiamo parlato con loro. Così, la notte passò e venne il giorno. Ci siamo svegliati presto perché c'era solo un bagno. Verso le otto di mattino, qualcuno è venuto a prenderci e ci ha portato in agenzia. Quando siamo arrivati lì, ci è stato permesso di acquistare la nostra colazione nel vicino negozio di ristorante. Ho ordinato riso cantonese ed era davvero squisito.

Dopo aver mangiato, siamo tornati subito in ufficio. Ci è stato chiesto di pulire il posto. Quindi abbiamo fatto come avevamo detto. Verso le dieci del mattino, alcuni datori di lavoro erano già lì per incontrare le loro future collaboratrici e alcuni erano lì per chiedere informazioni. Con il passato del tempo è arrivata l'ora di pranzo e siamo tornati al vicino ristorante. La gente era già impegnata dentro e fuori dal centro commerciale. Dopo pranzo, siamo tornati subito in ufficio perché non ci era permesso di andare a giro.

C'erano due donne cinesi nell'agenzia. Una era molto gentile e l'altra era molto severa. Non ho visto i suoi sorrisi. Verso le tre del pomeriggio, fui chiamata da una delle signore dell'ufficio. Sono andata alla sua scrivania e c'era anche una filippina. Stava sorridendo e mi ha chiesto se sono Lorna. Ho detto di "sì". E lei mi ha detto che è un'amica del mio reclutatore nelle Filippine. Così parliamo un po' del mio viaggio a Singapore e poi mi ha detto che i gioielli non erano ammessi dai datori di lavoro. Ha detto che se mi vedono indossare un gioielli, lo confischeranno.

Il suo consiglio era dì consegnarle i miei gioielli, e un giorno se avrò un giorno di riposo, ci incontreremo e lei me li restituirà.

Così, le ho affidato i miei orecchini e due anelli. Uno era il mio nuziale. Ha lasciato l'ufficio con i miei gioielli. Ma avevo la mia fede nuziale perché lo ho chiesto se va bene averlo, comunque non lo indosserò, quindi, me la ha restituita.

Venne di notte e qualcuno arrivati di nuovo a prenderci all'ufficio dell'agenzia e ci portò all'appartamento. La notte passò e tornò il giorno. Verso le otto del mattino, lo stesso uomo è venuto a prenderci e ci ha riaccompagnate in agenzia. Come al solito, siamo andati al vicino ristorante e abbiamo fatto colazione. Dopodiché siamo tornati in ufficio e ci hanno chiesto di pulire il posto.

Verso le dieci, l'uomo ci ha portato all'ufficio del personale (Manpower) di Singapore. Questo era l'ufficio che trattava tutti i documenti di lavoro. L'ufficio era pieno di gente. Non riuscivo a capire una sola parola perché la maggior parte delle persone erano cinese, indiani, e del Bangladesh. Ci è stato chiesto di firmare alcune carta o documenti e poi siamo tornati di nuovo in ufficio dell'agenzia.

Il giorno seguente verso le sei di sera, quella volta eravamo all'ufficio dell'agenzia, una coppia è entrata nella stanza e qualche minuto dopo è stato chiamato il mio nome e sono andata alla scrivania. Così, la signora in ufficio mi ha presentato la coppia. Sembrava cinese ma ho appreso più tardi che erano malesi. L'uomo era magro e non così alto. È così la signora. Entrambi, portavano gli occhiali. I loro occhi erano piccoli.

L'uomo sembrava molto tranquillo e quella volta solo la moglie era quella che continuava a parlare. Mi stava facendo alcune domande sulla mia esperienza su come gestire un neonato. Non mi ha nemmeno sorriso. Il suo viso era molto severo. Mi sentivo nervosa perché, da quel momento, sapevo già che con lei avrei passato un periodo difficile.

Così dopo la interrogazione mi hanno chiesto il passaporto. La mia futura datrice di lavoro sarà lei a tenere il mio passaporto. E poi abbiamo firmato il contratto di lavoro. Il contratto era di due anni, con uno stipendio mensile di trecentoventi dollari di Singapore. E non avrei avuto alcun giorno di riposo. Ero molto triste ma non ho detto una sola parola. Avevo paura perché era la prima volta all'estero. La signora in ufficio mi ha detto di prendere il mio bagaglio e andare con la coppia. Quindi ho fatto come mi è stato detto. Ho visto mio datore di lavoro parlare con la signora in ufficio. Anche se poteva sentirli, non capivo una sola parola perché parlavano in cinese. Dopo qualcuno minuto, siamo andati dove hanno parcheggiato la macchina. Il marito mi ha aiutato a mettere il bagaglio sul retro dell'auto e poi siamo andati dritti a casa loro.

Sulla nostra strada, ho potuto vedere molti edifici a sinistra e a destra della strada. Anche molte macchine. La bellezza del posto era diversa di notte per via delle luci. I miei occhi erano occupati ad amirare la città. Ho dimenticato le mie preoccupazioni per un po'.

Tutti noi eravamo tranquilli durante il viaggio. Non ero sicura di quanti minuti avremmo viaggiato dall'ufficio dell'agenzia a casa loro finché il marito non ha fermato l'auto, e la moglie ha detto che eravamo arrivati.

I miei occhi guardavano intorno prima di scendere dalla macchina. Ovunque c'erano grattacieli. L'uomo ha preso mio bagaglio dal retro dell'auto e me lo ha dato. La moglie è andata prima, e io la ho seguito fino a quando non abbiamo raggiunto un edificio. Probabilmente a tre minuti dal parcheggio.

Abbiamo preso un vialeto per il loro appartamento ed era al quinto piano. Quando la signora ha aperto la porta, c'era una coppia di anziani e un bambino. Il mio datore di lavoro me li ha presentati.

Erano i suoi genitori e il bambino era il loro figlio. Il bambino aveva due mesi. La vecchia era molto sorridente. Era solo che non sapevano parlare inglese.

L'appartamento era piccolo con due stanzette, un minuscolo soggiorno (quanto basta per contenere un divano a tre posti e un piccolo televisione). Anche la loro cucina era piccola. Quanto basta per contenere un piccolo tavolo da pranzo con quatro sedie. Accanto al tavolo c'era un piccolo lavello da cucina e un fornello a gas. Il bagno e il bagno con doccia erano inclusi anche nella zona cucina insieme alla lavatrice.

Avevano anche un cane. Dopo che sono stata presentata correttamente dalla mia signora datrice di lavoro ai suoi genitori, la mia signora, mi ha mostrato la mia stanza. C'erano due armadietti. Uno era pieno di loro vestiti. Me ha indicato il mio letto di schiuma, probabili da tre a quatro pollici di spessore. E l'ho usato come letto. Ma, di giorno, ho dovuto piegarlo e tenerlo tra gli armadietti. La loro camera aveva un letto matrimoniale e un tavolino laterale. Non c'era una culla per il bambino.

Quindi dopo aver messo i bagagli in camera, mi ha chiesto di guardare il figlio e hanno cenato. Il vecchio (padre della mia signora) era quello che cucinava il cibo. Mentre loro mangiavano, io giocavo con il bambino era sul letto. Quella volta, non mi era permesso toccare il bambino. Stavo solo parlando con lui anche se non riusciva a capirmi. Non mi è stato permesso di toccare perché in seguito mi è stato detto che prima di toccare il bambino, dovevo prima fare la doccia.

Così dopo aver cenato, sono stato chiamata in cucina e mi hanno detto di mangiare. Il cibo era pesce al vapore, alcune verdure saltate e riso. La mia datrice di lavoro mi ha detto di usare le bacchette, ero troppo lenta nel mangiare e mi è stato detto la prossima volta, dovevo farlo più velocemente.

Dopo aver mangiato, ho lavato i piatti, e pulito la cucina e mi hanno detto di farmi una doccia. Quindi ho fatto come mi è stato detto. Dopodiché di andare a dormire. Così mi sono stesa il mio letto sul pavimento. Ho preso il mio cuscino e mi sono sentita un po' sollevata dopo una giornata molto lunga. Mi sono sdraiata e ho detto una piccola preghiera. Mi sono ricordata della mia famiglia nelle Filippine. Mi mancavano così tanto. Mi sono detta che farò tutto per loro. Non ho controllato a che ora sono andata a letto ma quando mi sono svegliata, fuori dalla mia stanza era già molto luminoso. Mi sono alzata molto velocemente. Il padre della mia signora non era più in casa anche il marito. Ho visto lei e sua madre ancora sul letto e in mezzo a loro, il bambino. Potevo vederli perché le stanze non avevano porte.

Camminavo silenziosamente, e andai in bagno e mi lavai la faccia. Il cane era sotto il lavello della cucina. Mi ha solo guardato e non ha abbaiato, ho preso la scopa e la paletta e ho iniziato a pulire la cucina e poi il soggiorno. Ho spolverato anche le piccole figurine e le finestre. Mi sono mossa molto piano perché non volevo disturbare loro.

Avevo fame ma non sapevo cosa mangiare. Non mi sono state date istruzioni la sera prima. Non ero nemmeno sicura di quale prodotto dovevo usare per la pulizia, ma ho appena guardato le foto o l'etichette sui prodotti che ho trovato sotto il lavello della cucina.

Poiché la casa era piccola, ho pulito la casa velocemente. Dopo aver pulito, sono tornata in camera perché stavano ancora dormendo. Mi sono semplicemente accovacciata sul pavimento perché non c'era una sedia. Alcuni minuti dopo, ho sentito il suono delle chiavi e qualcuno stava aprendo la porta principale. Mi sono alzata e ho guardato chi era quello, ed era il padre della mia signora.

Ha un sacchetto di plastica in mano con qualcosa. L'ho salutato e mi ricambiato il sorriso. Ha detto una parola che non ho capita. Era sicuramente in lingua cinese e probabilmente anche lui ha detto buongiorno.

Andò dritto in cucina e mise il sacchetto di plastica sopra la tavola della cucina e chiamò la figlia e moglie perché si alzassero, continuò a chiamarle non so quante volte finché le due non si alzavano dal letto.

Il viso della mia signora era molto serio. L'ho salutata ma non ha risposto. Ho salutato anche sua madre e lei a ricambiato il sorriso. Entrambe andarono in cucina. Non sapevo cosa fare quella volta ero nervosa, spaventata e molto triste. Mi sono sentita indesiderata. Stavo trattenendo le lacrime che mi cadevano sul viso. Quella era la prima volta che qualcuno mi trattava così male.

Quella volta, mi sono detta che il mio datore di lavoro non era molto gentile perché mi sono sentita un po' spaventata. Sono rimasto fuori dalla porta della mia camera e ho visto che il sacchetto di plastica portato dal padre della mia signora conteneva cibo. Era spaghettini e uova fritte. Si trattava di tre contenitori usa a getta.

Ho visto mia datrice di lavoro aprire l'armadietto in cucina e ha presa una miscela dei caffè. Ogni tanto guardavo il bambino da fuori la porta. Era ancora in un sonno profondo. Dopo aver fatto colazione, mia signora mi ha chiamata e mi ha detto di fare colazione.

Nel profondo del mio cuore ero felice perché avevo davvero fame. Non ho bevuto caffè perché sono timida, non mi è stato permesso, quindi ho bevuto acqua. Dopo aver mangiato, ho pulito il tavolo della cucina. Mia datrice di lavoro e suoi genitori erano nella loro camera. Il bambino era già sveglio. Sono andata da lei e ho visto da fuori della loro porta che stava allattando il bambino con latte artificiale.

Dopo aver dato da mangiare al bambino, mi ha dato le bottiglie del latte e mi ha detto di lavarlo solo con acqua e mi ha ordinato di sterilizzare almeno trenta minuti in acqua bollente ma a fuoco molto lento. Quindi ho fatto come mi è stato detto.

Mentre io sterilizzavo i biberon del latte, loro tre e la mia signora che portava il bambino sono andati in soggiorno e poi all'improvviso mi ha chiamato. Sono andata subito e mi hanno detto di prendere un foglio e una penna dal cassetto del comodino nella loro stanza. Quando l'ho preso, mi ha detto di scrivere quello che stava per dire. Così mi ha detto la routine quotidiana che devo fare o dovrei dire, le mie descrizioni del lavoro.

Riesco ancora a ricordare perfettamente la descrizione del lavoro numero uno. Al mattino, devo svegliarmi prima del bambino, il secondo era controllare se ci sono escrementi del cane eventualmente di pulire. Il terzo era fare colazione. Avrei potuto prendere un caffè e un biscotto o un panino o qualunque cosa trovarsi nell'armadio della cucina. Il quattro era che la casa doveva essere pulita.

E dopo aver pulito la casa, dovrei farmi subito una doccia. Oltre a quelli sopra menzionati, la signora mi ha dato altri ordini… il cane doveva essere lavato una volta alla settimana e fare il bucato due volte alla settimana e pulire le finestre ogni sabato.

Il bambino si chiamava Steve. Doveva fare la doccia ogni sera e doveva essere nutrito ogni quattro ore. Di notte, è mia responsabilità svegliarmi ogni tanto per controllare se il pannolino del bambino e pieno di pipì o meno. E sono responsabile di preparare il latte artificiale del bambino e dargli da mangiare. E a parte queste istruzioni, mi è stato detto che se i suoi genitori non erano nei paraggi, non mi è permesso aprire la porta principale che doveva essere sempre chiusa con due mandate. Non mi è permesso rispondere alle telefonate o usare il telefono senza il suo permesso, tranne in caso di emergenza. Per pranzo, avrei cucinato spaghetti istantanei, ma solo se Steve dorme.

Non posso lavare i miei vestiti con i loro vestiti e i vestiti del bambino devono essere lavati separatamente. Mi ha detto anche il suo numero di telefono e il numero del marito, nel caso avessi bisogno di contattarli per quanto riguarda loro figlio. E l'ultima istruzione che mi ha detto di scrivere tutto quello che faccio dalla mattina quando mi sveglio fino a quando vado a dormire la notte.

Dopo che mi ha dato tutte le istruzioni, ho scritto subito cosa avevo fatto quel giorno tranne controllare il pannolino del bambino di notte perché la madre era ancora con loro. Ma di giorno, ero io a controllare. Come i momenti di alimentazione e il cambio del pannolino.

I genitori rimasero a Singapore per due settimane. Ogni giorno, entrambi i miei datori di lavoro andavano a lavorare. Non ero sicura di quale facessero perché non me l'hanno mai detto. Comunque durante quelle due settimane di permanenza dei genitori a Singapore, ero felice perché avevo mangiato bene. Il padre cucinava cibo per pranzo e cena. Il vecchio era un uomo felice. Sorrideva sempre. La vecchia signora a volte sembrava arrabbiata. Ma la figlia era la peggiore.

Fino al giorno in cui dovettero lasciare Singapore. Da quel giorno inizia il calvario della mia vita. Quindi la notte in cui hanno lasciata la casa, ero l'unica incaricata di quasi tutto... la casa, il cane, e il bambino. Di notte, ogni tanto dovevo svegliarmi per dare da mangiare al bambino e controllare il suo pannolino. Ero stanca e non dormivo abbastanza.

Durante il giorno in cui la coppia usciva di casa per lavoro, mi sono sentita un po' sollevata perché la presenza della mia signora era per me un grande incubo. Era sempre arrabbiata. Quindi ogni volta che uscivano di casa mi ricordava sempre le cose che dovevo fare anche se mi era già stato detto di scrivere tutti i miei compiti prima.

Ho giocato con il bambino quasi tutto il giorno. Era molto difficile farlo addormentare. C'erano volte in cui pranzavo molto tardi nel pomeriggio perché non mi era permesso fare nulla se il bambino era sveglio. Dovevo pulire la casa e gli altri miei compiti solo se lui dormiva. Mi precipitavo a mangiare e a pulire la casa. La mia datrice di lavoro mi chiamava al telefono due o tre volte al giorno per controllarci. Di solito chiedeva qual è stata l'ultima volta che ho dato da mangiare a suo figlio e a che ora ho cambiato il pannolino. Inoltre chiedeva sempre a che ora andava a dormire il figlio e a che ora si svegliasse.

Quindi tutto quello che è successo durante il periodo in cui erano fuori casa l'ho dovuto scrivere. È arrivata prima del marito nel pomeriggio dal lavoro. L'ho salutata ogni volta che è arrivata ma non ho mai avuto una risposta nemmeno un sorriso. Il suo viso era davvero molto serio. Andava sempre dritta in bagno per lavarsi le mani prima di prendere suo figlio. Raramente cenavano in casa. Andavano sempre al ristorante vicino. Prima che uscissero, la mia signora mi ha dato dei soldi e mi ha chiesto di andare al negozio di alimentari vicino a comprare il mio cibo. Mi diceva sempre di fare in fretta e non mi era permesso parlare con nessuno. Aveva sempre impostato il cronometro ogni volta che uscivo.

E quando era tornata dal lavoro, non mi era permesso sedermi. Ero sempre in piedi vicino alla porta della mia camera. Non mi ero permesso sedermi sul divano. Era proibito. Mi è stato permesso di sedermi sulla sedia della cucina solo se avessi mangiato.

Ogni giorno la routine era così. Di notte, mentre ero sul mio materasso a terra, c'erano delle volte in cui piangevo. La mia situazione all'estero era molto difficile. Mi è sempre mancata la mia famiglia. Non avevo modo di comunicare con loro. Solo se i miei datori di lavoro mi dicevano che potevo fare una chiamata. Una volta al mese che parlavo con mio marito, stavo trattenendo le lacrime. Non gli ho detto niente sulla mia situazione. Gli ho sempre detto che stavo benissimo e che i miei datori di lavoro mi trattavano molto bene. Ma c'erano volte in cui non potevo trattenere le lacrime se stavo parlando con Lianne. Era così loquace che faceva molte domande. Il mio cuore era davvero molto pesante.

Quando Steve ha fatto un controllo medico, sono dovuta andare con loro. Era anche mio dovere preparare la borsa del bambino. Ho dovuto mettere dentro l'acqua, latte in polvere, ciuccio, biberon, pannolini e alcuni vestiti.

Venne in giorno in cui avevo raggiunto un mese di lavoro con loro. Ero così felice quando la signora Kim mi ha detto di firmare il documento riguardante il mio stipendio. Ma la mia felicità andò in fumo subito così in fretta perché non mi era permesso di trattenere il denaro. Il mio stipendio era di trecentoventi dollari di Singapore e trecento andarono all'agenzia e solo venti dollari rimasero per me, ma la signora Kim non mi permetteva di tenerli con me. Ha detto che potrò riavere quando tornerò nelle Filippine. Quindi, la situazione era molto triste per me.

Ma non ho detto una parola. Non ho potuto fare nulla. Una notte, la signora mi ha chiamato nella loro stanza e ho fatto quello che mi è stato detto. Mi ha detto di prendere dei vestiti di Steve dal cassetto. Non ricordo quante paia fossero ma la paia di vestiti erano un po' tante. Non ho avuto il coraggio di chiedere perché stavo preparando un bagaglio. Ho fatto quello che mi è stato detto. Dopo aver preparato il bagaglio di Steve, mi ha detto di mettere in valigia anche tutte le biberon, il latte artificiale, e lo sterilizzatore per biberon.

E poi mi ha detto di preparare anche il mio vestiario per una settimana. Quello fu solo il momento in cui mi venne in mente che stavano andando da qualche altra parte. Il giorno dopo, ho svolto la mia routine quotidiana come al solito. E poi quando si sono svegliati hanno bevuto il caffè e mi hanno detto di farlo in fretta perché dovevo partire.

Ma prima che uscissimo di casa, il marito della mia signora è uscito con il cane, probabilmente ha portato il cane in un canile. Ancora non avevo chiesto dove andassimo. Quindi siamo usciti di casa probabilmente verso le nove del mattino. Abbiamo preso l'ascensore, siamo scesi nel seminterrato dell'edificio e siamo andate direttamente al parcheggio.

Quindi, quando eravamo in macchina, io e Steve ci siamo seduti sul sedile posteriore. Tutti erano silenzioso tranne la radio dell'auto. Sulla nostra strada, ovunque c'erano grattacieli. I miei occhi erano occupati a guardarmi intorno.

Ho sentito che era come l'atmosfera di una provincia. Ma poiché era la prima volta che vedevo il posto, ero ancora stupita. Quindi, abbiamo pranzato e il mio capo ha ordinato un riso al pollo con salsa di peperoncino e salsa di soia da parte. Entrambi di miei datori di lavoro hanno ordinato una specie di zuppa di noodles con pollo misto e verdura.

Dopo aver mangiato, siamo tornati di nuovo in macchina e abbiamo continuato a viaggiare. Poi, all'improvviso, mia signora ruppe il silenzio. Mi ha detto che stavamo andando in Malesia... a casa dei suoi genitori.

Mentre ci allontanavamo da Singapore, c'erano lunghi ponti che attraversavamo. C'erano anche spazi aperti da cui vedevo spiagge, pianure con alcune piante che non conoscevo.

Avvicinandosi alla città della Malesia, le strutture delle case cambiavano (quasi tutte in stile bungalow), case singole a un solo piano. Poi lentamente, ho visto alcune persone che indossavano un vestito lungo, un sarong.

Steve stava bene durante il viaggio. Piangeva ma si fermava subito se io gli mettevo il ciuccio in bocca. E poi abbiamo raggiunto una città. La signora Kim mi ha detto che il posto era la città natale di suo marito. Abbiamo continuato il viaggio, poi non ero sicura dopo quante ore o minuti, eravamo arrivati a casa dei suoi genitori. Il quartiere era tranquillo. La casa era circondata da recinzione e aveva tre stanze senza porte ma con tende. Il bagno e il gabinetto erano fuori della casa. Era separato.

Erano tutti felice. Le loro voci erano così forti ma non capivo nessuna singola parola. Anche se ero stanca del viaggio, ho dovuto pulire la cucina e il bagno perché molto disordinata. Dopo aver pulito, la signora Kim mi ha detto di aiutare il suo padre a preparare la cena. L'uomo anziano mi stava parlando ma io non capivo una parola. Quindi comunicava a gesti. Così dopo che il vecchio aveva cucinato il cibo, mangiavano subito.

Mi sono presa cura del bambino mentre mangiavano. Dopo aver mangiato, la mia datrice di lavoro mi ha chiamato per cenare e mi ha fatto alcune istruzioni e mi ha detto che dovevo fare quello che stavo facendo a Singapore. Quindi ho fatto quello che mi ha detto.

Ho visto i suoi genitori dormivano in soggiorno. Il padre dormiva sul divano e la madre per terra con un materasso. Il giorno dopo, mi sono svegliata presto e, come solito, ho pulito dentro e fuori casa. Dopo aver pulito, sono andata in cucina e ho trovato un caffè mescolato tre in uno e qualche biscotto.

Poi è arrivato il momento di preparare il pranzo. Come al solito ho aiutato il vecchio signore a preparare il cibo e lui ha cucinato. Dopo pranzo, la signora Kim mi ha detto di preparare la borsa di Steve. Siamo andati a casa dei suoi parenti. Anche sua madre è venuta con noi. Ogni volta che andavamo da qualche altra parte, non mi diceva mai dove andavamo. Quindi non ero mai vestita adeguatamente. Sembravo davvero una schiava.

Non mi ricordavo quanto fosse lontana da casa loro ma non molto lontano. Sembravano entrambi dell'età di signora Kim. Mentre stavano parlando, la madre di mia signora mi ha chiesto di andare con lei. Così, uscivamo insieme e le strade erano affolate. Le strade erano molti mercanti che vendevano vestiti, frutta verdura e molte altre.

I miei occhi erano occupati a guardarmi intorno finché abbiamo raggiunto un posto che ero subito sicura che fosse un parrucchiere. La vecchia signora è entrata e io l'ho seguita. Ha parlato con la signora che ci ha accolto e mi ha detto di sedermi davanti allo specchio. E quella è stata l'unica volta che ho capito che intendevano tagliarmi i capelli. Non ho resistito perché non sapevo cosa dire. Cosi la parrucchiera ha cominciato a tagliarmi i capelli e continuato fino corto. Ma quando ho scoperto che erano cortissimi, la mia acconciatura sembrava quella di un ragazzo.

Il mio cuore era addolorato. Avrei voluto piangere quella volta, mi sono trattenuta. Ero molto triste. Dopo che la vecchia signora ha pagato l'importo del mio taglio di capelli, tutto in silenzio, senza dirmi una parola, siamo andati in un negozio di verdure. Ha comprato qualcosa che non era familiare. E poi siamo tornati a casa. Quando siamo entrati nel soggiorno, tutti mi hanno guardato e signora Kim ha sorriso e ha detto "molto bene".

Sua madre ha dato la verdura che abbiamo comprato a una delle signore e andata in cucina e dopo qualche minuto, ho sentito buon odore. Nessuno mi ha detto di sedermi, quindi mi sono alzata in piedi fino a quando qualcuno ci ha chiamato in cucina. Una delle signore preparava della zuppa di noodles. Veniva mescolato con il filetto di pollo a listarelle e la verdura che la madre di signora Kim aveva comprato al mercato. Quella volta mi sono seduta e ho mangiato con loro. La zuppa di noodles era buona. Il sapore era un po' aspro.

Era la prima volta che provavo la ricetta. Poi probabilmente dopo un'ora, dopo aver mangiato, siamo tornati a casa. Era già buio la sera quando raggiungemmo la casa. Il padre di signora Kim stava cucinando quando siamo entrati a casa.

Il giorno dopo che mi avevano tagliato i capelli, siamo tornati a Singapore. Abbiamo lasciato la Malesia la mattina presto. E mi sono sentito un po' sollevata perché avevo meno persone di cui occuparmi. Abbiamo pranzato in un ristorante e ho lavato il biberon. Poi abbiamo continuato il nostro viaggio. Non sapevo quante ore ci volessero per arrivare a Singapore, quando l'auto si è fermata e la signora Kim mi ha chiesto se avevo bisogno usare il bagno. Ho detto di "no", così mi ha chiesto di darle il biberon che usava suo figlio. Quindi gliel'ho dato. Quando sono tornati in macchina. Ho visto da dentro, che la sua faccia sembrava arrabbiata. Quando ha aperto la portiera della macchina, era così arrabbiata che quasi mi getta il biberon in faccia.

Era arrabbiata perché diceva che era così sporco. Mi sentivo molto nervosa ed ero così spaventata. Suo marito era tranquillo. Non ha detto una sola parola. Abbiamo continuato il nostro viaggio fino a raggiungere il parcheggio vicino alla casa a Singapore. La signora Kim [è uscita] per prima dalla macchina. Non sapevo dove fosse andata. Ero spaventata ma non ero calma. Ero nervosa e avevo paura.

Mentre la aspettavamo, il marito mi ha parlato e mi ha detto con voce bassa e pacata. "Lorna, la prossima volta, per favore fai le cose per bene perché tutto vada bene." Gli ho risposto "sì signore e mi dispiace", un attimo dopo tornò la signora Kim. Il suo viso era ancora serio e sembrava arrabbiata. Lei ha preso il bambino e io e suo marito abbiamo preso i bagagli. La signora Kim ha premuto il pulsante dell'ascensore e quando la porta è aperta, non ho visto cosa è successo ma ha lasciato cadere il mazzo delle chiavi di casa. Tutto è caduto nel vano dell'ascensore.

Le chiavi non sono state più recuperate. Si è arrabbiata di più. Volevamo comunque entrare in casa e il marito ha rotto una delle finestre in modo che potessimo entrare. Fu complicato ma, alla fine, il marito è riuscito ad aprire la porta.

Così, siamo entrati in casa e dopo che il marito ha lasciato i bagagli è uscito di nuovo. La signora Kim era tranquilla ma sapevo che era molto arrabbiata. Ho sistemato le cose di Steve e poi ho pulito la casa. Qualche minuto dopo, il marito è tornato con il cane. Come al solito sono andata a comprare il mio cibo al negozio di alimentari più vicino ed entrambi sono usciti e hanno cenato in un ristorante.

La notte è venuta e mi sono sentito un po' sollevata. Sono andata nella mia stanza, ho stesso il materasso sul pavimento. Ho preso il cucino e mi sono sdraiata (laid) sul letto. Ho pregato e poi ho ricordato la mia vita nelle Filippine.

Siamo stati fortunati se abbiamo potuto mangiare carne una volta al mese. La vita era davvero dura. I soldi non erano facili. Mi ricordavo che mio padre andava alla fattoria tutti i giorni e si svegliava presto alle quattro e tornava a casa a tarda notte. Durante i fine settimana, io e miei fratelli, siamo stati costretti ad aiutarli. Ho fatto la esperienza di guidare il carabao nei campi.

Mio padre ha cercato di coltivare diversi tipi di verdure come pomodori, fagioli, aglio, cipolle, zucche, mais, arachidi, etc. e altri prodotti commerciabili come tabacco e cotone. Questo l'ultimo è quello che ho odiato di più. Per me, c'era più lavoro tra tutti. Non ho visto come mio padre piantasse il cotone, ma quando è arrivato il momento del raccolto, io e i miei fratelli siamo stati costretti ad aiutare a raccoglierlo.

Ero sempre la prima ad arrivare al campo la mattina verso alle sei, perché era bello lavorare quando il sole non ero ancora sorto. Il cotone cresceva come una pianta da fiore. C'erano molti rami con fiori. Alcuni erano aperti e alcuni erano chiusi, ci è stato permesso solo di raccogliere i fiori aperti, è stato così bello. Il cotone era così morbido. Ma mentre il sole si levava lentamente, se guardavo indietro da dove ero partita, c'erano molti fiori che si aprivano di nuovo e se arrivavo alla fine del filare, dovevo tornare da dove ero partita. Ero così infastidita ci potevamo fermare solo quando non c'era più cotone da raccogliere. Tutto il raccolto era versato in grandi sacchi. E mia madre andava poi dai mercanti che compravano cotoni e fece loro sapere che il nostro cotone era pronto. Quindi qualcuno sarebbe venuto a controllare il cotone e l'avrebbe raccolto quando si fossero trovati d'accordo sul prezzo.

Il prodotto si vendeva al chilo. Anche il tabacco aveva bisogno di molto lavoro. Solo quelle foglie maturate dovevano essere raccolte per le altre se doveva aspettare. Poi si dovevano allinerare le foglie di tabacco su un bastone che poi sarebbe stato inserito con tutti l'altri bastone in un grande forno. E anche affumicare, seccare le foglie. In questo il prodotto era venduto al chilo.

Anche i pomodori sono stati raccolti completamente maturi. Abbiamo dovuto lavorare per molti giorni anche fino a quando tutti erano maturi. Li avremmo venduti ai produttori di salsa di pomodoro. Il mais è stato il più facile per me.

Ho ricordato quei giorni. È stato molto divertente perché quando i nostri amici hanno visto che il nostro mais era pronto, sono venuti tutti ad aiutarci. Abbiamo dovuto separare il mais dalla pannocchia. Non c'erano ancora machine per trebbiare i chicchi. Quindi, con l'aiuto dei nostri amici, abbiamo usato uno istrumento per separare i chicchi dalla pannocchia. Era un pezzo di legno con un grosso chiodo attaccato. Abbiamo dovuto spingere quello istrumento sulla pannocchia per staccare i chicchi dalla pannocchia.

Non era completamente staccato, quindi abbiamo dovuto usare le mani per togliere tutti i chicchi dalla pannocchia. Alla fine, mia madre ha misurato quanti contenitori gli amici avevano raccolto. E gli pagava in base a quanto lavorato. Tutti questi ricordi mi sono venuti in mente. Da ragazzina mi lamentavo di quanto fosse difficile la vita.

Ma rispetto a quello che ho vissuto lavorando con la famiglia cinese, mi è venuto in mente che la vita era più che facile insieme alla mia famiglia che lavorava sul campo. Ho anche ricordato i miei giorni delle elementari. All'epoca, mi svegliavo presto verso le sei del mattino e facevo la doccia prima di andare a scuola. La scuola era un po' lontana da casa nostra, circa un'ora di cammino.

Io e miei amici dovevamo andare e tornare a piedi. Le lezioni comenziavano alle otto e finivano alle undici del mattino. Poi dovevamo tornare a casa per il pranzo. E subito dopo aver pranzato, siamo dovuti tornare a scuola per le nostre lezioni pomeridiane che comenziavano all'una e finivano alle cinque. Questa era la routine tutti I giorni feriali mi sono ricordata che a volte mentre stavamo tornando a casa, abbiamo caminato sulle rive del fiume ed entravamo in acqua e nuotavamo. Certamente eravamo disobbedienti quella perché i nostri genitori ci ricordavano sempre di non farlo, ma a volte lo facevamo ancora. Mi sono ricordata che c'erano anche delle volte in cui camminavamo lungo il campo in cima all'irrigazione mentre tornavamo a casa.

C'erano molti ricordi che mi venivano in mente. Anche quando un tifone ha colpito la nostra provincia. La maggior parte delle volte quando c'era un tifone, i bambini o ragazzi erano felici perché facevamo la doccia sotto la pioggia battente e ogni volta che c'era un allagamento eravamo più che felici perché giocavamo nell'acqua e usavamo il tronco del banano come barca

Il tifone invece per i nostri genitori era causa di grande precupazione... per i loro animali quando si allagavano i campi, dovevano mettere al riparo il bestiame perché non annagasse. E tutto questo in vista di poter fare il racolto. Ecco le cose che ricordavo quando stavo per dormire. Così mi sono addormentata e ogni tanto mi sono svegliata per controllare il pannolino del bambino.

La mia situazione lavorando con la famiglia cinese non è migliorata ma è addirittura peggiorata. Un giorno, la signora Kim mi ha chiesto di preparare la borsa per Steve come al solito, non ha detto dove intendesse andare.

Siamo usciti la mattina presto con la loro macchina fino a quando siamo arrivati a un molo. Mi sono resa conto che saremo andati da qualche parte in Indonesia solo quando ho visto un cartellone con scritto "Benvenuto in Indonesia". Ci siamo imbarcati su una piccola barca e il mio viaggio è stato orribile perché stavo quasi per vomitare.

Ho avuto le vertigini. Il posto era molto caldo e asciutto. Case fatte di cemento e mattoni. L'ambiente non era bello. Abbiamo visitato alcuni templi e c'erano molti bambini di strada, sembrava che anche loro avessero delle difficoltà nella vita. Non ho ammirato molto il posto.

Non ero sicura se fosse per il mio malessere orribile, ma il posto non era davvero bello. È stato un tour di un giorno. Siamo tornati a Singapore lo stesso giorno. Poi, con il passare dei giorni la mia situazione lavorativa era la stessa. La Signora Kim non ha cambiato il modo in cui mi ha trattato.

Comunque, sono sopravvissuta ogni giorno e mi ci sono abituata. La cosa buona era che aveva ancora un po' di pieta nel cuore perché c'erano volte in cui mi permetteva di chiamare la mia famiglia. Non spesso ma mi rendeva felice. Almeno a volte avevo il tempo di parlare con la mia famiglia. Fino a quando un giorno, mi ha chiesto di nuovo di preparare i vestiti di suo figlio poi mi ha chiesti anche di mettere in valigia alcuni dei miei vestiti.

Quindi ho fatto quello che mi è stato detto. Siamo usciti la mattina presto. Poi mi sono resa conto che stavamo andando in Malesia quando ci siamo fermati nello stesso ristorante del viaggio precedente. Infatti, ci siamo fermati a casa dei suoceri. Era il primo pomeriggio.

All'inizio, non sapevo che fosse a casa dei suoceri finché suo marito non me gli ha presentati. I due anziani sono stati molto gentili. Il loro posto era una casa a due piani e costruita con materiali di legno. Anche il pavimento e le scale erano in legno. Quando siamo arrivati al secondo piano della casa, c'era un altare rivolto verso le scale.

Non ricordavo quanti idoli o statue ci fossero in cima al tavolo ma ce n'erano molti. Mi sono ricodata, alcuni erano serpenti, una statua con più braccia, un Buddha, una statua di animale che non mi erano famigliare e altri ancora. Il marito della mia Signora Kim ha detto una piccola preghiera, poi ha accesso un bastoncino di incenso e lo ha offerto all'altare. Abbiamo cenato lì ma non ricordo cosa avevamo mangiato. Quella notte rimasi nella stessa stanza con i miei datori di lavoro.

Loro dormivano sul letto, sotto una zanzariera e io e il loro figlio abbiamo dormito per terra. Siamo stati una notte lì. Il giorno dopo, mentre stavamo per uscire di casa, i due vecchi mi diedero una busta rossa. Ero riluttante ad accettare perché ero timida ma loro hanno insistito, così l'ho preso. Poi la Signora Kim mi ha detto che era la loro festa per celebrare il capodanno cinese.

Ed è loro tradizione di dare buste rosse. Per una volta, signora Kim mi ha detto che chiamavano la busta rossa *ampao*. Ero felice perché anche se era la prima volta che ricevevo una busta come quella sentivo che conteneva del denaro, sua suocera le diede anche un cesto pieno di mandarini. Anche questo faceva parte delle loro tradizioni.

Dopo che si sono salutati, abbiamo lasciato il posto e abbiamo continuato il nostro viaggio. Non sapevo dove andassimo perché, come al solito, non mi è mai stato detto. Quando ci stavamo avvicinando alla nostra destinazione, il luogo mi diventava lentamente famigliare. Poi ha capito che stavamo andando dai genitori di Signora Kim.

Era già pomeriggio quando arrivavano a destinazione. Sua madre è stata quella che è venuta ad accoglierci. Suo padre era impegnato in cucina. Ho messo i bagagli nella stanza dove stavamo prima e sono andata in cucina e ho aiutato il vecchio.

C'erano diversi tipi di verdure, c'erano carni e diversi tipi di frutti di mare. Quel giorno fu il primo giorno in cui celebrarono il capodanno cinese. A cena, c'erano molti cibi sul tavolo da pranzo. Sono stata l'ultima a mangiare. Dopo che loro ebbero finito, andarono tutti in soggiorno. Sono rimasta sola in cucina. Mentre stavo pulendo la cucina, la Signora Kim mi ha chiamato per raggiungerli in soggiorno. Così, ho interrotto quello che stavo facendo. Sono andata in soggiorno e sua madre mi ha dato un *ampao*, quella volta non ho più resistito. L'ho preso subito. Poi c'era la cognata. Mi ha anche dato una busta rossa. Ero così felice. Poi sono tornata in cucina e ho continuato quello che stavo facendo. Dopo che ho finito. Sono tornata in soggiorno e ho chiesto a Signora Kim se voleva che facessi qualcos'altro e lei ha detto che non occorreva.

Il giorno dopo, fu la prima che si alzava. Sono andata dritto fuori casa e ho spazzato. Ho notato che tutti dormivano bene. Dopo aver pulito fuori casa, sono andata in cucina e ho fatto colazione. Non potevo andare in soggiorno perché la vecchia coppia stava ancora dormendo.

Quindi dopo aver bevuto il caffè, sono tornata nella mia stanza. Poi ho sentito i miei datori di lavoro parlare dalla porta accanto ma non ho capito nulla. Più tardi, Signora Kim mi ha chiamato e mi ha chiesto di prendere il bambino. Io e Steve siamo usciti di casa (appena fuori dal cancello). Non ero sicura di quanti minuti fossimo lì, poi il padre della Signora Kim è uscito e mi ha portato via il bambino.

Sono tornata in cucina e i miei datori di lavoro e la vecchia signora erano lì e hanno preso il caffè. Così, sono andata in soggiorno e ho piegato il materassino su cui dormivano gli anziani. Poi viene l'ora di pranzo. Abbiamo mangiato, si sono riposati e siamo usciti nel primo pomeriggio. Tutti noi siamo andati in città. Le signore (ladies) hanno fatto delle spese (shopping) e i signori sono andati in un negozio di giocattoli con il bambino (figlia del fratello di Signora Kim) e io sono andata con le signore che spingevano il passegino di Steve.

Quella volta, abbiamo cenato fuori. Hanno ordinato molto cibo ma non ricordo quale fosse. Siamo tornati a casa dopo cena. La Signora Kim mi lascia riposare immediatamente. Ma come al solito, ho dovuto controllare l'ora della poppata. Il giorno dopo, ricordo che uscivamo di nuovo dopo pranzo.

Quella volta, solo la madre di Signora Kim venne con noi. Siamo andati a casa della zia della Signora Kim (sorella di sua madre). La casa era più grande della casa dei suoi genitori. I mobili erano più belli. La zia è stata molto gentile. Aveva una voce molto dolce. Quando siamo entrati in casa, non mi sono seduta immediatamente perché avevo paura che la Signora Kim non mi permettesse di sedermi ma sua zia se ne accorse e mi chiese di sedermi.

Ci ha offerto degli spuntini ma non ricordo quali. Non c'erano altre persone in casa tranne lei. Parlavano e ridevano molto... la conversazione, come sempre si svolgeva in cinese. Prima di uscire di casa, la vecchia Signora ha dato me e Steve una piccola busta rossa. E la Signora Kim e sua madre ricevettero un cesto pieno di mandarini e a loro volta offrirono un cesto di mandarini alla zia. Abbiamo lasciato il posto che stava già facendo buio. Il padre della Signora Kim aveva finito di cucinare la cena.

Il giorno dopo, siamo usciti di nuovo. Siamo andati a casa de suoi cugini. Non ero sicura di quanti cugini avesse, ma ne abbiamo visitati tre in case diverse.

E tutti mi hanno anche regalato degli *ampao* ovvero la busta rossa. La mia felicità era ancora di più. Mi sono detta "ho già abbastanza soldi da mandare alla mia famiglia." Quella notte ho aperto tutte le buste e il mio cuore era pieno di felicità. Sapevo di avere un sacco di soldi.

Il giorno dopo, mi ricordo che non uscivamo. Quella era il giorno prima che tornassimo a Singapore.

Siamo rimasti a casa e ho fatto una pulizia profonda. Ho anche lavato i vestiti dei genitori della Signora Kim. Come al solito, suo padre cucinava il cibo e io ero l'assistente. Dopo aver pranzato quel giorno, la Signora Kim mi ha chiamato e mi ha dato una busta rossa. Era in soggiorno insieme ai suoi genitori. Quella volta mi sorrideva. Non riuscivo a spiegare come mi sentissi quella volta, ma ero davvero molto felice.

Il giorno successivo, ci siamo svegliati presto e siamo tornati a Singapore. Il viaggio è andato bene. Abbiamo ragiunto la casa a Singapore nel primo pomeriggio. Quella sera con mia sorpresa la Signora Kim mi chiese tutti i soldi che avevo ricevuto come regali di capodanno.

Così, abbiamo contato i soldi che avevo ricevuto e glieli ho consegnato tutti... non ho potuto trattanere nemmeno un dollaro. Proprio come succedeva per il mio stipendio mensile. Signora Kim scriveva gli importi su un taccuino che mi ha firmato.

Quindi la situazione era come prima. La maggior parte delle volte, la Signora Kim era di cativo umore. Si arrabbiava senza motivo. Ero stressata emotivamente e fisicamente quasi ogni giorno. Ho sofferto molto e mi sono sempre detta che con un po' più di patienza, sarei finalmente riuscita a pagare la mia agenzia. Poi un giorno, arriva finalmente il mio momento più atteso. Sono sopravvisuta sei mesi lavorando sotto i miei datori di lavoro e avevo finito di pagare la mia commissione alla agenzia.

Sono rimasta sorpresa un giorno, la madre di Signora Kim è venuta a trovarci a Singapore. Durante il suo soggiorno, ero più stressata perché lei ha notato tutto quello che facevo comunque ero sopravvisuto.

Un primo pomeriggio mentre stavo pulendo il soggiorno, ho accidentalmente lasciato cadere un ombrello piegato e il manico si e rotto. Ero così nervosa perché sapevo che era un grossa problema. Quando la Signora Kim è tornata dal lavoro nel tardo pomeriggio, le ho detto subito dell'ombrello. Ho chiesto perdono.

Ma come era prevedibile, era così arrabbiata. Mi ha persino lanciato l'ombrello in faccia. Non ho trattenuto le lacrime. Ho pianto tanto. Tutto il dolore nel mio cuore che avevo soppresso durante i sei mesi scorsi tutto è uscito. Era la prima volta che mi vedevano piangere. Invece di tenere la bocca chiusa. La Signora Kim ha continuato a urlarmi contro e mi ha detto che sono stupida. Anche sua madre continuava a parlare ma io non capivo.

Poi, il marito è tornato a casa dal lavoro. Ero già calmata e così come la Signora Kim ma ero sicura che avesse raccontato quello che è successo. Il marito mi ha chiamato in soggiorno e mi ha parlato con calma. Quella volta gli ho detto che non potevo più continuare a lavorare con loro. Ho detto, che le aspettative di sua moglie nei miei confronti erano troppo alte e che non potevo soddisfarle.

Tutto questo andava oltre la mia supportazione. Quella è stata l'ora in cui gliel'ho detto, mi dispiaceva e lo pregavo di ricondurmi alla agenzia. Poi lui ha parlato a sua moglie e la signora Kim era ancora più arrabbiata. Mi ha detto che non mi darà un foglio di liberatoria da presentare per un altro possibile impiego. Ha detto che non avevo il coraggio di lavorare. Quella notte, non ho dormito bene. La mattina dopo, entrambi i miei datori di lavoro non andarono al lavoro.

Tutti erano calmi e il marito di Signora Kim mi ha chiesto se avessi cambiato idea. Ha detto, hanno bisogno di me e forse la prossima volta dovevo stare più attenta per non finire nei guai. Io invece ero molto convinta della mia decisione. Non volevo più lavorare con loro. Così, quello stesso giorno, la Signora Kim mi ha restituito tutti i miei soldi e il mio passaporto. Mi ha riportato in agenzia e hanno comprato il mio biglietto per tornare nelle Filippine.

Non ho avuto il tempo di chiamare mio marito per la mia situazione prima ti tornare a casa così in fretta.

Mi chiesero se volevo tornare a Singapore e mi avrebbero trovato un altro datore di lavoro. Non ci ho pensato due volte nonostante la mia precedente difficile esperienza con il mio datori di lavoro che sarebbe piaciuto. Ho dormito quelle notte in agenzia e il giorno seguente l'autista dell'agenzie mi ha portato in aeroporto.

Ho solo portato il mio bagaglio, quindi sono andata direttamente al banco del check-in e poi al checkpoint dell'immigrazione e dopo, sono andata a cercare la mia porta d'imbarco. Ho visto tre ragazze filippine sedute nell'area d'attesa quella volta. Sono andata e mi sono avvicinata a loro. Sono state gentili e mi hanno permesso di unirmi a loro.

Mi hanno offerto degli spuntini mentre aspettavamo l'orario d'imbarco. Ho provato pena per me stessa perché avevo proprio avuto molta sfortuna con il mio primo lavoro all'estero. Poi venne per noi il momento di salire a bordo. Erano tre ore di viaggio per arrivare a Manila. Quando abbiamo raggiunto la nostra destinazione. L'aeroporto gremito di viaggiatori. C'era anche una lunga fila nell'area di immigrazione. Sono andata a cercare un negozio dove ho comprato una scheda telefonica poi sono andata a cercare una cabina telefonica dove potevo dare una chiamata. Così, ho composto (dialed) il numero di telefono di mio marito e quando, ha ricevuto la chiamata, ho pianto subito e gli ho raccontato quello che era successo.

Era così furioso e mi ha detto perché ho aspettato sei mesi per sopportare (endure) quei maltrattamenti (maltreatment). Ho interrotto la conversazione e gli ho detto di parlare quando arrivo a casa. Così ho seguito il segnale di uscita e quando ero fuori dall'aeroporto, ho preso un taxi per la stazione degli autobus diretta alla nostra città, Laoag.

C'era un po' di traffico quella volta. Quando ho raggiunto la stazione degli autobus, era anche piena di viaggiatori e mentre aspettavo l'orario di partenza, sono andata in un negozio vicino e ho comprato una cioccolata per Lianne. Probabilmente ho aspettavo tre ore prima della partenza dell'autobus. Quello era un viaggio notturno e probabilmente ci sono volute dieci o dodici ore per raggiungere la mia casa.

Durante il viaggio, ho dormito quasi sempre. Quando sono arrivata nella città di Laoag, era mattina presto. Ho preso un triciclo per la stazione delle jeep per andare al nostro comune di Dingras. L'atmosfera era così rilassante. Durante il viaggio a casa nostra, è stato così bello vedere I campi pieni di diversi tipi di piante.

Ero così felice di vedere la mia città natale. Quando la jeep ha raggiunto l'ultima fermata nel nostro comune, ho preso un triciclo per andare a casa. Erano solo cinque minuti per arrivarci. Così il triciclo si fermò davanti alla casa di famiglia di Noel.

Quella volta lui e Lianne vivevano insieme ai suoi genitori, con la sorella minore e il fratello maggiore. Dopo aver pagato il biglietto all'autista del triciclo, sono entrata direttamente in casa perché la porta principale era aperta. Noel stava facendo colazione quella volta con i suoi genitori. Lianne stava ancora dormendo. Suo fratello era già al campo e sua sorella era ancora in camera da letto.

I miei suoceri sono rimasti sorpresi quando mi hanno vista. Non sapevano niente del perché sono tornata a casa all'improvviso. Dopo aver salutato loro, sono andata nella stanza dove stava dormendo Lianne. L'ho abbracciata molto forte e per questo si è svegliata. Ho visto nei suoi occhi che anche lei era sorpresa di vedermi.

All'inizio sembrava si chiedesse chi fossi io. Perché l'ultima volta che mi ha visto ero grassa e con i capelli lunghi. Ma quando forse ha capito che ero io, ha sorriso e mi ha abbracciato. Ero molto felice di rivederla. Era ancora piccola quella volta. Le ho dato la cioccolata che ho comprato alla stazione degli autobus di Manila e lei ha sorriso ancora di più.

Quella mattina, Noel è andato in ufficio quindi non abbiamo parlato di che cosa mi era realmente successo. Io e Lianne siamo uscite con lui e siamo saliti sul retro della sua moto. Ci portò a casa dei miei genitori prima di andare al lavoro. Quella volta mia madre era l'unica in casa. Mio padre era al campo con mio fratello minore e mio fratello maggiore era al lavoro.

Mia madre era in cucina a lavare i piatti in quel momento. Fu anche sorpresa della mia presenza. Ha notato subito che ero dimagrita molto e mi ha chiesto perché i miei capelli erano così corti. Non ho riposto. Invece le ho chiesto come erano stati. Poi Noel ci ha lasciato ed è andato al suo lavoro, è tornato per pranzo. Dopo pranzo, è tornato di nuovo al suo lavoro. Nel pomeriggio mentre stavamo facendo i nostri spuntini, abbiamo bevuto coca-cola e abbiamo mangiato una banana. La banana è stata raccolta dal nostro cortile. Mio padre aveva un sacco di piante. Quindi, mentre stavamo mangiando, mia madre mi ha chiesto perché io ero tornata in pochissimo tempo.

Le ho risposto perché i miei datori di lavoro si sono trasferiti in Austria. Poi mi ha chiesto perché non andavo con loro. Ho detto, "non sono andata con loro perché non ho il visto". Sembrava convinta della mia risposta perché non faceva più domande. Tutto il tempo, Lianne era così appicicatta a me.

Ovunque andassi, lei mi seguiva sempre. Anche i miei amici e parenti mi hanno visto e mi hanno fatto le stesse domande come mia madre. E ho risposto loro le stesse risposte che ho datto a mia madre. Poi venne il tardo pomeriggio. Noel è arrivato e siamo tornati a casa dei suoi genitori. Quella sera, abbiamo parlato di quello che mi era successo a Singapore.

Gli ho detto tutto ed era così arrabbiato ma ha detto che era finita e non poteva fare altro. Gli ho detto che ho lasciata il mio curriculum in agenzia a Singapore e tornerò quando qualcuno è di nuovo interessato a me. All'inizio non era convinto della mia decisione ma alla fine, ha detto che sosterrà la mia scelta.

Così alla fine, mi ha sostenuto nella mia decisione. Durante la mia prima settimana a casa, ho ricevuto una chiamata dall'agenzie di Singapore e mi ha detto che qualcuno era interessato ad assumermi.

Dovevo dare una risposta immediatamente se volevo accettare l'offerta. Ero un po' riluttante ad accettare l'offerta quella volta perché per me era troppo all'improvviso. Mi stavo ancora godendo il tempo con la mia famiglia. Ma poi che la signora al telefono dell'agenzie non poteva aspettare un giorno per la mia risposta. Quindi ho accettato immediatamente il lavoro... poi mi è stato consigliato di stare attenta al mio telefono perché mi avrebbero chiamato di nuovo per il colloquio di lavoro.

Dopo tre giorni, l'agenzia mi ha chiamato di nuovo e mi ha detto che qualcuno voleva parlare con me. Mi aspettava una signora sull'altra linea e invece era la voce di un uomo era molto dolce. Potevo sentire che si trattava di una persona gentile.

Mi ha fatto alcune domande a cui ho risposto con sua soddisfazione. Forse l'agenzia gli ha parlato della mia esperienza con il mio primo datore di lavoro perché me ne ha chiesto anche lui. Quindi dopo che l'uomo mi ha parlato, una signora dell'agenzia mi ha parlato di nuovo. In pochissimo tempo sono volata di nuovo a Singapore.

Da quello giorno, mi sono goduta ogni momento con Lianne. Ogni fine settimana durante il mio soggiorno con loro, andavamo nella città di Laoag e la portavamo nel negozio di una catena alimentare da lei preferita, Jollibee. Lianne apprezzato il pollo fritto e gli spaghetti era il suo cibo preferito di tutti i tempi e anche adesso.

Il tempo era così veloce. Un giorno, ho ricevuto di nuovo una telefonata dall'agenzia e mi hanno detto che mi avevano già ottenuto il visto per Singapore. Nel profondo del mio cuore, ero molto triste. Non è stato facile ripartire. Ma, dovevo essere forte avevo bisogno di guadagnare per poter provvedere alla mia famiglia.

Quindi il tempo è stato ancora più veloce come mi aspettavo. Venne il giorno in cui me ne andai di nuovo. Quella volta parto per il viaggio notturno per Manila. Lianne e mio marito mi hanno accompagnato alla stazione degli autobus nella città di Laoag. Non ho pianto quella volta perché non volevo che Lianne mi vedesse piangere. Era ancora molto piccola.

Non capiva ancora la situazione le ho detto che sarei tornato a Singapore così la prossima volta avrei potuto comprarle più cioccolatini. Ho visto nei suoi occhi brillare d'eccitazione quando ha sentito parlare dei cioccolatini. Durante il mio viaggio a Manila, non ho dormito molto. La mia mente era occupata da molte cose. Mi mancava la mia famiglia e stavo pensando quale sarebbe stata la mia situazione con il mio prossimo datore di lavoro, saranno buoni o cattivi?

Era mattina molto presto quando arrivammo a Manila. Come al solito, le strade erano trafficate e i marciapiedi erano già pieni di venditori ambulanti con i propri carretti che vendevano diversi tipi di verdure, frutte, e cibi di strada.

Come il famoso *balut* (è un uovo di anatra con dentro un pulcino) c'erano anche uova salata (questo e un uovo di gallina, immerso in una miscela di acqua e sale per almeno tre settimane, poi bollito), c'erano anche diversi tipi di pane e altri cosi. Quando siamo arrivati alla stazione degli autobus di Manila, c'erano molti passeggeri in attesa della loro partenza.

Era ancora troppo presto per andare all'ufficio dell'agenzia, quindi sono andata prima in un negozio di alimentari che si trova nelle vicinanze della stazione degli autobus e ho fatto colazione. Poi dopo, ho preso un taxi e sono andata in agenzia corrispondente con Singapore. Erano loro che mi assistevano e che mi accompagnavano all'aeroporto.

Così il giorno sono volata a Singapore. Come la prima volta che ci sono andata, il posto mi ha davvero catturato il cuore. L'aeroporto era bellissimo. Quando ho superato le pratiche dell'ufficio dell'immigrazione, ho seguito il segnale di uscita. E nell'area di arrivo, qualcuno mi stava aspettando. Era l'autista dell'agenzia.

Così, mi ha portato in ufficio e sono rimasta lì per due giorni. Ho fatto le stesse procedure della prima volta. Qualcuno mi ha accompagnato all'ufficio del lavoro di Singapore e mi sono sottoposta a visita medica. Poi il terzo giorno, in prima serata, il datore di lavoro venne a prendermi. La signora era alta e magra ed era con un ragazzino e un vecchio. Così signora dell'agenzia mi ha presentato alla mia nuova datrice di lavoro. Era cinese di Shanghai e viveva a Singapore con suo figlio.

Più tardi, il vecchio mi parlò e mi disse che il mio datore di lavoro non parlava inglese ma il figlio parlava correntemente. E mi disse che lui era un amico di famiglia. Così ogni comunicazione tra me il mio datore di lavoro è stata tradotta dal ragazzino. La signora aveva un viso angelico. Aveva una faccia sorridente. Parlava in modo molto gentile, quindi non ero mai nervosa.

Prima di andare a casa loro, ci siamo fermati in un ristorante e abbiamo cenato. Era un posto elegante ed era la prima volta che mangiavo in un posto così bello. Dopo cena, siamo andati a casa loro. Vivevano anche in un appartamento in un edificio alto, come il mio primo datore di lavoro.

La casa e stata costruita con due camere da letto, uno studio, un salottino e una piccola cucina e un bagno. Questa volta avevamo le porte.

Più tardi, il vecchio ha detto che io e il ragazzino dovevamo condividere la stessa stanza. La camera aveva un letto a castello. Ho usato il letto inferiore e il ragazzino quello superiore. Durante la mia prima settimana, Simon è stato molto silenzioso. Mi parlava solo se sua madre voleva dirmi qualcosa. Ma con il passare dei giorni, Simon mostrava piano piano il suo atteggiamento naturale. Era loquace e molto divertente solo se eravamo noi due. Ci siamo trovati bene insieme.

Ogni mattina nei giorni feriali, lo portavo a scuola. Era proprio in fondo all'edificio. Più o meno a due minuti da casa e tornato a casa nel pomeriggio. La mia datrice di lavoro lavorava come musicista alla Singapore Chinese Orchestra. Suonava lo strumento erhu. Era molto brava.

Entrambi tornavano a casa per pranzo tutti i giorni. Quindi ho dovuto preparare il loro cibo. Cucinavo due volte al giorno. A pranzo e cena. Di solito preparavo due o tre tipi di piatti ogni pasto. Come pesce, verdura e zuppa. O carne, verdura e zuppa.

All'inizio mi hanno chiesto di mangiare con loro. Ma ho rifiutato perché mi sentivo a disagio. Così ho mangiato il mio pasto dopo che loro avevano finito.

Mangiavano con una ciotola e le bacchette. Il loro riso e la zuppa venivano serviti in una piccola ciotola e i contorni venivano serviti separatamente in piatti da portata per raccogliere i contorni. Usavano le proprie bacchette per raccogliere e scavare il cibo. Sono rimasto sorpresa e disgustata quando ho visto il modo in cui mangiano. Stavo pensando che il cibo rimasto fosse già pieno della loro saliva. E ho dovuto mangiare quelli e stato davvero difficile per me ingoiare il cibo ma con il passare dei giorni mi ci sono abituata.

Lavorare con il mio secondo datore di lavoro andava meglio. Sono stata trattata bene. In modo da non essere stressata in tutto ciò che ho fatto. Mi svegliavo ogni mattina con una mente tranquilla e così come quando andavo a letto.

La signora Kelly mi ha permesso di usare il telefono ogni volta che volevo, ma ovviamente ho dovuto acquistare la mia scheda telefonica anche se avrei voluto fare chiamate interurbane più frequenti però non potevo perché i miei soldi erano limitati.

Ogni mese ricevevo solo 50 dollari di Singapore perché dovevo pagare di nuovo la mia commissione alla agenzia. Quindi anche se desideravo parlare con la mia famiglia ogni giorno, stavo resistendo perché le chiamate interurbane erano costose.

Ogni mattina il sabato, io Simon e la signora Kelly siamo andati al mercato di quartiere per il nostro cibo di una settimana (come pesce, carne e verdure) e tutti i pomeriggi del sabato andavamo al supermercato e compravamo riso, caffè, latte e alcuni cibi surgelati etc.

A volte dopo cena, io Simon e la signora Kelly andavamo alla biblioteca della comunità. Si trovava vicino alla casa. Probabilmente tre o cinque minuti a piedi. C'erano volte in cui leggevamo libri lì e la maggior parte delle volte li prendevamo a prestito. Era permesso tenere i libri gratis per una settimana. Ma se il libro non veniva restituito, dovevamo pagare una penale. A volte durante la domenica, il vecchio signore che era venuto con loro a prendermi in agenzia veniva a casa e noi cenavamo sempre al ristorante.

Simon era un po' birbante perché c'erano volte in cui il signore era con noi e lui mi mostrava alcune azioni come baciare usando le sue due mani. Mi diceva che sua madre e il vecchio signore avevano una relazione. Entrambi ridevamo in segreto.

Potevo anche provare qualcosa per il mio datore di lavoro e il vecchio, ma non dissi nulla. La volta, dopo che il vecchio signore ci portava a casa, a me e Simon veniva detto di dormire subito e la signora Kelly e lui andavano a fare una passeggiata al mare.

L'appartamento era probabilmente dai 10 ai 15 minuti a piedi dal mare. Simon aveva due paia di scarpe da pattinaggio. A volte, noi siamo andati a pattinare. Io e Simon andavamo davvero d'accordo. Era un ragazzo divertente.

A volte, la signora Kelly ci ha portato al teatro quando lei suonava con la orchestra. C'erano anche volte in cui il vecchio signore era con noi a guardare lo spettacolo. L'orchestra era enorme e teatro era molto bello. È stata una grande opportunità per me poter assistere a eventi belli e grandiosi.

Poi venne il mese di dicembre. Un giorno, la signora Kelly mi ha chiamato in soggiorno. Era seduta sul divano. Ha anche chiamato Simon. Parlava ma io non capivo. Simon mi tradusse le cose che voleva che io sapessi. Secondo Simon, dovevano lasciare Singapore per le vacanze. Dovevano andare a Shanghai. Lui mi ha detto che sua madre vorrebbe chiedermi se voglio andare con loro o se preferisco tornare a Filippine e trascorrere le vacanze con la mia famiglia.

Non ho dato una risposta immediatamente perché ero confusa. Ho detto Simon il giorno dopo che ho deciso che mi piacerebbe andare con loro a Shanghai. La signora Kelly era felice della mia decisione.

Così venne il giorno del nostro viaggio a Shanghai. Ero così eccitata. Il viaggio è andato bene e siamo atterrati nell'aeroporto sani e salvi. Dopo aver superato il check point dell'immigrazione, abbiamo seguito il segnale di uscita fino alla zona degli arrivi. Un uomo ci stava aspettando. Lui era molto magro e non così alto. Sorrideva e aveva i denti macchiati di nero. La signora Kelly era un po' più alta di lui. Quando lui ci vide, corse verso di noi. Sollevando Simon e abbracciandolo forte. Quello fu il momento in cui mi resi conto che era suo padre.

Abbiamo preso un taxi andando al suo condominio. La loro unità era di gran lunga migliore che a Singapore. Avevano un ampio soggiorno, due grandi camere da letto con i propri bagni con doccia. E una cucina abbastanza grande. Il tempo era freddo... per me è stata la prima volta che ho sperimentato una stagione invernale. Il giorno dopo, siamo usciti e abbiamo preso un taxi per andare al ristorante. Il locale non era così grande e non mi ha fatto un grande effetto. Abbiamo cercato un posto libero e un tavolo per sederci è venuta una ragazza cinese e ci ha dato i menu. Non l'ho aperto perché era tutto scritto in caratteri cinesi.

Simon mi ha spiegato le diverse pietanze. Ho ordinato tagliatelle fritte con gamberi e verdure.

Il ristorante era quasi pieno di clienti. All'interno era un po' rumoroso. Ho osservato che i cinesi, quando parlavano, fra loro, le loro voci erano aspre. Sembrava che stessero gridando anche se parlavano normalmente.

Dopo aver mangiato, siamo andati in un centro commerciale, era grande e pieno di clienti. La signora Kelly ha fatto degli acquisti. Sono andata con lei. Mentre Simon e suo padre sono andati in un negozio di giochi.

Poi un giorno, Simon mi ha detto che saremmo andati a Nanchino a trovare i loro parenti e soprattutto a far visita a sua nonna (la madre di sua madre). Ero così eccitata perché pensavo di vedere un altro posto. Così, venne il giorno del viaggio da Shanghai a Nanchino. Siamo andati in treno. Non riuscivo a ricordare quante ore di viaggio ma non così lontano.

Durante il viaggio ero impegnata a guardare fuori. Per me, era un posto normale. Niente mi ha davvero impressionato. Quindi, abbiamo raggiunto la stazione di Nanchino. Come altre stazione, era gremita di viaggiatori che trasportavano borse e tiravano i bagagli.

Poi, abbiamo raggiunto la casa della madre della signora Kelly. La vecchia signora non sembrava una cinese. Aveva un viso tondo e occhi normali, non come la maggior parte dei cinesi che hanno gli occhi a mandorla. In casa, c'erano anche la sorella della signora Kelly. Erano tutti felici di rivedersi.

La casa era un normale bungalow con due stanze. Una piccola sala da pranzo e anche il soggiorno. La notte, dormivo sul divano perché non c'era abbastanza spazio. Non ricordo molto del posto perché niente mi ha davvero impressionato.

* * *

E poi venne il giorno, siamo tornati a Shanghai. Ogni giorno, era la stessa routine (mangiare, dormire, uscire) quasi ogni giorno, uscivamo a mangiare. Una sera andammo alla torre di Shanghai in pudong. Abbiamo preso un ascensore per arrivare in cima. Dall'alto, si vedeva tutta la città e i luoghi vicini. Era uno scenario così bello.

Poi venne per noi il giorno di lasciare Shanghai. Il tempo era volato in fretta. E siamo tornati a Singapore. E alla normale routine. Dopo un paio di giorni, Simon è tornato a scuola e la signora Kelly è tornata al lavoro.

Così è arrivato il giorno in cui ho terminato il mio contratto di lavoro di due anni. Ero felice di lavorare con loro, quindi ho firmato altri due anni di contratto. Ma ho avuto un mese di vacanza nelle Filippine prima di iniziare il contratto successivo.

Lianne era così felice quando mi ha visto è lei era già cresciuta molto. Siamo andati molte volte nei centri commerciali perché a lei piaceva. Un mese stato così veloce. Fino al giorno in cui sono dovuta tornare di nuovo a Singapore. Il mio cuore era così pesante di lasciarli. Lianne ha pianto molto quando stavo per salire sull'autobus diretto a Manila. Anch'io ho pianto molto ma ero determinata a doverlo fare per poter soddisfare i suoi bisogni e desideri. E in modo che non potesse sperimentare le difficoltà che ho avuto quando ero piccola.

Quando ho raggiunto Singapore, qualcuno dell'agenzia è venuto a prendermi all'aeroporto. Ho dovuto rimanere ancora lì per qualche giorno perché hanno dovuto rifare tutte le mie carta di nuovo. E ho dovuto fare un controllo medico. Ogni sei mesi dovevo fare un controllo medico generale. La legge di Singapore era molto severa. I lavoratori domestici non possono lavorare se gli viene diagnosticata una malattia grave. Le donne, non dovevano rimanere incinte.

Una sera andammo alla torre di Shangai...

Quando ho finito tutti i controlli e ho tenuto i miei nuovi documenti necessari per farmi lavorare di nuovo a Singapore, la signora Kelly e Simon sono venuti in agenzia a prendermi. Non era cambiato nulla. La casa era solo un po' disordinata.

Durante la mia prima settimana, ero un po' triste perché mi mancava la mia famiglia. E ho dovuto aspettare due anni per rivederli. Ma lentamente, ho superato la mia nostalgia di casa. Ogni domenica, ho avuto il mio giorno libero. Di solito, andavo al centro e incontravo degli amici.

Un giorno, ci fu una vecchia signora che venne ad abitare alla nostra porta accanto. E mi sembrava molto gentile. Ogni giorno la vedevamo e ci salutavamo. Era anche una signora cinese. Amava le piante. La signora Kelly è stata gentile con lei. C'erano volte in cui offriva il suo cibo e a volte, se la vecchia signora andava in vacanza, la signora Kelly mi chiedeva di innaffiare le sue piante.

Il tempo volava così veloce quando mi sono resa conto di aver quasi terminato di nuovo il mio contratto di lavoro. Prima che finisse il contratto, la signora Kelly mi ha chiesto se volevo tornare a casa o continuare a lavorare con loro. Ho deciso di non tornare a casa perché in questo modo, potevo riscattare l'importo che avrebbe comprato per il mio biglietto aereo.

Poi un giorno, Simon mi ha detto che suo padre sarebbe venuto a Singapore per vivere con noi. Suo padre è arrivato ed era così felice. Probabilmente per un paio di mesi, la situazione all'interno della casa era tranquilla. Il padre non aveva lavoro quindi solo io e lui siamo rimasti in casa. La mattina, portava Simon a scuola e forse andava in giro prima di tornare a casa perché a volte ci volevano due o tre ore prima che tornasse.

La notte, dopo cena, era lui a aiutare Simon per i compiti di scuola. Ma la situazione piano, piano cambiò perché se vedeva il risultato degli esami di Simon, e se non era un punteggio perfetto, si arrabbiava tanto. C'erano volte che se Simon non riusciva a capire molto bene la lezione, suo padre gli pizzicava le orecchie, a volte lo picchiava, lo schiaffeggiava e gli urlava contro. Era troppo cattivo.

Spesso andavano a dormire molto tardi la notte facendo i compiti di Simon. Avevo compassione di Simon così tanto ma non ho potuto fare nulla. L'ho confortato solo con alcune parole gentili quando era già nella nostra stanza. Anche la signora Kelly non ha potuto fare nulla. A volte, diceva a suo marito di smettere di ferire il figlio, ma solo fino a lì. Lentamente, la signora Kelly è cambiata. Ha persino smesso di parlare con la vecchia signora accanto a noi. E ci ha anche chiesto di non parlare più con la signora. Ha detto che la signora era una strega. Ma non le credevo.

Spesso, la signora Kelly non era dell'umore giusto. Non era più la gentile signora che avevo conosciuto all'inizio. Spesso si arrabbiava senza motivo. Un giorno, mentre stavano pranzando, potevo sentire che era arrabbiata con me, ma non ne conoscevo la ragione. Ogni volta che mi guardava, i suoi occhi erano così scuri e così mi ha messo a disagio perché non avevo idea dell'improvviso fosse così cambiata.

Dopo che avevano mangiato, ho raccolto i loro piatti e ho anche mangiato. Ma mentre stavo mangiando, lei mi guardava e mi disse che dovevo essere più veloce. Per questo motivo, non ho più continuato a mangiare. Mi sono fermata e ho pulito i piatti. Simon e suo padre erano nella sala del computer quella volta. Poiché la casa piccola, hanno potuto osservare la scena con la signora Kelly.

Il marito andò da lei e le chiese perché mi avesse trattato male. Poi, all'improvviso, la signora Kelly stava gridando. Non ho capito nulla perché era in lingua cinese. E poi anche il marito stava gridando. E poi le loro conversazione si fecero ancora più intense finché già si facevano del male a vicenda.

Io e Simon rimasti scioccati. Non abbiamo detto una parola. Li stavamo solo guardando perché la signora Kelly stava già schiaffeggiando suo marito e sputandogli in faccia. Poi il marito l'ha trascinata dentro la stanza da letto e non abbiamo visto più niente ma abbiamo sentito le loro urla.

Simon mi ha detto di andare nella nostra stanza. Gli ho chiesto cosa stesse succedendo. Mi ha detto che sua madre stava rimproverando suo padre che aveva una relazione con me. Ero così arrabbiata e ho pianto perché non era vero. Simon mi ha detto che non devo preoccuparmi, e che lui si fida di me, e ha detto che la verità era che sua madre era quella che aveva una relazione con qualcuno. Ci volle un po' prima che i suoi genitori smettessero di litigare.

Poi abbiamo sentito la porta aprirsi e chiudersi, suo padre ha lasciato la casa. Io e Simon siamo rimasti nella stanza e poi abbiamo sentito sua madre chiamarlo. Simon è andato a trovarla e ho sentito che stavano parlando. La mia sensazione era pesante a causa di ciò che Simon aveva detto che hanno litigato a causa mia.

Non vedevo l'ora che uscissero, così sono andata a bussare alla porta e ho chiesto se potevo entrare. Simon ha aperto la porta e ho chiesto alla signora Kelly se potevo parlare. Simon la tradotto e lei mi ha permesso di parlare. Le ho detto che suo figlio mi ha detto il motivo per cui hanno litigato. E lei ha detto che non era vero e ha detto che hanno litigato per qualcos'altro.

Quella volta si era già calmata e parlava in modo molto gentile. Simon era tranquillo ma gli ho detto di dire a sua madre che non voglio essere il motivo del loro dissidio in famiglia. Vorrei lasciare il mio lavoro e ho chiesto di dire a sua madre che se mi comprava un biglietto aereo, sarei tornata a casa subito. Ha detto a sua madre quello che ho detto, ma la signora Kelly non era d'accordo. Ha insistito sul fatto che non ero io il motivo per cui litigavano.

Ho detto a Noel cosa è successo. Era così arrabbiato e mi ha detto di lasciare il lavoro. Simon stava piangendo. Ha detto che non voleva che io me ne andassi. Mi ha pregato di restare e anche la signora Kelly. Così, ho parlato di nuovo con mio marito e l'ultima decisione è stata che sono rimasta.

Dopo quell'incidente, piano piano, tutto è tornato alla normalità e la signora Kelly è stata più gentile con me.

Finché un giorno, la signora Kelly venuta nella nostra stanza e ha detto a Simon di tradurmi quello che avrebbe detto. Ha detto che non è facile lasciarmi andare ma hanno deciso con suo marito che non hanno più bisogno di un aiutante perché Simon poteva già andare e tornare da scuola da solo. Quella volta, lui aveva 11 anni. Simon non vuole lasciarmi andare ma quella volta, la decisione dei suoi genitori è stata definitiva.

Il giorno successivo, la signora Kelly ha chiamato l'agenzia e ha raccontato loro la loro decisione. L'agente mi ha chiesto se volevo tornare a casa o trovare un altro datore di lavoro. Ho deciso di cercare un altro datore di lavoro. Quindi, hanno rimesso il mio curriculum nel loro sito web. Ho chiesto Simon di farmi una lettera di raccomandazione, quindi, ne ha fatto una.

Ho ricevuto molte richieste di intervista da diverse nazionalità. Erano tutti espatriati. Ma c'erano anche dei cinesi. Uno dei datori di lavoro interessati era una italiana. Un giorno, fu il suo turno di intervistarmi. Sono andata all'ufficio dell'agenzia e ci siamo incontrate lì. Quel giorno era con suo marito. Mi ha fatto alcune domande su come prendersi cura di una bambina. E mi ha anche chiesto se so cucinare e che tipo di cibo.

Poi, dopo il colloquio mi ha chiesto se potevo andare con loro nel loro condominio. Ho detto di sì. Era a soli 10 minuti a piedi dell'ufficio dell'agenzia. Quando siamo arrivati al loro appartamento, c'erano i genitori della signora e anche sua figlia. Era ancora piccola e ha appena iniziato a imparare a camminare. Era così carina e bella.

Non so perché ma fra tutte le interviste che ho fatto quella stata la mia prima scelta e mi sono sentito così a mio agio con loro.

Il giorno dopo, l'agente mi ha chiamato e mi ha detto che erano interessati anche ad assumermi come bambinaia. E ho detto che mi piacerebbe lavorare con loro.

Poi dopo alcuni giorni, ho lasciato per sempre il mio datore lavoro cinese... ho iniziato a lavorare con la famiglia italiana. Giorno dopo giorno, signora Alessandra mi hanno insegnato a cucinare il cibo italiano. Come il diverso sugo per pasta. Non è stato difficile per me perché il pomodoro è quasi sempre l'ingrediente principale.

Non ero sicura da quanti giorni in più i genitori di signora Alessandra si sarebbero fermati a Singapore dal primo giorno in cui ero lì, ma un giorno sono dovuti partire. Il signor Alessandro era sempre impegnato. Raramente era a casa. Il più delle volte, era fuori dal Paese per un viaggio d'affari.

[...]

Abbiamo dormito a casa loro e io aveva la mia stanza. Il giorno dopo, la signora Alessandra mi ha portata agli uffici della polizia e mi ha denunciato.

Il tempo era molto freddo. Era inverno. Mi stavo divertendo forse perché nelle Filippine e a Singapore dove ero stata, il tempo era così caldo.

Dopo che sono stata denunciata ai carabinieri siamo tornati a casa e nel pomeriggio io e la signora Alessandra siamo andati a Settignano a vedere la casa dove avremmo abitato in seguito. Settignano si trova fuori dal centro di Firenze. Probabilmente 15-20 minuti di auto.

I giorni successivi al nostro arrivo in Italia sono stati giorni molto impegnativi perché siamo andati anche in prefettura e abbiamo firmato il mio contratto di lavoro, e siamo andati in comune per la mia residenza e abbiamo anche disimballato tutto i contenuti del container che ci aveva seguito da Singapore.

Ho trovato Firenze un posto molto tranquillo. Non ho visto molte persone e la maggior parte di loro erano anziani. Chiara è stata iscritta a una scuola materna canadese. La sua mamma la portava lì ogni giorno.

La signora Alessandra mi ha dato il giorno libero ogni domenica. Nel mio primo giorno di riposo, mi ha accompagnata al centro di Firenze su un autobus, e la maggior parte dei passageri erano anziani.

Era molto insolito per me perché nelle Filippine e anche Singapore si vedevano a malapena anziani imbarcati su un mezzo pubblico.

Quella è stata la mia prima volta che sono rimasta colpita dal posto. Firenze era così bella. Ho iniziato a vedere molte persone che camminavo per le strade. E ho anche sorriso perché al centro di Firenze avevo visto tanti giovani. Gli edifici erano davvero impressionanti. Soprattutto quando abbiamo raggiunto il Duomo.

La mia sensazione era di essere nel passato. E pensavo di Singapore che quando ero lì, sembrava di essere nel futuro. La città di Firenze era davvero bella. La signora Alessandra è rimasta con me probabilmente per 30 minuti poi mi ha detto come tornare a casa.

Sono andata a Ponte Vecchio e Palazzo Pitti. Era un posto molto, molto bello. Ho comprato una fetta di pizza per il mio pranzo da una delle pizzerie vicino al duomo. Il signore non sapeva l'inglese. Ero un po' nervosa ma alla fine ho potuto mangiare la mia pizza.

Nel pomeriggio ho fatto il giro del duomo. È stato davvero incredibile. Era la prima volta che vedevo una chiesa così bella anche se non riuscivo a entrare, sapevo che era più bella e sorprendente. Prima di trovare la strada per piazza San Marco, mi sono fermata in una gelateria. C'erano diverse dimensioni di coni e coppe. Ma, non era scritto i prezzi. Ho detto al gelataio che non so parlare italiano e lui ha detto che nessun problema perché sapeva parlare un po' inglese.

Quindi ho scelto un cono e il gelataio mi ha chiesto quale gusto del gelato avrei preferito e avevo scelto panna e cioccolato quando mi ha dato il gelato, lui ha chiesto, dieci euro. Sono rimasta un po' scioccata perché era troppo costoso per me ma, ero timida a chiedere. Quindi, l'ho pagato con il cuore pesante.

Piano, piano, ho incontrato degli amici durante i miei giorni liberi. Mi è piaciuto ancora di più il mio soggiorno in Italia. Ho trascorso le mie prime vacanze di Natale a Cortona (una località della Toscana) con i miei datori di lavoro. Abbiamo alloggiato a casa dei genitori della signora Alessandra. La sera prima della vigilia di Natale sono venuti anche due fratelli di signora Alessandra (Niccolò e Tommaso) e hanno festeggiato il Natale con noi.

È stata la mia prima esperienza a testimoniare che Babbo Natale ha portato i regali proprio davanti alla porta. Sapevo che il Babbo Natale che portava i regali era falso perché la signora Alessandra mi disse che era suo fratello.

La notte del 24 dicembre, la famiglia G. preparò un abbondante cena e tutti indossavano il loro vestito migliore. Tutti erano felici e hanno fatto molte foto. Verso le dieci di sera, qualcuno bussò alla porta. Tutti urlavano per l'eccitazione. Hanno detto che Babbo Natale è arrivato. Chiara urlava e saltava di gioia. È stato così bello vedere che tutti erano molto felici. Ognuno di noi ha ricevuto un regalo da Babbo Natale.

Era una bella esperienza. Nelle Filippine, abbiamo festeggiato il Natale in modo diverso. Una settimana prima di Natale, diversi gruppi di bambini, ragazzi e adulti o misti andavano di casa in casa a cantare canti natalizi. E potevano ricevere contanti, caramelle, per i bambini.

Il 16 dicembre, nove giorni prima del giorno di Natale, (25 dicembre) la chiesa cattolica celebrava una messa chiamata "messa dell'alba" (dawn mass). La messa era di solito dalle quattro alle cinque del mattino. La chiesa era solitamente gremita di gente. Ma il 24 dicembre, messa alle undici di sera e, dopo la messa, la gente tornava a casa e celebrava la nascita di Gesù e invocava di avere cibi abbondanti. E alcuni persone andavano di casa in casa per condividere i loro cibi. Chiamiamo questa celebrazione "Noche Buena". Babbo Natale non viene di casa in casa. Le famiglie ricche si scambiano regali ma le famiglie povere per lo più lasciano che questa celebrazione passi senza cibo speciale da servire sulla loro tavola.

Una tradizione che ho osservato in Italia è la celebrazione dell'Epifania. Lei è una vecchia che consegna regali confezionati in calzini tipo Babbo Natale ma gli adulti hanno detto che se fossero stati bravi, la Befana avrebbe fatto loro dei bei regali. Ma, se fossero stati cattivi, la befana avrebbe dato loro carbone. Mentre nelle Filippine, celebravano tre Re (3 kings) in questo giorno, nessun festeggiamento.

Le feste in Italia erano passate. La vita e la routine quotidiana tornano alla normalità. Fino all'arrivo dell'estate. Signora Alessandra era così emozionata. Abbiamo trascorso due mesi e mezzo per le vacanze estive a Forte dei Marmi (provincia di Lucca) dai mesi di giugno ad agosto. Mi aspettavo di vedere delle belle spiagge ma, con mia sorpresa, ho dovuto ammettere che le nostre spiagge nelle Filippine sono più belle. Ogni giorno andavano in spiaggia. Durante il nostro soggiorno al mare, ha soggiornato con noi anche la sorella di signor Alessandro (signora P.) e alcuni loro parenti e amici.

Il centro di Forte dei Marmi era piacevole. Sopratutto di notte. C'erano molti e diversi eventi nel centro come esibizione di band, concerti di canto, film e altri spettacoli. Tutte le domeniche d'estate c'era un grande mercato al circolo del forte.

Durante il mio soggiorno in Italia, ho imparato pian piano un po' della loro lingua. La maggior parte della gente del posto non sa parlare inglese. Ho imparato perché la madre di signora Alessandra non parla inglese.

Fino a quando un giorno, la signora Alessandra mi ha detto che dovevamo trasferirci di nuovo. La nostra destinazione questa volta è stata a Houston, Texas. E lei ha detto che avrebbero provato a vedere se potevano portarmi con loro. Così, hanno preparato i miei documenti e alla fine sono volata con loro in America.

Houston era diversa rispetto a Singapore e alle città italiane. Houston aveva molti grandi centri commerciali che mi piacevano molto. Sembrava di essere a Manila, avevano somiglianze quando si trattava di centri commerciali. Era l'anno 2014 quando arrivammo a Houston.

A novembre, è stata la prima volta che ho assistito a una festa di Halloween. Ogni casa aveva decorazioni di Halloween. Per lo più erano cose inquietanti. E la notte del 1 novembre tutti i bambini erano vestiti con i loro costumi di Halloween e ognuno di loro aveva un cestino. Tutte le strade erano piene di gente. Andavano di casa in casa e chiedevano piccoli regali.

Poi dopo la festa di Halloween, il mese successivo era dicembre. Nella prima settimana, molti decorazioni natalizie erano già dietro l'angolo. Ogni mercato e centro commerciale erano pieno di diverse offerte natalizie, regali e grandi sconti che la maggior parte degli acquirenti non ha saputo resistere ad acquistare. Anche la strada della West University dove abitavamo era piena di luci di Natale. Ogni casa era decorata con accattivanti decorazioni natalizie.

Anche la signora Alessandra non voleva rimanere indietro con quelle cose dei preparativi. Quindi abbiamo anche decorato la nostra casa con molte decorazioni all'interno della casa, incluso l'albero di Natale e molte luci di Natale in giardino.

Chiara ha stretto amicizia con i bambini dei nostri vicini. Il suo preferito erano gemelli (Jack and Emy) erano più grandi di Chiara. Il bambino era più cattivo della bambina. In un certo senso, Jack non ha ascoltato subito quando gli hai detto di smettere di fare le cose mentre Emy, lei ascolta immediatamente. Ma in tutta onestà, i gemelli erano entrambi dolci.

I vicini erano gentili e la maggior parte di loro erano locali. La casa accanto a noi era una famiglia indiana. La signora Alessandra era così ansiosa di imparare a cucinare il loro cibo. Così, la signora Githa, ci ha insegnato come preparare diversi tipi di menu al curry. Come pollo al curry, melanzane al curry, agnello al curry, pollo al curry con broccoli. La signora Alessandra ha fatto loro provare anche la pasta al ragù e la carbonara e ai ragazzi della signora Githa piaceva molto la pasta al ragù.

La famiglia indiana era molto gentili. C'erano volte in cui ci invitavano a mangiare con loro. Una volta che non ho potuto dimenticare è stato quando la signora Githa ha mescolato il riso e il curry di agnello usando la sua mano e lo ha dato alla signora Alessandra.

Per gli indiani, questo era normale per loro tradizione o cultura o forse è un modo per mostrare la loro gentilezza ma ovviamente per qualcuno che ha tradizione diverse come ad esempio gli italiani, usare la mano per mangiare non è accettabile. La signora Alessandra non ha detto una parola quando la signora Githa le ha dato il piatto con il cibo. Ma ho visto che dai suoi occhi che era sbalordita.

Durante il nostro soggiorno in Houston, ho trascorso alcuni dei miei giorni liberi nei centri commerciali. Mi sono divertita molto perché ho potuto trovare prodotti di belle marche di vestiti a un buon prezzo.

Nell'anno 2016, il gruppo corale della scuola di Lianne aveva organizzato una tournée negli Stati Uniti. È stata una delle più fortunate che sono state scelte. Ne ho parlato a signora Alessandra e mi hanno comprato un biglietto aereo per Los Angeles. Quindi sono volata lì e ho incontrato Lianne. Era stato un viaggio veloce. Il nostro stare insieme non era abbastanza.

E poi un giorno, la signora Alessandra mi ha detto che avevano prenotato una vacanza di una settimana in Florida e ha detto che dovevo andare con loro. Ero così felice quando ne ho sentito parlare. Ed ero così eccitata per il viaggio perché potevo vedere un altro posto degli Stati Uniti.

Venne il giorno e noi andammo. Il signor Alessandro guidava la sua macchina. Sulla strada per la Florida, ci siamo fermati a New Orleans e abbiamo trascorso una notte lì. Un'altra città con incredibili bellezze proprie del luogo e ampio fiume Mississippi.

Il giorno successivo, abbiamo continuato il nostro viaggio in Florida. Siamo arrivati a Rosemary Beach in Florida nel tardo pomeriggio. L'atmosfera era diversa. Era più tranquilla e l'aria era più fresca che a Houston.

Era passata una settimana e siamo tornate a Houston. Tornando a casa c'era una lunga linea di traffico perché c'era un uragano che ha colpito alcuni dei luoghi. Alcune strade sono state danneggiate e alcuni luoghi sono stati allagati. Abbiamo anche visto grandi camion spostare piccole case in altri posti. Era tarda notte quando siamo arrivati a casa ma eravamo finalmente al sicuro.

Poi un giorno, la signora Alessandra mi ha detto che dobbiamo trasferirci di nuovo. Questa volta avremmo dovuto andare in Olanda. Hanno chiesto un consiglio legale su come potevano portarmi lì. Ma, non c'era modo perché l'unico lavoro che potevano fare per me dovrebbe essere una tata. Ma il problema era che c'era un limite di età. Il governo olandese accetta solo tate di età inferiore ai trent'anni e io ero già in un'altra categoria.

Quindi quello che hanno fatto il signor Alessandro e la signora Alessandra è stato di chiedere un visto italiano in modo che potessi ancora andare con loro in Olanda perché fa parte dei Paesi Schengen. Così, abbiamo volato da Houston in Italia. Poi, dall'Italia, siamo volati in Olanda. Ma, dovevo venire in Italia ogni tre mesi.

Ho trovato il posto molto diverso dagli altri Paesi in cui ero stata. Gli edifici e le case erano costruiti in modo diverso. Era divertente vedere quelle case con le porte minuscole e attaccate alle altre. E inoltre, c'erano molti canali che avevano un'attrattiva diversa. Den Haag (dove abitavamo) aveva molti alberi e piante verde. Era un posto bellissimo ma il tempo non era proprio buono perché tutto l'anno faceva quasi freddo e il sole non esce tutti i giorni. Il cielo sembra grigio e c'era molta pioggia.

Gli olandesi sono molto bravi in inglese. Quindi non ho lottato quando si trattava di comunicare. La loro lingua è anche unica nel suo genere. Per me, la loro lingua è davvero molto difficile soprattutto perché l'ortagrafia della parola non è come pronuncia.

Quando ho raggiunto l'aeroporto di Manila, uno dei miei amici è venuto a prendermi. Mi ha prenotato un hotel per la notte. Durante il mio viaggio dall'Italia a Manila, non ho utilizzato il mio account media di Facebook. L'ho aperto solo quando stavo per dormire nella stanza dell'albergo. Il primo post che avevo visto era Noel già in una bara. Ero senza parola e non chiamavo nessuno in casa. Ero molto molto triste.

Il giorno dopo, ho chiamato mio fratello e gli ho detto che ero già a Manila e che sarei a casa nel pomeriggio. Ho chiamato anche la signora Alessandra per fare sapere che ero già a Manila e le ho detto che Noel era già morto. Era così dispiaciuta per questo, e mi ha detto parole di conforto.

Erano circa le due del pomeriggio quando arrivammo a casa della famiglia di Noel. C'era molta gente. Nessuno mi ha riconosciuto. Sono andata dritto alla bara e lì non potevo più trattenere le mie emozioni. Ho pianto molto. Dopo aver pianto, ho cercato Lianne. L'ho abbracciata forte ma dai suoi occhi non uscivano lacrime, ma potevo sentire che era così triste.

Il giorno del funerale, c'erano più o meno cinquecento persone che sono venute a simpatizzare con noi e ci accompagnato all'ultima dimora di mio marito. È stato il mio momento più doloroso perché sapevo che era l'ultimo giorno in cui è stato con noi. Anche Lianne ha pianto molto che mi ha causato ancora più dolore.

Quindi, io e Lianne siamo rimasti nella casa dei miei suoceri per un mese dopo la sepoltura. Durante il nostro soggiorno, ho pulito la stanza di Noel e ho trovato alcuni documenti che dicevano che aveva un prestito bancario e prestiti governativi. E altri documenti che aveva già preso l'importo della sua polizza emessa dal governo. Ero così arrabbiata quando ho visto tutto quel materiale perché Noel non mi ha detto niente. Ho chiesto a mia cognata se ne era a conoscenza ma ha detto di no. Quando ho controllato il suo conto in banca, aveva solo 1.200 pesos. È stato un grande enigma per me dove avesse speso tutti quei soldi.

Poi, dopo un mese, siamo andati a casa dei miei genitori. Abbiamo portato tutti i gadget di Noel tranne il cellulare rotto. Poi siccome suo nipote non aveva più tablet da usare per i giochi online, mia cognata ha portato il cellulare rotto in un'officina e lo ha fatto riparare. E per questo scoprì che suo fratello aveva una relazione con un'insegnante. Siccome il telefono era già riparato, mia cognata era riuscita a leggere tutte le vecchie conversazioni nel telefono. Mia cognata mi ha detto tutto quello che c'era nelle conversazioni. Non mi aspettavo davvero che Noel potesse fare cose come avere una relazione con un'altra donna. Mi fidavo così tanto di lui che non avevo un solo dubbio su di lui.

I miei sentimenti erano più pesanti dopo tutto quello che era successo dopo la morte di mio marito. Sono rimasta nelle Filippine per tre mesi, poi ho deciso di tornare all'estero perché avevo bisogno di guadagnarmi da vivere per la mia famiglia. Ho inviato un messaggio alla signora Alessandra che ero pronta per tornare a lavorare. Così mi ha prenotato un volo immediatamente.

Nel mio ultimo giorno a casa, ero così triste al pensiero che Lianne sarebbe rimasta sola senza genitori accanto a lei. Ma mi sono detta che dovevo essere forte. Ho pianto molto il giorno della mia partenza. Essendo stata insieme alla mia famiglia per un periodo piuttosto lungo è stato così difficile andarsene.

Sono arrivata in Italia sana e salva. Ho soggiornato per meno di una settimana a Firenze poi sono volata in Olanda. Quindi come al solito, tutto torna alla normalità. Siamo rimasti a Den Haag per più di tre anni. Poi ci siamo trasferiti di nuovo in Italia. Non è stato facile perché ogni volta che spostavamo, dovevamo spostare anche tutte le tutte le nostre cose, fare le valigie e disimballare.

Era luglio 2018 quando siamo tornati in Italia. Era estate ed è stato bello rivedere Firenze.

Fino al giorno in cui ci fu una pandemia diligente in Cina. Era il covid-19. Nessuno si aspettava che il virus si diffondesse anche in altri Paesi. Era febbraio 2020 quando l'Italia annunciò che il Paese aveva già alcuni casi di covid. All'inizio non ero così preoccupata per il virus perché pensavo che non si sorebbe diffuso come è successo in Cina. Ma mi sbagliavo. Il virus si diffuse così velocemente che in un mese l'Italia era già chiusa. Le persone non potevano più uscire dal Paese oltre che rientrare. Il virus ha colpito soprattutto in Lombardia. È stato un momento molto spaventoso perché ogni giorno molte persone morivano e i casi del virus covid diventavano sempre più frequenti.

Avrei dovuto fare una vacanza nelle Filippine nel mese di marzo di quell'anno perché avrei dovuto essere presente al conseguimento del diploma della scuola superiore di mia figlia. Ma il giorno in cui avrei dovuto lasciare la casa, il Paese aveva dichiarato la chiusura delle frontiere. Ho pianto molto perché Lianne si aspettava che fossi con lei il giorno del conseguimento del diploma. Ma non potevo fare altro perché era già vietato uscire.

Ogni giovedì pomeriggio, avevo un lavoro a metà tempo. La signora era molto gentile e molto generosa.

Lianne ci ha anche aiutato a raccogliere le olive. Era anche la sua prima esperienza.

Ha pagato i miei servizi più del dovuto. È stato per me un aiuto molto grande sopratutto perché quell'anno, il 2020, mio padre ha iniziato ad ammalarsi gravemente. Aveva bisogno di cure mediche serie. Entrava e usciva dall'ospedale perché le sue condizioni cardiologiche stavano peggiorando. A metà di quell'anno, fu ricoverato in terapia intensiva e gli costò molto. Non ho avuto il coraggio di chiedere a mio fratello più di quanto potesse dividere per le spese dell'ospedale perché era già sposato. E non volevo chiedere a cognata ecco perché ho fatto un prestito.

Ma anche se abbiamo fatto di tutto per mio padre, non poteva più combattere. Lui è partito il 16 dicembre 2020. Erano circa le otto di sera qui in Italia quando ho ricevuto un messaggio di testo da mio fratello e mi ha detto che nostro padre era scomparso. Sono corsa in camera mia e ho fatto una videochiamata. Ho visto mia madre che teneva in grembo la testa di mio padre. Piangeva e mi diceva che nostro padre se n'è andato. Ho sentito la pesantezza sul cuore di mia madre. Stavo cercando di trattenere le mie emozioni quella volta ma non ci riuscivo. Ho pianto molto forte che i miei datori di lavoro mi hanno sentito. Mi hanno chiesto cosa fosse successo e ho detto loro che mio padre era mancato.

Erano così dispiaciuti per questo e mi hanno detto parole di conforto. L'Italia era ancora in brutta situazione a causa della pandemia di Covid 19 e si sta già diffondendo in tutto il mondo ecco perché io e mio fratello in Canada non siamo riusciti ad andare nelle Filippine per il funerale di nostro padre. È stato davvero un brutto momento per noi ma non abbiamo potuto fare nulla.

Poi un giorno, ho detto a signora Alessandra che vorrei presentare una domanda per fare arrivare Lianne in Italia e fare domanda per un ricongiungimento familiare. E le ho detto che avevo bisogno di una casa per ospitarla. È stata così gentile e mi ha aiutato. Ha parlato con suo padre e ha chiesto se potevamo usare la sua casa. Anche il signor Paolo è stato molto gentile a permetterlo.

Così, ho elaborato tutti i documenti necessari e nell'ottobre 2021, Lianne è arrivata in Italia. Ero molto felice quel giorno perché alla fine tutto il mio duro lavoro è stato ripagato.

Durante la prima settimana di novembre di quell'anno, andammo a Cortona e festeggiamo Halloween. I bambini hanno intagliato la zucca ed è stata la prima esperienza di Lianne a intagliare una zucca. Il giorno dopo, abbiamo raccolto le olive. I genitori di signora Alessandra avevano molti olivi. Ogni anno ci andavamo per aiutarli a raccogliere.

Lianne ci ha anche aiutato a raccogliere le olive. Era anche la sua prima esperienza. Dopo una settimana a Cortona, siamo tornati a Firenze e la routine di tutti i giorni è tornata alla normalità. Io e Lianne ci siamo incontrate ogni giovedì e domenica.

La mia vita è diventata più felice che mai con i veri amici su cui potevo fare affidamento. Mia madre che mi ascolta sempre e i miei fratelli che sapevo che la loro situazione di vita stava migliorando. Ho un lavoro stabile e i miei datori di lavoro mi considerano un membro della famiglia e una signora molto solidale e molto disponibile che senza di lei non ho mai raggiunto il livello di lingua italiana che sono ora. Era così sensibile che sente i miei fardelli ed era sempre aiutarmi in ogni modo possibile.

E poi la situazione sul covid in tutto il mondo si è lentamente placata. La scorsa estate 2022, il Paese era già pieno di turisti e sembrava che la pandemia fosse finita.

Un sorriso negato

Manijeh Moshtagh Khorasani

Manijeh Moshtagh Khorasani è nata in Iran nel 1965.
Manijeh vive in Italia da molti anni e racconta il diverso valore del sorriso nella cultura del suo Paese natale e in Italia, e di come abbia imparato a sorridere spontaneamente, sentendosi libera e felice di farlo. Scrittrice, sceneggiatrice e attrice, ritiene la scrittura un elemento capace di unire i popoli e combattere la discriminazione.

Mi sono fermata di fronte alla porta a specchio di un negozio, in via Ugo Bassi di Bologna. Mi ci sono specchiata per essere sicura di essere in ordine e bella per la serata che attendeva me e le mie amiche. Ho toccato i miei capelli castani con i boccoli, tirati indietro e raccolti in parte con un fermaglio, e con la frangia che mi copriva la fronte.

Dietro di me, le mie amiche mi hanno raggiunta rumorosamente con le loro chiacchiere e risate: “Ma Manijeh, cosa stai facendo, dai che sei bella. Andiamo?”.

Anche loro specchiandosi, si sono sistemati i capelli e i vestiti.

Era la fine degli anni Novanta. Era un sabato sera in cui avevamo deciso di andare in qualche osteria a bere qualcosa, festeggiando il mio compleanno. Io mi sono specchiata di nuovo. Mi piacevano i miei occhi. Occhi grandi e scuri che piacevano soprattutto ai ragazzi del mio Paese di origine.

Erano occhi da cerbiatto.

La mia mente viaggiò indietro nel tempo. Mi vidi di fronte allo specchio del mio comò in camera mia a casa dei miei genitori a Teheran quando avevo sedici anni. Erano gli anni Ottanta. Mi stavo asciugando i capelli con il phon e la mia cugina mi stava raccontando con tanta enfasi, delle sue giornate a Mashhad, la mia città natale.

Mia madre entrò improvvisamente nella stanza e ci ricordò che sarebbero arrivati a breve alcuni ospiti, ricordandomi che mi sarei dovuta comportare seriamente e non avrei dovuto sorridere troppo.

Sì, il Sorriso.

Una ragazza seria non doveva ridere o sorridere troppo, altrimenti l'avrebbero considerata una poco di buono e di conseguenza non avrebbe mai potuto trovare un marito adeguato.

Secondo la mia educazione familiare e sociale di allora, in Iran, una ragazza doveva sorridere meno possibile, per poter apparire seria.

Questa frase mi squillava nelle orecchie inesorabilmente e di continuo: "Una ragazza dovrebbe essere seria, non deve mai ridere o sorridere troppo, altrimenti la prenderebbero per una facile".

Mancavano due giorni al mio ultimo compleanno in Iran, prima del mio trasferimento in Italia.

Perciò i miei genitori avevano deciso di organizzarmi una bella festa. Ma tutti i miei familiari erano in qualche modo indaffarati. Mia madre faceva l'insegnante presso una scuola elementare, perciò era occupata col suo lavoro. Mio padre tutti i giorni trascinava con sé, al lavoro, mio fratello più grande, dato che dopo il diploma della maturità, non aveva potuto superare il test di ammissione per l'università.

Era come vincere una specie di lotteria, poter superare quell'esame che era a numero chiuso. E ogni anno, i giovani diplomati tentavano non con tanta speranza, di aprire quel portone che li avrebbe lanciati verso il futuro. Anch'io ci avevo provato, ma senza esserci riuscita.

E poi alla fine, a quei tempi, mio fratello più giovane faceva le scuole elementari. Perciò dovetti avviarmi personalmente alla pasticceria più famosa della zona, per ordinare la mia grande torta a forma di chitarra con la panna con su scritta di cioccolato "Buon Compleanno Manijeh". Mi ero sentita mortificata quando il cassiere bello e giovane della pasticceria venne a sapere che la torta era per me. Sì, io, che ordinavo la mia torta di compleanno per me stessa. In fondo, ciò che importava era apparire bene agli occhi degli ospiti e non aveva alcuna importanza per come mi sarei potuta sentire io.

A quei tempi, nelle società benestanti di Teheran, era più importante apparire che essere. I genitori di allora non facevano mancare niente ai loro figli economicamente, ma che invece non sapevano che ci sono delle cose che non potrebbero mai essere sostituite con il denaro. Alla fine, la mia festa fu organizzata bene e io durante la serata, come tutte le altre volte, mi comportai seriamente e senza mai sorridere.

In Italia, agli inizi del mio arrivo, le ragazze italiane con cui condividevo l'appartamento mi dicevano spesso che ero troppo seria, e che non mi vedevano mai sorridere. E loro si domandavano se io me la tirassi o meno, perché a loro avviso io ero troppo seria, cioè mai sorridevo.

BOLOGNA
FINE DEGLI ANNI '90
VIA
UGO BASSI
PATRIOTA (1801-1849)
MI SONO FERMATA DI FRONTE ALLA PORTA A SPECCHIO DI UN NEGOZIO.
LA MIA MENTE VIAGGIÒ INDIETRO NEL TEMPO.
SECONDO LA MIA EDUCAZIONE FAMILIARE E SOCIALE DI ALLORA, IN IRAN, UNA RAGAZZA DOVEVA SORRIDERE MENO POSSIBILE.

Ma no, io non me la tiravo.

Facevo davvero fatica a sorridere. Mi facevo semplicemente influenzare da un'imposizione sociale del mio Paese d'origine, e perciò in Italia, continuavo a portare questa croce con me. Le mie coinquiline italiane scherzando, mi ripetevano spesso che senza un sorriso non mi sarei mai potuta trovare un marito italiano.

Perciò erano consigli completamente contrastanti tra loro, cioè diversi rispetto a quelli della mia società d'origine. Pian piano, in me cresceva un contrasto, una doppia identità, che all'inizio la vivevo male. Ma che ora la penso diversamente. Appartenendo a due mondi completamente separati, è come se far parte di due facce della stessa medaglia, rifugiandosi nella parte che riesce a proteggerti meglio, a seconda della situazione in cui ti trovi.

Anni dopo, quando mi sono trovata con i miei fratelli in Germania, ormai trasferitisi per motivi di studio anche loro, ci siamo fatti varie foto. All'epoca, la tecnologia digitale non aveva ancora sopraffatto il mondo e le foto andavano sviluppate nei negozi specializzati. Perciò al mio ritorno in Italia, le ho fatte sviluppare. E ho notato qualcosa di fuori dal solito, di anomalo. In quasi tutte le foto sorridevo a trentadue denti. E io non mi riconoscevo.

In passato, ero serissima negli scatti fotografici. Ora, il sorriso era una cosa che non concepivo in me. Cioè qualcosa che non avevo mai constatato nella mia vita fino a quel momento. E questa novità l'avevo appresa in Italia, senza accorgermene.

Sì, nel mio nuovo Paese avevo attenuto la libertà di Sorridere. Mi vedevo con un nuovo volto che non riconoscevo, che non realizzavo, e che mi piaceva tanto. Ora anche il mio sorriso mi affascinava. Un sorriso che rendeva ancora più bello il mio sguardo.

Di fronte allo specchio del negozio di via Ugo Bassi a Bologna, mentre mi specchiavo, ho sorriso.

Ora oltre ai miei occhi, mi piaceva anche il mio sorriso. Gli occhi di un'Iran del passato e il sorriso di un'Italia del futuro. Gli occhi che erano testimoni della mia storia da custodire, e il sorriso di un futuro da costruire.

Le mie amiche di quella sera, provenivano da nazionalità diverse. Una di loro mi sorrideva con gli occhi, l'altra sorrideva ai trentadue denti e l'altra ancora accennava una risata sonora. Dietro le risate di ciascuna di loro, c'era una vita, c'era una storia diversa da raccontare, le storie di Donne.

E io osservavo le mie amiche, con i loro sorrisi e le loro continue risate come in un movimento di slow-motion attorno a me.

E mi sentivo Libera.

A un certo punto, due di loro mi hanno sollevata mettendomi sulle loro spalle, portandomi verso l'osteria. Ero la festeggiata e nonostante i miei sorrisi, mi sentivo la ragazza più seria del mondo.

Non era più un sorriso negato che avrebbe fatto di me una ragazza per bene, ma contava ciò che ero io di persona realmente. Avrei voluto raccontare tutto questo alle mie amiche, ma la serata di festa ci attendeva e non potevo più farle aspettare. Le ho chiesto di mettermi giù e tutte, mano in mano, ci siamo avviate verso la destinazione.

La mia vita

Sahar Ben Khiria

Sahar Ben Khiria è nata in Tunisia nel 1983.
Sahar perde improvvisamente il padre durante l'infanzia e – oltre al grande dolore per il lutto subito – deve affrontare insieme alla madre e ai fratelli numerose difficoltà, anche di carattere economico. Fin da giovanissima si impegna per essere di aiuto alla famiglia, che resta sempre unita. Dopo il matrimonio si trasferisce in Italia, dove il marito già viveva, diventa madre di due figli, frequenta la scuola ed è serena.

Nei corridoi della vita ci passano accanto cose belle, persone che ci hanno reso felici con il loro sorriso, poi se ne sono andati per diventare la ragione del nostro dolore e per assicurarci che niente dura e anche la vita è solo un libro, ma siamo costretti a viverne le pagine con ordine, Non possiamo scegliere la pagina che vogliamo, quindi accontentiamoci di tutto, così forse la prossima pagina sarà più bella.

La mia storia cominciata quando sono nata in Tunisia e com'era indescrivibile la gioia di mio padre alla mia nascita, perché dopo la morte di mio fratello, i medici gli dissero che sarebbe stato difficile per mia madre rimanere incinta di nuovo. Mi ha coccolato e mi ha amato tantissimo, mi dice sempre che tu sei la mia felicità, la mia forza e il mio futuro anche dopo la nascita dei miei cinque fratelli non è cambiata mai con me, perché a quel tempo le femmine erano piuttosto indesiderate, erano contenti della nascita del maschio e lo preferivano alla femmina a differenza di mio padre. Infatti tutte le parole del mondo non esprimono mio padre e il suo affetto per me, era un buon amico e gli raccontavo tutti i dettagli della mia giornata a scuola anche più di mia madre, il suo unico desiderio era che mi laureassi e diventassi una dottoressa. Eccellevo molto negli studi e tutti i professori attestavano che ero un'ottima studentessa, sono stata sempre la prima agli esami, finché un giorno sono uscita da scuola come al solito e desideravo vedere mio padre mentre mi aspettava davanti all'ingresso dalla scuola ma non è venuto.

In quel momento ho sentito qualcosa di strano che non avevo sentito prima sapendo che mio padre non ha fatto mai ritardo, tutti gli studenti sono tornati a casa tranne me e dopo mezz'ora è venuto mio cugino dicendo che mio padre non poteva venire e lui mi avrebbe portato a casa nostra, io non gli ho creduto e ho insistito di sapere il motivo perché mio padre non è venuto, ma mi ha guardato con uno sguardo triste dicendo che si sentiva male allo stomaco, era andato all'ospedale ma stava meglio. In quel momento non ho pensato a me stessa o alla distanza dalla scuola che era tre chilometri da casa mia, ho iniziato a correre a correre lasciando dietro mio cugino, a volte cadevo e mi rialzavo e continuavo a correre fino a quando mi sono avvicinato a casa nostra, quando ho provato a entrare l'amica di mia madre me l'ha impedito dicendomi di entrare in casa sua e che i miei fratelli stavano con lei e anche il mio fratellino che aveva sei mesi, ha insistito per me e mi ha afferrato la mano ma sono scappata velocemente da lei e sono entrata a casa mia chiamando mio padre ma non mi ha risposto. Piuttosto ho trovato molte persone che piangevano e urlavano dal dolore, avevo molta paura e tremavo, ho cercato mia madre e l'ho trovata svenuta. Per tutto questo non ho capito niente finché mia zia si è avvicinata e mi ha gridato che mio padre era morto e che io ero rimasta sola e senza supporto in questo mondo. Quella notizia mi è arrivato come un fulmine, mi sono sentita come se il tempo si fermasse, qualcosa dentro di me è stata strappata, non ho pianto ma dentro di me c'era un oceano pieno di lacrime, e sono rimasta così anche quando dormivo, mi svegliavo terrorizzata e urlavo nel nome di mio padre. Non avevo nessuno che mi desiderasse o addirittura mi consolasse per la morte di mio padre; anche mia madre era devastata e non riusciva a controllarsi come se fosse in un altro mondo. Lo shock è stato forte per lei; si è ritrovata con sei figli e aveva trentasette anni, non sapeva nulla dei soldi di mio padre o del suo lavoro perché tutto ciò che guadagnava dall'agricoltura lo condivideva con i suoi fratelli, tutta la proprietà era a loro nome.

Dopo due settimane dalla morte di mio padre i miei zii si riunirono a casa nostra, prendendo la decisione di separarci da mia madre cioè ognuno di loro avrebbe preso un bambino da crescere con sé e mia madre sarebbe rimasta con mio fratellino. Quando mia madre ha sentito questa notizia ha urlato contro di loro dicendo che non avrebbe abbandonato nessuno dei suoi figli, le parole di mia madre li facevano arrabbiare. Sempre litigavano con lei e le dicevano che era di cattivo auspicio per loro, e anche il nostro diritto all'agricoltura c'era

Infatti tutte le parole del mondo non esprimono mio padre e il suo affetto per me, era un buon amico e gli raccontavo tutti i dettagli della mia giornata a scuola.

stato concesso un po'. A loro non importava nulla al mondo tranne i soldi, nonostante la mia giovane età, sapevo che tutti i soldi che i miei zii davano a lei non ci bastavano e anche la sua famiglia la aiutava, ma mia madre per via del sua caracttere tollerante e mansueto, non ha mai voluto chiedere i soldi che le spettavano. Quindi ha deciso di lavorare nella produzione di vestiti di lana nella nostra casa e, grazie a Dio, è stata in grado di fornirci di tutto ciò di cui avevamo bisogno.

Passavano gli anni e siamo cresciuti e io sono diventata una studentessa delle medie, ma sono ricaduta molto nei miei studi: piangevo costantemente e anche durante l'esame non riuscivo a ricordare tutto ciò che avevo memorizzato. Avevo spesso tanta paura rabbia e tristezza estrema che non riuscivo a dimenticarlo nemmeno per un solo momento: era con me tutto il tempo, gli raccontavo tutto quello che succedeva a me e il dolore e la perdita che ho trovato dopo di lui, è vero che non mi ha risposto ma potevo vederlo e vedere lo sguardo di tristezza nei suoi occhi per me, questo è quello che ho immaginato e ha mostrato il mio subconscio, veniva confermato dai medici a mia madre che ero traumatizzata e non riuscivo ad accettare la sua morte.

Avevo degli amici ma mi chiudevo in me stessa perché ogni volta che l'incontravo la conversazione riguardava sempre la famiglia, soprattutto il padre, come festeggiava con loro durante le feste, mi sentivo diversa da loro perché non festeggiavo nemmeno il giorno del mio compleanno dopo la morte di mio padre. In quel periodo facevo la terza media, era l'ultima ora e la professoressa di arabo ha chiesto a ogni studente della classe il lavoro del padre; i ragazzi che avevano il padre con un bel lavoro per esempio il dottore, il direttore li metteva sempre avanti e invece gli altri li metteva dietro.

Il giorno seguente ci ha detto che ci sarebbe stata una verifica, mi sono preparata molto ma alla fine mi ha messo un brutto voto, non perché non ho studiato, ma perché lei diceva che se avessi studiato in privato con lei mi avrebbe messo un voto alto invece io non potevo per motivi di soldi: ecco perché mi ha messo un brutto voto. Cercava sempre di mettermi in imbarazzo davanti a tutti e mi ignorava sempre. Di tutto questo non dicevo niente a mia madre per non turbarla e rattristarla. Finché un giorno ho deciso di parlare con la professoressa ero fiduciosa che quando le avrei parlato lei avrebbe capito la mia situazione, ma contrariamente alla mia immaginazione, ha riso di me sarcastica e ha detto che questo non la riguardava e lei ha aggiunto con tutta la crudeltà che non le piacevo, il mio viso non era bello e non le piaceva il mio aspetto e da quel momento mi sono sentita delusa e il mondo intorno a me si è oscurato e ho capito senza i tuoi genitori non vali niente e che molte persone ti disprezzeranno; inoltre dopo la partenza di mio padre ho capito che c'è pianto senza lacrime e un urlo che squarcia la gola senza essere ascoltato.

Finalmente l'anno scolastico è finito e mi sono iscritta alla scuola superiore, ma il primo giorno sono rimasta scioccata dalla presenza della professoressa che mi ha detto non mi piaci e non mi amerà mai, ha ricevuto una promozione dal preside e lei ci insegnerà scienze e lingua araba per me è stata come una delusione perché non potevo sopportare la sua presa in giro di me come nella prima, così ho deciso di abbandonare la scuola e lavorare per poter aiutare mia madre nelle spese e assumermi anch'io le responsabilità dei miei fratelli. Infatti ho trovato un lavoro in fabrica di cucito, lo stipendio non era alto perché non sapevo cucire, ma ho accettato che loro mi insegnassero tutto. E così ho iniziato a lavorare nonostante l'obiezione di mia madre a lasciare gli studi e lavorare in giovane età. So che non ho esaudito il desiderio di mio padre ma ho fatto tutto il possibile, la vita è stata ingiusta e dura con me, non hanno avuto pietà della nostra famiglia nemmeno gli zii, anzi quotidianamente dicevano parole oscene a mia madre e la descrivevano con le caratteristiche peggiori tutto perché non ha abbandonato i suoi figli. Non ci hanno nemmeno dato il diritto all'eredità di mio padre, erano molto prepotenti; ogni notte, dopo essermi addormentata, sentivo sempre il pianto triste di mia madre, quindi ricordo le parole di mio padre che mi diceva quando uscivamo da soli, di prenderci cura dei miei fratelli, tu sei il maggiore di loro e non lasciare mia madre piangesse e si addolorasse e di non dimenticarlo mai dopo che ci ha lasciato. Queste parole sono incise nel mio cuore e non le ho dimenticate fino a oggi. Ogni volta che mi sentivo stanca del lavoro, ricordavo queste parole, così dimenticavo tutta la mia stanchezza ed ero più incoraggiata a imparare tutto sul cucito. Ho iniziato a lavorare ore extra, e in un mese sono riuscita nel mio lavoro, e il funzionario era molto contento di me e mi ha persino aumentato lo stipendio. Lavoravo molto duramente per fare contenta mia madre e per comperare tutto ciò di cui avevano bisogno i miei fratelli e per evitare di essere insultati dai professori come lo sono stata io; è vero che ero molto stanca perché lavoravo circa dodici ore e tutto questo per avere un buon stipendio ma ero molto felice e la nostra situazione finanziaria era molto migliore.

Finché un giorno è venuto da noi nostro zio che era all'estero e si è sorpreso della morte di mio padre perché non eravamo in contatto con lui, e ci ha rassicurato che tutto sarebbe tornato com'era e ha fatto una promessa a mia madre che si sarebbe preso cura di tutte le spese dei miei fratelli. Ha mantenuto la promessa che ci ha fatto e ha rispristinato tutti i nostri diritti sull'eredità di mio padre. Mio zio era gentile con noi e ci trattava come un padre tanto più che non si sposava e non aveva figli; ci costruì un appartamento grande e ha scritto per noi tutta la sua eredità soprattutto dopo la sua grave malatia. Il destino ha voluto che mio zio sarebbe morto presto. Dopo ho conosciuto il primo amore della mia vita, lavorava all'estero era la cosa più bella che mi fosse successa e mi ha proposto il matrimonio dopo tre anni di conoscenza; ma la sua famiglia ha respinto la questione del nostro matrimonio, i suoi fratelli mi hanno intercettato per strada, così mi sono avvicinata per salutarli, e vorrei non essere andata, mi hanno chiamata con gli attributi più brutti e non si sono pentiti di tutto ciò; io non ho pronunciato una sola parola, ho solo pianto è stata la situazione più difficile della mia vita perché non sopportavo le loro parole e le ingiustizie nei miei confronti.

Sono caduta in depressione, piangevo sempre finché ho avuto un esaurimento nervoso, sono rimasta così per giorni e non riuscivo nemmeno ad alzarmi da letto finché il mio fidanzato è tornato dall'Italia e abbiamo deciso che tutto questo non avrebbe intaccato il nostro rapporto e che avremmo lottato per il nostro amore; infatti dopo tutte le difficoltà e gli ostacoli ci siamo sposati e sono andata con mio marito in Italia e ho avuto due figli, un maschio e una femmina. Mio figlio l'ho chiamato con il nome di mio padre. Mi sforzo con tutte le mie forze di essere una buona madre, per questo che mi sono iscritta alla scuola degli adulti per imparare e insegnare ai miei figli. Dico sempre loro di non disperare, se fanno un passo indietro, devono sempre riprovarci, questa è la vita che ti piaccia o no, non ti riprenderai senza commettere errori, non avrai successo senza fallire e non amerai senza perdere. Il mio desiderio in questa vita è di vedere i miei figli sempre in buona salute e di eccellere nei loro studi e realizzare tutti i loro desideri.

Infine estendo i miei sinceri ringraziamenti ai miei stimati e gentili professori dai quali ho imparato molto e molto. In effetti le mie parole sono troppo timide per esprimere la portata della mia gratitudine, il mio rispetto per voi, sono davvero orgogliosa di tutti voi.

Grazie per avermi fatto sentire felice.

L'Italia mi ha reso libera

Elizabeth Terry

Elizabeth Terry è nata in Liberia nel 1984.
Elizabeth è piccola quando rimane orfana di entrambi i genitori, e affronta fin dall'infanzia molte difficoltà. Il suo arrivo in Italia dalla Liberia è l'epilogo di un viaggio durissimo e pieno di sofferenze, durante il quale però incontra una persona importante. Anche la sua nuova vita italiana non è priva di problemi, ma è felice perché si sente libera.

Io sono Elizabeth, nata a Liberia il 23-03-84.

La Liberia è uno Stato non troppo piccolo né troppo grande, ma di sicuro il più povero al mondo, nella costa occidentale dell'Africa. Sono nata prima della guerra civile e non mi ricordo molto se non la paura di chi mi stava intorno. Sono nata nella casa di mio padre e fin qui tutto senbra normale, ma io sono una figlia che ha perso i genitori quando ero piccola e mio padre mi ha lasciato con il suo fratello. Non penso che mi lasciava con lui se sapeva cosa mi faceva il suo fratello, perché con lui ho sofferto tanto. Questa è la mia storia.

Alla fine Dio è grande e mi sono trovata una donna che mi ha portata via dall'inferno che vivevo in Africa nella casa del fratello di mio padre, anche se non è quello che la donna mi aveva promesso. Quello che voglio dire è che se anche ora mi trovo in brutta situazione a la fine sono contentissima perché sono arrivata qui in Italia, sono mamma di una Figlia e mi sento una donna Libera.

Cosa vuol dire essere una donna libera? Ti faccio un esempio! Dopo la morte dei miei genitori, dove sono cresciuta, non ero libera di parlare perché gli orfani, le donne, le ragaze, i bambini se hanno ragione o sono sbagliati devono stare in silenzio.

Da quando sono in Italia ho la mia voce, anche se sono una figlia senza genitori. Per questo io sempre ringrazio Dio, perché la strada che ho passato nella mia vita non è facile, ma qui posso raccontare, posso parlare, ho una voce che io e gli altri possiamo sentire. E se volete sentirla anche voi dovete sapere cosa è scappare da Africa.

Quando quella signora mi ha detto ti porto via da Africa sono stata contentissima. Pensavo con Aereo e invece abbiamo camminato a piedi, con il pulman e con una Toyota pick-up per raggiungere la Libia. Ho attraversato il deserto, eravamo più di venti persone tutte nella pick-up. Come dite voi italiani? Stipati! Abbiamo impiegato una settimana con cibo che mancava e senza acqua per bere. Per la strada ho visto i morti e i vivi, pure dove violentavano le donne che è la cosa più peggio di tutti, specialmente se non hai aiuto.

Io ero Fortunata di essere in un Posto, ma poi ero sfortunata di essere in un'altro posto. Non mi hanno detto prima che se arivavo in LIBIA devo pagare un debito e perciò quando sono arivata in LIBIA tutte le cose sono cambiate.

Immagina una ragazza senza genitori, è brutto, ho sofferto tanto. Poi, un giorno ho deciso di ritornare perché tante cose che sono successe su di me con i miei com-

ELISABETH TERRY
...NON ERO LIBERA DI PARLARE PERCHÈ GLI ORFANI, LE DONNE, LE RAGAZZE I BAM= BINI SE HANNO RAGIONE O SONO SBA= GLIATI DEVONO STARE IN SILENZIO_
SCRIVERE MI HA FATTO RIVIVERE MOMENTI BELLI E BRUTTI CHE MI PORTERÓ SEMPRE NEL CUORE ----
----
IO ORA MI SENTO COSÍ: CON LA MENTE
RESILIENTE
E LIBERA_
Gianni

pagni non ho coraggio per andare avanti. Tante persone sono morte davanti a me e tante sorelle sono state violentate davanti a noi. L'amore di DIO mi protege sempre, a quello punto ho incontrato il Padre di mia Figlia. Lui mi ha aiutato tanto, dopo tre mesi abbiamo deciso di venire qui in Italia e così mi trovo qui con mia Principessa. Ma immagina che ho saputo che sono incinta appena arrivata qui. E di nuovo mi sono trovata senza famiglia in un altro Paese. Ho sofferto tanto, però poi ho trovato degli amici che mi hanno aiutata.

Altri mi hanno detto che dovevo lavorare, ma come potevo con una bimba neonata in mano? Era un disastro, e così sono finita da Biaggio Conte nella sua comunità.

Lui mi ha aiutato tanto e ha trattato me e mia figlia come le sue sorelle. Non ci ha dato solo da mangiare, ma ha pensato anche alla mia educazione, e perché imparavo la lingua.

Dopo ho deciso di andare fuori per cercare lavoro, ma non è stato facile perché il mio permesso di soggiorno non era per lavorare. Allora la vita è diventata di nuovo durissima e per un piccolo sbaglio mi sono rovinata. Però anche qui mi do da fare, lavoro e vado a scuola e quando uscirò starò con mia Figlia e continuerò a dire GRAZIE all'Italia perché mi ha dato la libertà di parola. GRAZIE ITALIA.

Ringrazio Dio e la mia maestra di Inglese per avermi dato la forza e il coraggio per scrivere questa storia: ho pianto tanto in questi giorni: scrivere mi ha fatto rivivere momenti belli e brutti che mi porterò sempre nel cuore. La maestra mi ha spiegato il significato della parola RESILIENZA e ho fatto un disegno. Io ora mi sento così: con la mente RESILIENTE e LIBERA. Perciò ho intitolato i miei disegni RESILIENTE-MENTE e LIBERA-MENTE.

Grazie ITALIA perché vedo la speranza.

Postfazione

Se riuscissimo a metterci nei panni degli altri

di Jasemina Zeqiraj

Se riuscissimo a metterci nei panni degli altri,
fino a sentire gli altri come se fossimo noi stessi,
non avremmo più bisogno di leggi. Perché non
faremmo mai qualcosa contro qualcun altro
che percepiremmo come parte di noi.
Pëtr Alekseevič Kropotkin

Forse la passione per la poesia e la ricerca del lato "bello" che prevale in me, proietta sin da subito le logiche emotive, la musicalità delle voci narranti, piuttosto che l'aspetto legislativo sull'immigrazione, cosa che meriterebbe una grandissima attenzione da parte di tutti noi.

Riesco a vedere oltre i nomi e le nazioni,
la volontà di unione,
le anime che inondano le pagine.
Le storie sono colme di luce,
una luce forte e motivante,
fremente estratto di speranza e fiducia che, come una moneta d'oro lanciata in aria, scintilla fortemente nell'attesa costante del cambiamento volteggiando libera tra desideri e aspettative: una pericolosa scommessa per una possibile riuscita.

A cosa servono le preghiere disperate o i sacrifici costanti? Cosa ne faremmo di queste verità se rimangono sulle onde o sui margini delle opportunità? L'identità di ogni vissuto è così diversa, ma contemporaneamente affine di sentimenti, come la morbosa ricerca e la resistenza di fronte agli ostacoli.

Tutto ciò mi riporta fortemente alla letteratura balcanica, che narra esodi, guerre civili, violenza, trovando così gran parte del mio vissuto, tutto il mondo ritorna ai passi e ai vari tragitti, diventando voce unica verso i propri sogni.

Ci viene consegnata la purezza delle azioni migratorie, non le parole, ma sentimenti; lacrime, perdite, rabbia, amore e riscatto, qualcosa di così unico da non potere possedere ed è per questo forse che si rimane increduli alla gratuità con le quali esprimono le loro esperienze.

Lo spalancare le braccia alla morte, alle torture, ai sacrifici, ai fotogrammi di violenze consumate durante le traversate diventano timone di consapevolezza poiché condivise e raggiunte fino a qui, fino a noi, oggi.

Raccontano con enfasi gli autori la gioia di toccare da vivi un lembo di terra, sembrerebbe qualcosa di inimmaginabile, e invece loro sono lì dentro, dentro queste pagine, tra le macerie e le guerre, tra la miseria e la sconfitta senza mai arrendersi al destino.

Sono immersi nella parte incredula del mondo mentre resistono e ricostruiscono nuove vite, l'insensibilità verso queste verità potrebbe essere il vero pericolo sociale, quella parte indifferente di civiltà che ci priva di questi semi di spezie e culture, semi di vero nutrimento, privandoci delle diverse visioni, aggiungerei, le più giuste contro l'ingiustizia.

Sono loro a eliminare il marcio ed estirpare semplificazioni e modelli di pensiero classificatorio evitando di rovinare il raccolto sano e fruttuoso che DiMMi - Diari Multimediali Migranti ci consegna da più di dieci anni con la preservazione e divulgazione di tale autenticità.

Così alta raggiunge la voce plurima delle generose testimonianze esistenziali, volteggia tra nazioni, si ferma per soffrire con gli altri, riparte dopo una sentita preghiera per raggiungere una nuova speranza.

Le vette alte della responsabilità e dell'informazione, nell'attuale velocità, diventano terreno roccioso, lasciandoci in zone apatiche e prive di attenzioni del fenomeno.

Come raggiungere la verità? Perché no, tornando a navigare tra le sorgenti vive e traversate speranzose di donne, uomini e bambini, partendo dalle loro voci!

Non sempre, infatti, facciamo bene se aggiungiamo, a volte bisogna togliere per vivere meglio, tornando all'essenziale, tornando a guardare a nudo le persone.

Porremo i remi e inizieremo a pregare, così in alto e oltre giunge la speranza e l'aspettativa del domani. Questo fa parte della grande "cassetta degli attrezzi", come bene definisce l'immigrazione Sonia Lima Morais, quando attribuisce alla discriminazione e alla depersonalizzazione identitaria la proiezione non solo verso le vittime razzializzate ma verso l'intera società che lo permette ancora.

Tutti noi con le nostre storie, siamo stati lì dentro, in questa grande cassetta per un po' e poi siamo usciti per aggiustare i pezzi mancati delle nostre vite.

Siamo il valore di tutto ciò che lasciamo e di tutto quello che portiamo negli nostri viaggi, siamo il rispetto di due culture che sopravvivono unite, grazie alla guerra feroce che affrontiamo, innanzitutto dentro di noi, per poi creare patti pacifici e di fratellanza nella società.

Il senso di colpa e di abbandono sono gli elementi che costruiscono divari tra ospiti e ospitanti, ma l'immigrato è andato spesso oltre ciò che vedeva per sopravvivere alle ingiustizie, e noi?

Noi vediamo oltre alle regole imposte a ciò che i media utilizza come nutrimento di paura e sfiducia, aumentando le nostre barriere mentali?

"Dhulkeena naftaada Kaliya ayuu deeqa" (il valore della nostra terra è abbastanza per salvare te!): così disse la mamma di Abdinnur Mohamed mentre piangeva e pregava suo figlio di allontanarsi dal Paese e dalla sua famiglia con il vicino di casa, consegnando a quest'ultimo in compenso l'intera proprietà terriera per far portare il figlio fuori dai confini, fuori dalla terribile situazione della sua vita, consegnando a tutti noi uno dei gesti più alti d'amore. Tra le ultime briciole di speranza, trovo anche mia madre e tutte le donne che hanno dato anche oltre a ciò che è necessario o possibile, facendoci toccare corde umane che raggiungono dimensioni poco conosciute, come l'altruismo e l'immediatezza di azione per la vita umana.

Conoscere i principi e le priorità di queste mamme ci rende in grado, pur non vivendolo, di immedesimarci nelle loro scelte, le loro voci talvolta sepolte e altre suonanti snodano, totalmente, le inutili domande che utilizziamo per giustificare la nostra mancanza di conoscenza, queste palesi verità circolano con il loro esempio di vita in modo naturale, come il sangue nelle vene.

Così amo dire di essere, ancor prima che albanese o italiana, una cittadina del mondo, che riconosce in sé l'unico confine, quello che divide il bene dal male. Ho seguito negli anni del silenzio linguistico l'ascolto del prossimo e soprattutto di me stessa, dandomi la possibilità di resistere a tutti i sacrifici umanamente immaginabili in cambio di una vita serena.

Questo ha fatto sì che in ognuna delle storie riconoscessi oggi anche me stessa e la mia famiglia, la mia famiglia che si è allargata in DiMMi porgendomi uno specchio in mano, un gesto fraterno che ti invita a guardarti dentro e scoprirti nella tua naturale bellezza.

Una famiglia, DiMMi, che collabora ed è pilastro portante delle molteplici voci unificate in un'unica verità: siamo l'impronta digitale unica, il rombo di voce che intona la nostra vita e in cui possiamo rispecchiarci tutti, nella piena consapevolezza di rimanere noi stessi.

DiMMi nel mondo

“Minga”, sogni di donne

di Yvette Nadine Samnick Ntigui

Sono seduta in aeroporto. Aspetto la coincidenza. Fra cinque ore prendo il volo per il Camerun. Mi hanno chiesto in questi giorni se sono emozionata di tornare lì dopo tutti questi anni in Italia. Ho l’impressione di tornare in una zona allo stesso tempo sconosciuta e conosciuta. Cioè le emozioni che sento in questo momento non sono tanto quelle legate al tornare nella terra dove sono nata e cresciuta e che ho lasciato nove anni fa. Per me è una terra sconosciuta: in tutti questi anni l’ho guardata da lontano con distacco perché, in pratica, vedo che non è tanto cambiata. È paradossale per me parlare di una terra sconosciuta perché non mi sono persa nulla di ciò che accadeva lì. Il fatto che lo sia è solo per far capire come in questi anni non ho condiviso abbastanza quello che vedevo, sentivo e guardavo. Tutte queste emozioni, tra rabbia e disperazione, tra voglia di non guardare e guardare, la più importante è quella di provare a fare qualcosa. Una terra sconosciuta perché non mi ha mai riconosciuta fin da quando ero bambina, femmina e donna. Io e tutte le donne che subiscono o che hanno perso la vita. È per loro che sono emozionata. È quella emozione di orgoglio e di lotta che hanno portato sulle loro spalle a cui cerchiamo di dare un senso di rivincita.

Ieri parlando con una mia carissima amica, le ho detto di sentire un vuoto emotivo quando penso al mio Paese. Mia madre quel vuoto l'ha sempre percepito fino a credere di essere lei l'invisibile. Non si era affatto sbagliata. Cerco di prendere delle distanze sulle cose in cui non mi riconosco facendo in modo che le mie emozioni nei confronti di quelle cose svaniscano per permettermi di costruire soluzioni alternative. Il problema è che il mio Stato continua a odiare le donne, che uccide le donne. Mi ha detto la mia amica che dovrei provare molta rabbia. Le ho risposto che la mia rabbia è un'emozione che mi carica di molta energia e di forza positiva e, se voglio portare avanti le mie battaglie, ho bisogno che rimanga positiva. Per questo ho scelto di continuare a provare quel vuoto e di considerare quella terra come sconosciuta.

Le cose sono cambiate e per certi versi migliorate in questi anni. Ma sono anche peggiorate tantissimo. Cerchiamo di parlarci, di condividere, di imparare... ma ancora non basta. Cosa ci manca? La risposta a questa domanda si trova nelle emozioni che sento in questo viaggio. Vado in un mondo anche conosciuto. Perché in questi anni mi sono confrontata con molte donne, quelle come me che sono assetate di cambiamento. La voglia di lottare e di gettare le basi di un movimento che possa dare voce a 360 gradi alle esperienze vissute dalle donne. Quello che ci ricorda che solo insieme possiamo. E sono emozionata di tornare lì e di incontrare quelle donne che da lontano ho seguito, aiutato, accompagnato con le poche risorse che avevo a disposizione per dare loro giustizia, autonomia, sostegno economico e psicologico. Sono emozionata di costruire ponti tra donne. I ponti che ricordano le esperienze diverse e le modalità di lotta che vanno condivise per costruirne una che sia comune a tutte.

Penso a questi ultimi mesi in cui ho provato a parlare con le persone da lontano. A quei momenti di scambio attraverso le formazioni fatte online. Ho visto un affluire di uomini consapevoli con la voglia di partecipare al cambiamento. Poi ho pensato tra me e me: mia madre aveva ragione! La contaminazione di cui parlava attraverso l'educazione dei figli maschi per contrastare la violenza maschile sulle donne era già in cammino. Come non prendere al volo l'occasione di accogliere questa "marea" di uomini che ritiene che la situazione delle donne nel nostro Paese stia peggiorando anche se nello stesso momento la consapevolezza che si sta facendo strada è in cammino?

Quando insieme a mia madre abbiamo creato l'Aclvf (Associazione Camerunense di Lotta contro le Violenza sulle Donne), era per noi una vera sfida. La sfida di una madre che per venticinque anni di matrimonio ha subito violenza e la figlia che, avendola assorbita, si è ritrovata a subirne ancora sul territorio italiano. Ma la cosa che abbiamo in comune è che non abbiamo mai mollato. Abbiamo resistito e ne siamo uscite. Abbiamo imparato dal nostro vissuto e abbiamo deciso di metterlo a disposizione di altre donne. A differenza mia, mia madre è stata sola, ha fatto tutto da sola. Non è stata tutelata né dallo Stato né dalla comunità. Era invisibile. C'è voluta per lei molta forza, molta resistenza con tutto lo spirito di libertà che l'animava, prima di poter dire ora basta: "La mia vita è la mia, e sono pronta ad assumere qualsiasi conseguenza legata alla mia volontà di andarmene via". E così ha fatto. È stata condannata, ma non ha mai rimpianto la decisione presa. Lei voleva vivere e per questo ha deciso di rompere le catene.

Per quanto mi riguarda, rinchiusa in quei due anni, tanto è durato il contesto di violenza in cui mi trovavo, ho pensato di essere sola. Invece, una volta che ho detto basta ne sono uscita. Ho incontrato delle persone che mi hanno portata a capire quale fosse lo scopo della mia vita. Volevo che quello che era accaduto a me non accadesse ad altre donne in generale, e particolarmente alle donne come me. Mi sono impegnata tutti questi anni a costruire quel cammino imparando e pensando a mia madre e alle donne del mio Paese, e a quello che si può fare per iniziare a cambiare la ruota, a contaminare ancora più donne. Sono stati anni di apparente silenzio che era anche mio dopo che nel 2018 abbiamo creato l'associazione. Stavo studiando, stavo imparando. E ora penso che sono pronta. Che siamo pronte a partire.

Quegli anni di "silenzio" mi hanno fatto capire che abbiamo bisogno di luoghi per parlarci perché non lo facciamo abbastanza. Abbiamo bisogno di luoghi per condividere i nostri saperi. Abbiamo bisogno di un luogo in cui una donna in mezzo ad altre donne possa sentirsi a casa. La casa non è solo un luogo fisico ma anche mentale. E attraverso la connessione avvenuta in un luogo fisico con altre donne lei ritroverà, in ogni donna, un legame che le ricorderà sempre: qualsiasi cosa accade, sappi che non sei sola. La porta della casa ti sarà sempre aperta e noi ci saremo sempre per te.

Sono anni che lavoro con donne straniere in Italia. Vengono in maggioranza da luoghi e contesti culturali in cui io sono cresciuta. Anche loro mi hanno aiutato a non dimenticare. Attraverso e con loro ho costruito, adattato e migliorato tutto quello che avevo in mente di costruire nel mio Paese con le donne. Sono donne forti e la loro forza mi ha fatto ricordare quella di mia madre che per anni ha lottato per la sua libertà e la sua dignità. I sogni di libertà sono strettamente collegati all'autonomia economica.

Cosa vogliono le donne? Mi sono ricordata di quello che diceva mia madre: "In questa società, gli uomini nascono già avendo tutto". Le donne invece devono combattere, competere per meritare un posto. Le cose le dovete sempre cercare perché, come donna, nessuno ve le regalerà. È il principio della libertà. Per essere libera, la libertà la donna se la deve guadagnare. Tra botte e schiaffi dappertutto, nessuno alzerà una mano per voi. Dovete contare sulle vostre forze. Però ho imparato a contare anche sulle forze di altre persone, e lo dico sempre alle donne che vengono dalle mie parti. Pensiamo a volte di essere sole perché non ci parliamo. Invece non lo siamo. Mia nonna diceva sempre: "Con una sola mano non ci si può arrampicare su un albero. Ce ne vogliono tante".

Questa forza delle donne passa non solo nella teorizzazione degli spazi di resistenza, ma anche nei luoghi in cui le donne possono riprendere il controllo della loro vita. La mia esperienza mi ha permesso di ricordare perché mia madre non ha mai voluto abbandonare il suo lavoro quando glielo ha chiesto mio padre. Perché l'indipendenza economica è un elemento che ci aiuta a capire quanto la nostra vita sia preziosa e che, qualsiasi cosa accada, ce la faremo. In tutti questi anni, lavorando con donne con un vissuto di violenza, le ho accompagnate nei loro percorsi di empowerment e di autonomia che sono centrali nelle loro priorità.

Ho pensato così di riportare questa esperienza nel mio contesto di origine. Dare la possibilità alle donne con vissuti di violenza, prevenendo anche le possibili vittime, attraverso formazioni imprenditoriali e laboratori di consapevolezza in modo da riavere un controllo nella gestione della loro vita e del loro futuro. Questo spazio non sarà solo un luogo in cui le donne riapprendono a parlarsi, dove condividere strategie di lotta e di resistenza, ma anche un luogo dove creare dei sogni di libertà attraverso l'acquisizione di competenze per la loro indipendenza e autonomia economica.

Ricordo quella donna che si rivolse a mia madre tre anni fa. Lei era stata picchiata a sangue dal marito con un machete. È venuta da mia madre. Abbiamo pagato tutte le cure di tasca nostra. Dopo che è guarita, abbiamo dato a quella donna la possibilità di rinascere finanziando una formazione di sarta e regalandole una macchina da cucire. Quella donna oggi è irriconoscibile: anche se porta sulla pelle le cicatrici del suo vissuto, è riuscita a rialzarsi attraverso il suo lavoro e a riprendere a vivere con i suoi figli. Mi ricordo anche di un'altra ragazza. La sua storia è stata quella che mi ha colpita di più. Orfana, soffriva di disturbi mentali. È stata violentata ed è rimasta incinta. Ha partorito una bambina di nome Grace che oggi ha tre anni. Le abbiamo dato la possibilità di avere accesso alle cure e, fino a oggi, abbiamo adottato la figlia e continuato a pagare le sue cure.

Questi sono due esempi di donne che sono state abbandonate dallo Stato e che hanno bisogno si crei più connessione tra loro per dare possibilità ad altre donne di avere un sostegno e di essere ascoltate. Una di loro ha lasciato suo marito due mesi fa dopo anni di violenze fisiche e psicologiche. Eravamo in contatto da mesi. Le ho solo ricordato la forza che lei aveva e della quale non si ricordava. Dal "voglio confidarmi perché non so come uscire da questo matrimonio" siamo arrivate a "sono più forte di quanto mi aspettavo. Sono laureata, ho trovato un lavoro e me ne vado. Grazie mille per il sostegno. Non avevo bisogno che qualcuno mi dicesse cosa dovevo fare perché penso di saperlo da sempre. Tu mi hai dato solo il coraggio di convincermi che forse era arrivato il momento di agire".

"Minga", che nel mio dialetto vuole dire donna, sarà un luogo delle donne e per le donne. In questo termine non c'è solo la concezione biologica, ma c'è la prevalenza della capacità di costruire, di trasformare e di riunire quello che è stato spezzato. La donna è una costruttrice, di lei ci si può fidare. Lei ha la capacità di costruire come gli uomini, ma in più ha il potere di influenzare e di contaminare in senso positivo le nuove generazioni. Ha anche la capacità di trasformare in oro un sasso, cioè ha nelle sue mani sia il potere di nascita che quello di rinascita. Non si contenta solo di dare vita, la modella e la trasforma.

Arriverò in Camerun stasera stremata ma anche emozionata per tutte queste donne e gruppi di donne che incontrerò durante la mia permanenza. E con le quali avremo la possibilità di ragionare, di condividere e di riflettere in quale modo "Minga" può essere un luogo di pace, di rifugio, di rinascita e di speranza per tante donne.

Fra due giorni abbiamo un primo incontro con un'associazione che si chiama Initiative Femme. Ho fatto da gennaio dei cicli di formazione online sulle violenze basate sul genere ed è così che ci siamo conosciute. Condividiamo gli stessi ideali e principi per il cambiamento. Abbiamo pensato che costruire insieme una rete ci darà più voce. Initiative Femme ritiene che i suoi volontari non sono abbastanza formati e che sarebbe importante che abbiano un minimo di informazioni per potersi muovere sia sul terreno della lotta contro le violenze di genere che nell'attivismo. La mia esperienza in questo campo è determinante. Esperienza che ho costruito e maturato in tutti questi anni sia nell'ambito del mio lavoro che sulla mia orientazione nell'attivismo dei diritti delle donne. È importante di riconoscere che ogni cosa che noi facciamo è politica.

Porto con me come formatrice la visione della politica come elemento centrale in tutto ciò che facciamo. Chi dice politica, parla di collettività, e il problema delle violenze sulle donne o dei loro diritti è politico e non può essere circoscritto a un ambito privato. Ciò in cui crediamo riguarda tutti e per questo abbiamo bisogno che sia affrontato in modo collettivo attraverso reti che integrino tutte le componenti della società. Quello che vivono e subiscono le donne deve uscire dagli ambiti privati e c'è bisogno di un movimento di uomini insieme alle donne per una azione politica e legislativa; cioè abbiamo bisogno delle leggi, ma dobbiamo prima educare. E per farlo abbiamo anche bisogno di luoghi e spazi di confronto e di condivisione. "Minga" per noi è il primo progetto che vorremmo materializzare. Uno spazio che ci consente non solo di parlarci ma anche di ascoltarci, e di costruire.

Fra due giorni, dobbiamo andare a Ebolowa nella regione Sud del Camerun dove incontreremo per una formazione un'altra associazione che si chiama Associazione Cinema del Sud. È un'associazione di donne che organizza ogni anno ad agosto un festival del cinema al femminile. Sarà, anche con loro, l'inizio di una bellissima collaborazione nell'ambito della politica per i diritti e la valorizzazione delle voci delle donne.